JETTE JOHNSBERG
Witwe Meier und das Sarggeflüster

Kriminalroman

Ausgewählt durch Claudia Senghaas

Besuchen Sie uns im Internet:
www.gmeiner-verlag.de

© 2016 – Gmeiner-Verlag GmbH
Im Ehnried 5, 88605 Meßkirch
Telefon 07575 / 2095-0
info@gmeiner-verlag.de
Alle Rechte vorbehalten
1. Auflage 2016

Lektorat: Claudia Senghaas, Kirchardt
Herstellung: Mirjam Hecht
Umschlaggestaltung: U.O.R.G. Lutz Eberle, Stuttgart
unter Verwendung eines Fotos von: © detmering design / Fotolia.com
Druck: CPI books GmbH, Leck
Printed in Germany
ISBN 978-3-8392-1904-1

Personen und Handlung sind frei erfunden.
Ähnlichkeiten mit lebenden oder toten Personen sind rein zufällig und nicht beabsichtigt.

INHALT

1. Rabimmel, Rabammel — 9
2. Willy — 15
3. Novemberblues — 20
4. In der Weihnachtsbäckerei — 25
5. Daham is daham — 30
6. LKW — 36
7. Eiszeit — 41
8. Der Unterwasser-Playboy — 44
9. Häschen — 51
10. Blubberwasser — 55
11. Engelschor — 62
12. Wikingerblut — 68
13. Duschkabinen-Tango — 74
14. Meister Proper — 80
15. Adventswatsch'n — 83
16. Schrecksekunde — 90
17. Eierlikörtorte — 95
18. Gnadenlos — 102
19. Monday, Monday — 105
20. Ewig Dein — 111
21. Christrosen — 115
22. Gehörnt — 120
23. Schweinkram — 124
24. Verschnaufpause — 128
25. Sexy Hexy — 133
26. Heiß auf Eis — 137
27. Hüftschwung — 141
28. High — 145

29. Trimm-Dich	150
30. Nikolausi	154
31. Dieb in dunkler Nacht	159
32. Und wenn das zweite Lichtlein brennt ...	163
33. Let it snow	170
34. Tatütata	177
35. Auf ein Wort	180
36. Blut- und Leberwörscht	183
37. Die Innung tanzt	186
38. Überraschung!	192
39. Witwenblut	197
40. Verliebt, verlobt ...	201
41. Mordsgaudi	206
42. Maries Glück	210
43. Froschbrause	215
44. Tischlein deck dich	219
45. Happy Birthday	222
46. Küchengespräche	228
47. Schwierigvater	231
48. Und wenn das vierte Lichtlein brennt ...	236
49. E. T. und ein Wildschwein	239
50. Ruhe vor dem Sturm	243
51. Weihnachtsmann-Metamorphose	249
52. Nussknacker-Suite	253
53. Kühlschränke	257
54. Schöne Bescherung	259
55. Tafelfreuden	268
56. Ganz großes Kino	271
57. Vom Himmel hoch	276
Danksagung	281

1. RABIMMEL, RABAMMEL

Das, was sie fühlte, war kalt. Eiskalt. Ihre Hand arbeitete blind, denn in manche Dinge konnte man nun mal – selbst beim besten Willen – nicht hineinsehen. Nach jedem Ziehen gelangte sie daraufhin ein kleines Stückchen tiefer hinein. Ihr linker Unterarm färbte sich rot. Nicht blutrot, nein, die Flüssigkeit, die an ihrem Unterarm entlanglief, war blassrot, eher fleischfarben und sah extrem ungesund aus. Mit dem Zeigefinger voran spürte sie es bereits. Unter ihren Fingern knisterte es leise im Inneren. Schließlich hatte sie ihn erwischt, konnte die Knochen spüren, die weichen Bestandteile, den Metallring mit der Plombe.

Mit einem heftigen Ruck zog sie den Beutel ein Stück weit heraus und fluchte dabei leise vor sich hin. Sehr leise, damit Paul sie nicht hören konnte, sie nicht Rechenschaft darüber ablegen musste, warum sie bis fast zum Ellenbogen in dieser bemitleidenswerten und mausetoten Kreatur steckte und vollkommen roh, pietätlos und barbarisch darin herumwühlte. Aber was sein musste, das musste nun mal sein.

Frau Meier zog das Tütchen mit den Innereien und dem langen, abgezogenen Hals vollends aus dem Leib der noch leicht gefrorenen Gans und entsorgte es schwungvoll im Mülleimer mit der sich elektrisch öffnenden Tür. So ein Schnickschnack, dachte sie bei sich. In ihrer eigenen Dreizimmerwohnung gab es so etwas nicht. Aber bei Paul! Paul Uhlbein war reich, Bestatter in der fünften Generation und seit dem Herbst vergangenen Jahres sowohl ihr Chef als auch ihr Lover, wie Gina, Frau Meiers Tochter, es ausdrücken würde. Das mit dem Lover stimmte natürlich nicht wirklich, denn für die Liebe war Frau Meier noch nicht bereit. Also für die körperliche. Für die andere schon – irgendwie.

»Mein Schnuppelchen, sag, was treibst du da eigentlich in der Küche? Es ist so still.«, rief es aus dem Wohnzimmer.

»Paul, ich koche, was sonst? Heute ist Sankt Martin, die Kinder kommen und die Gans muss langsam in den Ofen. Außerdem ist es so still, weil die blöde Gans nun mal nicht mit mir redet, wie könnte sie auch? Die ist ja tot!«

»Ach, Meierchen, so war das doch gar nicht gemeint. Ich dachte nur, wenn man so ein Festessen bereitet, dann muss es doch klappern und scheppern in der Küche? Und die Hausfrau muss dabei leise vor sich hinträllern.«

»So, muss sie das? Ich trällere grundsätzlich nicht und bei mir scheppert auch nichts, mein lieber Paul, gar nichts. Aber wenn du gerne ein wenig Krach haben willst, dann kannst du den bekommen. Ich würde nur zu gerne wissen, warum du mir so eine Gans gebracht hast. Ich habe dir doch gesagt, dass ich eine ohne Innereien will, und frisch sollte sie sein, nicht gefroren!«

»Aber die Bäuerin hat sie doch ausgenommen und ich habe sie nun mal schon letzte Woche gekauft. So lange hätte sie sich uneingefroren doch nicht gehalten.«

»Ja, das stimmt. Aber deine Bauersfrau hätte die Innereien entsorgen sollen. Stattdessen hat sie die ganzen Glibbersachen in eine Plastiktüte gepackt und sie der doofen Gans von hinten wieder hineingeschoben. Das ist doch eklig so was, total eklig.«

»Sie hat es ja nur gut gemeint. Die Gänseleber kann man doch auch ganz wunderbar braten. Mit Zwiebelchen und ein wenig Madeira. Oh, da hätte ich jetzt so richtig Lust drauf, da knurrt mir direkt der Magen. Du, Schnuppelchen, sag, magst du mir die Gänseleber nicht vielleicht kurz ein wenig anbraten, mein Herz?«

»Paul, wenn du noch einmal ›Schnuppel‹ zu mir sagst, dann nenne ich dich ›Leichenfledderer‹!«

»Aber mein Schätzelchen, was ist denn los?«

»Was los ist? Ich stecke bis zur Schulter in dieser dämlichen Gans und du sitzt vor dem Kamin und nimmst ein sprudelndes Fußbad! Wenn ich das gewollt hätte, mein lieber Paul, dann, dann …«

»Ja, was dann? Dann hättest du lieber eine Pute gewollt?«

»Nein! Ich will überhaupt keine Gänse oder Puten braten. Ich will eingeladen werden! Jawohl! Schließlich habe ich mit diesem dummen Sankt Martin absolut nichts am Hut. Du, du hast Gina und die Kinder eingeladen und von der ollen Martinsgans geschwärmt, nicht ich!«

»Ja, aber, das sind doch deine Tochter und deine Enkel – die laufen heute mit der Laterne durch die Straßen und singen! Schau«, wurde er ein wenig versöhnlicher, »sie sind doch gerade erst wieder zurück nach Bamberg gezogen. Die Kinder brauchen schöne Erlebnisse in ihrer neuen Umgebung. Und wenn sie jetzt zu uns nach Hause kommen und ganz rote Nasen von der Kälte draußen haben, dann wollen sie halt ein Ganserl essen. Das macht man doch so an Sankt Martin.«

»Ich hab das bei Gina nie gemacht! Da gab es im Kindergarten nach dem Umzug eine Bockwurst und eine Limo, und alle waren zufrieden.«

»Du hast deiner Familie nie eine Martinsgans gemacht?«

»Doch, aber erst später, als Gina ausgezogen war – und nur für meinen Mann und meine Geschwister. Und Cousins. Und deren Cousins. Gina war als Kind mit einer Bockwurst wirklich absolut glücklich. Da gab es solch ein Tamtam nicht, das kann ich dir sagen.«

»Ach, Schnuppel, denk doch auch mal an mich, mir machst du damit eine große Freude. Ich habe jetzt durch dich doch eine richtige Familie. Und Enkel und eine Tochter.«

»Wenn du noch einmal ›Schnuppel‹ zu mir sagst, dann wird dein Kopf gleich dort sein, wo der Beutel mit den Innereien eben noch war, Paul! Ich wette, Gans macht sich ganz wunderbar als Kopfbedeckung – jetzt im Herbst. Und wenn du glaubst, ich helfe dir dabei, deinen Kopf wieder herauszubekommen, dann hast du dich aber so was von geschnitten, jawohl!« Frau Meier war wütend. Hätte Paul nicht einfach ein paar Scheinchen springen lassen können und sie alle zur Martinsgans ins »Klosterbräu« einladen können? Oder ins »Schlenkerla«. Kostete ja weiß Gott nicht die Welt. Aber nein, Paul musste einen auf Familienidyll machen. Oma in der Küche mit gestärkter Schürze, Sonntagsgeschirr und Kerzenschein. Und der Herr des Hauses durfte dabei seine Quanten im Wohnzimmer bei einem durchaus erquicklichen Fußsprudelbad pflegen. So hatte sie sich das nicht erträumt, als sie eingewilligt hatte, noch einmal so etwas wie eine Beziehung einzugehen. So nicht! Auf ihre alten Tage hier zur Küchenfee mutieren zu müssen.

Draußen schlug die Domuhr halb vier. Der verdammte Vogel musste langsam in den Ofen. Aber vorher sollte die Füllung noch hinein. Diese hatte Gina am Vortag schon zubereitet und sie sah einfach nur widerlich aus. Maronenfüllung. Alles braun und matschig. Einer Gans von hinten etwas Braunes einführen zu müssen, das ging ihr vollkommen gegen den Strich. Früher hatte man Zwiebeln, Äpfel, Möhrchen und Beifuß hineingestopft und gut war's. Aber heutzutage – Maronencremefüllung! Sah ein wenig aus wie Durchfall.

»Schnuppel? Um noch mal auf die Gänseleber zurückzukommen, meinst du, du könntest mir die vielleicht doch in ein Pfännchen werfen? Das wäre gerade mein größter Wunsch, mein Schatz«, tönte es aus dem Wohnzimmer.

Frau Meier gab es auf, gegen die Freundlichkeit dieses Mannes war partout kein Kraut gewachsen. Sie drückte mit dem Knie gegen die Abfalleimertür und diese flog leise summend auf. Dann griff sie beherzt in den Mülleimer, fischte zwischen einigen weniger leckeren Dingen die Tüte mit den Innereien heraus und drückte die Schublade wieder zu. Schließlich ging sie kurzerhand die wenigen Stufen hinab in das Beerdigungsinstitut, holte sich ein paar Latexhandschuhe, die sie noch während des Gehens überstreifte, stopfte zuerst der Gans die braune Masse in den Po, wühlte anschließend – äußerst ungern – in der Tüte zwischen Nieren, Herz und Hals, bis sie die Leber fand, um diese dann, mit etwas Mehl bestäubt, grazil in eine heiß glühende Pfanne zu werfen. Es zischte und die Leber wölbte sich an den Seiten nach oben. Pfeffer und Salz darauf, ein wenig Kräuterbutter und gut war's. Ein winziger Schluck Portwein zum Ablöschen, dazu ein Scheibchen Weißbrot und Pauls Imbiss war perfekt.

Paul strahlte, als sie ihm den Snack auf einem Goldrandtellerchen brachte. »Mein Schnuppelchen, du bist die Beste!«

»Danke Paul, du alter Leichenfledderer.«

Es war eine wahre Freude, wie Paul die vor Hitze noch dampfende Leber in seinen Mund schob. Ein Klecks Kräuterbutter klebte in seinem ansonsten so gepflegten, grauen Bart und irgendwie passte weder dieser Klecks noch das Sprudelfußbad zu seinem äußeren Erscheinungsbild mit Anzug, Krawatte und dem passenden Einstecktuch.

»Ach, Schnuppelchen, wie du das wieder hinbekommen hast. Köstlich.«

»Ja, nicht wahr?«, grinste Frau Meier auf ihn herab, streichelte ihm die Schulter und freute sich, dass Paul nicht ahnte, dass er soeben den Inhalt seines Mülleimers als Delikatesse pries. So einfach konnte man einen Mann glücklich machen.

»Paul, du, hör mal, dieses ›Schnuppel‹, das solltest du dir abgewöhnen.«

»Aber warum denn, meine Liebste?«

»Weil ich es auf den Tod nicht ausstehen kann. Es klingt so nach Kosenamen aus dem Osten. Wir wollen doch nett zueinander sein und das Leben in vollen Zügen genießen, oder? Mittlerweile wissen wir doch beide, lieber Paul, wie kurz das Leben sein kann, und ich will dich doch noch recht lange behalten, wenn du verstehst, was ich meine.« Mit diesen Worten griff sie sich an die Kehle und imitierte gekonnt einen Würgegriff.

Paul verstand, räusperte sich kurz und widmete sich sofort wieder der Leber auf seinem Teller. »Hervorragend, meine Liebste, hervorragend. Du bist eine geniale Köchin. Du solltest viel öfter kochen, das würde mir gefallen, mein Schupp… ähm, Liebling.«

Punkt sieben klingelte es an der Haustür und Gina war da. Mikka und Ole, ihre beiden Jungs, hatten ihre leuchtenden Laternen in der Hand und begannen für Paul und ihre Oma zu singen. Frau Meier fand das Lied von Sankt Martin sehr hübsch, aber diese Laternen! Die hatte Gina wohl wieder selbst zusammengezimmert. Ein Drache und ein Ufo. Meine Güte, früher tat es doch auch ein gekaufter Lampion in Mondform. Was hatte denn ein Ufo mit Sankt Martin zu tun? Paul hingegen war begeistert und fragte sofort nach der Technik, die sie dafür angewandt hatte. Ob sie das mit Tapetenkleister und Buntpapier, oder lediglich mit Sprühkleber gemacht habe. Frau Meier drehte sich um und ging zu ihrer Gans, die mittlerweile genauso braun war wie Frau Meiers Schwester Marie, die seit Kurzem ein Abo im Sonnenstudio hatte. Ach, ja.

Als Frau Meier die Gans unter deren Ofensolarium hervorholen wollte und sie ihre Hand in die feuerfesten Kochhandschuhe gleiten ließ, fiel ihr mit Entsetzen auf, dass ihr Ring plötzlich fehlte. Der Ring ihres verstorbenen Gatten Hans, ihr Ehering, das Zeichen ihrer 35 Jahre lang währenden glücklichen Ehe. Leise weinend sank sie auf die Küchenbank und betrachtete die helle Stelle, an der der Ring eine tiefe Furche in ihrem Finger hinterlassen hatte. Eigentlich war jetzt nicht der richtige Zeitpunkt für Heulanfälle, schalt sie sich selbst, aber – wann um Himmels willen war er ihr nur abhandengekommen? War er schon weg, als sie die Latexhandschuhe übergezogen hatte, oder war er da noch dran gewesen? Sie konnte es nicht sagen und schämte sich dafür in Grund und Boden. Sie hatte ihren Ehering verloren! Und wenn sie nicht alles täuschte, briet dieser gerade bei 180 Grad auf mittlerer Schiene im Hintern einer Martinsgans!

2. WILLY

Das Ganserl sah himmlisch aus auf seiner Servierplatte. Was das Zerteilen von Körpern anging, hatte Frau Meier offenbar ein gutes Händchen. Alles wohl portioniert und hübsch drapiert. Dazwischen Petersilienstängel und Orangenscheiben.

Paul stand die Vorfreude auf diesen Gaumenschmaus direkt ins Gesicht geschrieben. Offenbar genoss er es, das Oberhaupt einer Familie zu sein. Er thronte an der Stirnseite seiner langen Esszimmertafel und stand schließlich auf, um diesem Abend, durch eine nette Tischrede, auch noch die ihm gebührende Würde zu verleihen.

Er räusperte sich kurz und begann seine kleine Ansprache, während Frau Meier indes unruhig auf ihrem Stuhl hin und her rutschte und die Augen verdrehte. Sie hatte Angst, es würde alles kalt werden, wenn er sich erst einmal in Fahrt geredet hätte. Schließlich faltete er auch noch die Hände und betete. Das Vaterunser. Mikka und Ole sahen begeistert zu ihm auf und Ole, der neben Paul saß, legte seine kleine Hand nach dem Gebet zärtlich auf die seine, worauf der Hausherr ein wenig Hochwasser im Bereich der unteren Augenlider bekam. Frau Meier hingegen schritt zur Tat. Rammte energisch die Fleischgabel in die Gänsestücke und verteilte sie zügig an die hungrigen Mäuler. Für die beiden Kleinen natürlich die Keulen, für die Großen die butterzarte Brust, mit der hübsch gebräunten und herrlich gewürzten Haut.

»Gina«, so begann Paul, »sag, wie fühlst du dich denn jetzt so, wieder in der alten Heimat. Hast du den Schritt bereut, oder kommst du hier in Bamberg gut zurecht?«

Gina überlegte einen Augenblick, bevor sie antwortete, und kaute verlegen auf ihrem Bissen herum. »Na ja, es geht so. Ich habe es mir etwas leichter vorgestellt. Mir fehlen meine alten Nachbarn, meine Freunde, das Haus. Noch kann ich nicht sagen, ob ich das Richtige getan habe, aber weißt du, Paul, das weiß man vorher ja nie und jetzt ist es einfach so, wie es nun mal ist. Ich mag mein neues Häuschen hier, die Kinder haben in der Schule und im Kindergarten gut Kontakt gefunden und irgendwie wird der Rest auch noch werden.«

»Gina, ich wollte damit zwar noch bis Weihnachten warten, aber vielleicht sollte ich doch jetzt schon mal auf das Thema zu sprechen kommen«, setzte Paul an und Frau Meier blickte vollkommen überrascht auf ihren Paul, was der denn nun schon wieder ausgeheckt haben mochte. »Also, Gina, du weißt, ich habe keine eigenen Kinder und natürlich auch keine Enkel. Meiner verstorbenen Frau und mir war dieses Glück nicht vergönnt.« Gina nickte und sah ihn gespannt an. Die Luft in Pauls Esszimmer schien zu knistern, so verstand er es, die Spannung zu steigern. »Also. Meine Familie führt unser Bestattungsunternehmen mit mir nun bereits in der fünften Generation. Danach sind die Uhlbeins ausgestorben. Ich würde mich freuen, wenn wir – vielleicht gemeinsam – einen Weg finden würden, dies zu verhindern und der Bestattungsservice ›Ruhe sanft‹ auch noch in einer weiteren Generation fortgeführt werden könnte.«

Gina schluckte, Frau Meier war geschockt. »Paul, du willst doch jetzt nicht allen Ernstes meiner Gina einen Heiratsantrag machen und ihr vorschlagen, Kinder mit ihr zu zeugen! Hier! Vor meinen Augen!«

»Aber nein, mein Schnuppel, ich wollte Gina fragen, ob sie nicht vielleicht die Chance nutzen möchte, bei mir eine Ausbildung zu absolvieren, das Unternehmen zu übernehmen und dann an ihre Kinder weiterzugeben.«

Gina wirkte vollkommen überfahren, war sich aber schlagartig der Tatsache bewusst, dass man von ihr erwartete, dass sie sich dazu äußerte.

»Ähm, Paul, du, also, das ist eine sehr unerwartete Frage, die du mir da stellst. Also, ich weiß nicht so recht. Es ist nicht so, dass ich dein Angebot nicht zu schätzen wüsste, aber spontan kann ich gerade gar nichts dazu sagen. Ich muss das doch jetzt hoffentlich auch nicht gleich entscheiden, oder?«

»Nein, Gina, das musst du nicht. Lass dir Zeit, denke in Ruhe über alles nach und im neuen Jahr reden wir darüber, okay? Wäre das in deinem Sinne? Ist das genug Bedenkzeit?«

Frau Meier war sprachlos, was bekanntermaßen sehr selten vorkam, und Gina war der Appetit, bei der Vorstellung, ins Bestattergewerbe einzusteigen, irgendwie vergangen. Nur Mikka und Ole, die nicht so recht wussten, um was es hier eigentlich ging, plapperten fröhlich vor sich hin. Mikka, der seit September die zweite Klasse besuchte, schaffte es sogar, einen perfekten Themawechsel am Tisch zu inszenieren, indem er Paul fragte, ob er ihm nicht vielleicht sein neu erlerntes Herbstgedicht aufsagen dürfe.

»Du bist ein alter blöder Angeber!«, schimpfte Ole, der leider kein Gedicht zum Herbst kannte, aber Paul bot Mikka mit großer Geste eine Bühne.

Mikka verbeugte sich, atmete tief durch und begann:

»Herr: es ist Zeit. Der Sommer war sehr groß.
Leg deinen Schatten auf die Sonnenuhren,
und auf den Fluren lass die Winde los.

Befiehl den letzten Früchten voll zu sein;
gib ihnen noch zwei südlichere Tage,
dränge sie zur Vollendung hin und jage
die letzte Süße in den schweren Wein.

Wer jetzt kein Haus hat, baut sich keines mehr.
Wer jetzt allein ist, wird es lange bleiben,
wird wachen, lesen, lange Briefe schreiben
und wird in den Alleen hin und her
unruhig wandern, wenn die Blätter treiben.«

Alle applaudierten, und Paul bekam schon wieder feuchte Augen.

»Mikka, Kleiner, weißt du, von wem das ist?«, fragte er und beugte sich zu dem blonden Kerlchen hinunter, um ihn zu umarmen. »Das ist von Rilke. Reiner Maria.«

»Echt? Reiner und Maria haben das geschrieben?«, fragte Mikka.

»Nein, nein, nein, der Dichter heißt so. Reiner Maria Rilke. Ein ganz besonders schönes Gedicht«, und zu Frau Meier und Gina gewandt, »schaut, das drückt genau das aus, was ich euch eigentlich sagen wollte. Es wird Herbst und bald kommt der Winter und dann will ich wissen, dass mein Lebenswerk Fortbestand hat. Ich wandere also auch unruhig, jetzt – wo die Blätter treiben.«

Frau Meier war das alles zu viel der Gefühlsduselei. Sie stand auf und fragte, die sentimentale Stimmung durchbrechend, ob noch jemand Nachtisch wolle.

Das Wort »Nachtisch« hat für alle Kinder eine gewisse Zauberkraft und so reckten die zwei ihre kleinen Arme in die Höhe und schrien um die Wette: »Ich, ich, ich!«

»Du auch, Gina?«, fragte Frau Meier, doch Gina lehnte dankend ab und half ihrer Mutter beim Abräumen des Tisches.

In der Küche schloss sie leise die Tür. »Mama, hast du das gewusst? Hättest du mich nicht irgendwie vorwarnen können? Oder ihn von dieser abstrusen Idee abbringen? Wie stehe ich denn da, wenn ich ablehne? Er ist so ein lieber, netter Mensch! Ich kann ihn einfach nicht im Regen stehen lassen. Aber wenn ich mir vorstelle, ich soll Bestatterin werden und die nächste Generation Bestatter auch schon mal so ganz nebenbei heranzüchten, dann wird mir speiübel.«

»Gina, du glaubst doch nicht im Ernst, dass ich davon gewusst habe. Ich bin völlig geplättet! Mit keiner Silbe hat er das vorher erwähnt. Ehrenwort! Kannst mir schon glauben, dass ich ebenso überrascht bin, von dieser Bombe, die er da hat platzen lassen, wie du!«

»Mama, ich brauch jetzt mal nen Schnaps. Einen doppelten Willy, wenn's geht.«

Auf diesen Schreck füllte Frau Meier erst einmal zwei geschwungene Grappagläser mit Williams Christbirne. Selbstverständlich bis fast zum Rand, und mit einem tiefen Seufzen kippten die beiden Frauen den rettenden Klaren in einem Zug hinunter. Gina schüttelte sich. Frau Meier verzog keine Miene. Der zweite brannte dann schon gar nicht mehr so stark und der dritte machte direkt glücklich.

Als sie schließlich leicht angeschickert und kichernd mit dem Nachtisch zurück ins Esszimmer kamen, saß Paul mit den beiden Jungs im Schneidersitz am Boden und hörte sich mit ihnen gemeinsam Bibi Blocksberg an. Dabei erledigte er noch rasch Mikkas Mathe-Hausaufgaben, die dieser am Nachmittag doch glatt mal wieder vergessen hatte zu machen. Was für ein trautes Bild! Ene mene mei – hex, hex!

3. NOVEMBERBLUES

Frau Meier hasste den November. Es war der Monat, der ihr am meisten auf das Gemüt schlug. Nicht nur, dass Hans, ihr verstorbener Gatte, in diesem Monat Geburtstag gehabt hatte, nein, was ihr wahrlich Angst, ja sogar blanke Panik bereitete, war das unausweichliche und stetig näher rückende Weihnachtsfest. Weihnachten war so gar nicht ihr Ding. Während andere Omas in Heerscharen ausströmten um jede Menge Dies und Jenes für die Weihnachtsbäckerei zu besorgen, sah Frau Meier natürlich auch der Tätigkeit des Backens nur mit äußerster Skepsis, ja, vielleicht sogar mit totaler Ablehnung entgegen.

Paul Uhlbein empfand das ganz anders. Er liebte Weihnachten. Vor allem jetzt, wo er das Fest nicht mehr alleine mit seinen Leichen begehen musste. Dieses Jahr würde er im Kreise einer Familie feiern. Ein großes Fest war für den Heiligen Abend geplant. Natürlich in seinem Haus, denn das bot ja reichlich Platz für die ganze Sippe. Frau Meiers, also Schnuppels, Sippe. Richtig was los sein sollte da. Marie, Schnuppels Schwester, wollte kommen, gemeinsam mit Tochter Sarah und Enkelchen Xaver. Gina und die Kinder natürlich auch. Tom, Ginas Freund, wollte sehen, ob er es noch schaffen würde, denn er musste arbeiten. Ferner waren Gottlieb Carl, der Metzger und Wirt vom »Carlsturm«, mit seiner Olga eingeladen und selbstverständlich auch Georg, ein Bekannter Frau Meiers aus früheren Zeiten. Er, Paul Uhlbein seinerseits, hatte seine beiden Gesellen eingeladen. Florian und Fritz. Sie waren eingefleischte Singles und es wäre doch zu schade, wenn sie an solch einem Abend der Liebe, Freude und Harmonie alleine sein sollten. Nein, das wäre keine Option gewesen, denn Paul schwamm gerade auf der gigantischen Welle der zwischenmenschlichen Zuneigung und des Familiensinns. Er konnte einfach nicht anders.

Frau Meier hingegen bekam – wie schon erwähnt – die Krise. Täglich wurde es ein wenig schlimmer. Natürlich sollte sie mal wieder das Christkind spielen. Im übertragenen Sinne selbstverständlich, denn sie war nicht für das Himmlische, sondern für die Verpflegung, den Ablauf und die Dekoration zuständig. All das waren nicht wirklich ihre Lieblingsaufgaben. Wie gerne hätte sie am 24. abends bei ein paar kleinen Delikatessen aus dem Feinkostladen bei Paul – oder auch zu Hause bei sich – auf dem Sofa gesessen, den »Kleinen Lord« geschaut und den Lieben Gott einen guten Mann sein lassen. Aber nein, hier sollte Weihnachten ja der Bär steppen. Immerhin konnte sie Paul überreden, nicht wieder eine Gans braten zu müssen. Für all die vielen Leute! Da hätte sie ja vier Stück gebraucht! Ihr lag die letzte Gans noch schwer im Magen. Vor allem die Suchaktion in deren matschiger Füllung nach ihrem verschollenen Ehering. Gina war schließlich auf die Idee gekommen, alle weichen Bestandteile der Gänsereste durch ein Sieb zu drücken, und dabei hatten sie ihn dann endlich wiedergefunden. Welch ein Glück! Sie hätte es nicht ertragen können, dieses Zeichen der Liebe zu ihrem verstorbenen Hans nicht mehr bei sich zu haben.

Paul sprach von dem bedrohlich nahenden Fest wie von einem Weihnachten aus einer Geschichte von Charles Dickens. Von einem Winter-Wunder-Weihnachts-Märchen, und dabei leuchteten seine Augen hinter der rahmenlosen Brille wie kleine Funkelsteine. Er war schier nicht mehr zu bremsen, was Frau Meier jedes Mal panische Schauer über den Rücken jagte. Noch nie war Weihnachten wie im Märchen verlaufen. Noch nie! Wo dachte dieser Mann nur hin? Genau an diesen Kleinigkeiten konnte man erkennen, dass dieser Mensch keine Kinder hatte. Hätte er welche gehabt, dann hätte Weihnachten sich für ihn schon längst entzaubert. So viel war schon mal gewiss.

Seit Wochen bereits zimmerte Paul in der Werkstatt aus Restholzbeständen, die nicht mehr für den Sargbau benötigt wurden, einen Kaufmannsladen für Mikka und Ole. Wenn man diesen dann an den stabilen Messinggriffen andersherum drehte, war es plötzlich sogar ein Puppentheater. Nun, vielleicht ein sehr katholisches Puppentheater, denn an der Seite prangte ein riesiges Kruzifix, das sich leider nicht entfernen ließ, und die kleinen Vorhänge, die die Bühne umrahmten, waren aus violettem Samt. Den Hintergrund der Bühne hatte er mit ein wenig Plisseestoff eines Sargkissens bezogen, das er einmal falsch bestellt hatte. Sogar der Lack war stilecht. Schwarz – hochglänzend. Ein richtiger Totengräber-Theater-Laden war das geworden, aber das durfte man ihm natürlich unter gar keinen Umständen sagen, denn er war so unsagbar stolz auf sein Werk.

Und dann war da auch noch die Geschichte mit dem Schenken. Was sollte sie Paul nur kaufen? Der Mann hatte doch wirklich alles! Sollte sie sich vielleicht bei ihrer Schwester Marie ein paar rassige Dessous in Größe 48 kaufen, die sie Paul dann in der Heiligen Nacht präsentieren könnte? Und dazu diese kleinen Flügelchen aus weißen Gänsefedern, die es nun überall gab. Nein, so weit war sie absolut noch nicht. Kein Sex, keine Flügelchen, kein Rock 'n' Roll. Da wäre ein edles Rasierwasser doch gewiss eine bessere Idee. Oder ein neues Handy? Aber nein, damit kannte sie sich nicht aus.

Für Gina und die Kinder brauchte sie nichts zu besorgen. Die bekamen Geld und sollten sich selbst etwas heraussuchen. Aber da waren auch noch Olga, Gottlieb und Georg, Florian und Fritz, Sarah und der kleine Xaver. Da würde sie sich wohl einen Nachmittag freinehmen müssen. Und das ausgerechnet jetzt, wo doch gerade so viel in der Domstadt gestorben wurde!

Zunächst aber beschloss sie, mal wieder einen Abend in ihrer eigenen Wohnung zu verbringen. Sie sehnte sich nach

Ruhe und Einsamkeit. Nach ihrem Sofa und einer sinnentleerten Soap-Opera. Bei Paul gab es nur anspruchsvolle Unterhaltung. Oder Dokumentationen. Da konnte sie ihre Serien immer nur heimlich sehen, wenn Paul im Notdienst angerufen wurde und schnell wegmusste. Manchmal, wenn sie Glück hatte, starben die Leute auch genau im richtigen Moment – passend zum Vorabendprogramm. Und das Sahnehäubchen war dabei auch noch, dass sie bei solch günstig fallenden Terminen nicht einmal ein Abendbrot richten musste, denn sie hatten die stille Vereinbarung getroffen, dass Paul auf dem Nachhauseweg immer noch rasch beim Italiener vorbeifuhr, um Pizza für sie beide zu holen. Die hielt Frau Meier dann rasch im Backofen warm, bis Paul seine Leiche, unten im Beerdigungsinstitut, ins Kühlfach geschoben hatte.

»Du Paul«, begann Frau Meier schnurrend wie ein Kätzchen, wobei sie sich auf ihrem Bürostuhl hin und her bewegte, »Paul, ich muss bei mir zu Hause mal wieder nach dem Rechten sehen. Ich war schon so lange nicht mehr dort. Ist es für dich in Ordnung, wenn ich heute etwas früher aus dem Büro gehe und dann mal daheim übernachte?«

»Och, Schnuppel! Ehrlich? Das ist aber sehr schade. Ich dachte, mein Heim wäre jetzt auch dein Heim.«

»Ja, Paul, so ist es auch, aber ich habe ein ganz ungutes Gefühl. Ich muss auch mal wieder die Blumen gießen und überhaupt.«

»Na schön, meine Liebe, dann mach das. Ich werde bestimmt auch mal einen Abend ohne dich klarkommen. Ganz gewiss. Ja, das schaffe ich.«

»Gut, dann gehe ich jetzt mal, bis morgen, mein lieber guter Paul. Schau, hier hast du noch ein Küsschen und dann sehen wir uns morgen früh in alter Frische hier im Büro. Du denkst doch dran, dass morgen die Besprechung für die

Beerdigung Wagner ansteht, nicht wahr? Da müssen die großen Eichensärge alle zu sehen sein. Und der schwarze mit den goldenen Zierleisten. Wäre doch gelacht, wenn ich den nicht endlich an den Mann bringen würde. Gute Nacht, mein Bester!«

»Zu Befehl, Frau Meier, wird alles zu Ihrer Zufriedenheit erledigt! Gute Nacht, mein Schnuppelchen!«

»Paul! Jetzt reicht es aber! Du sollst doch nicht immer ›Schnuppelchen‹ zu mir sagen!«

»Ist gut, Schnuppel!«

4. IN DER WEIHNACHTSBÄCKEREI

Gina sah die Sache mit dem Novemberblues wesentlich entspannter. So etwas wie Winterdepression kannte sie eigentlich gar nicht. Im November rutschte man im Hause Svenson immer etwas näher zusammen, trank Tee, bastelte Sterne oder schielende Engel und sang Winterlieder. Nicht schön, nein, das konnte man nun wirklich nicht behaupten, aber dafür voller Inbrunst. Die Kinder brachten ja aus der Schule und dem Kindergarten einen wahren Schatz an Liedgut mit nach Hause, und Gina hatte sogar ihre alte Blockflöte wieder ausgegraben und begleitete ihre kleinen Bamberger Sängerknaben damit eher schlecht als recht. Der arme Tom, der nun schon seit über einem Jahr fest an Ginas Seite stand, hatte offenbar Nerven wie Drahtseile, und wenn es ihm irgendwann dann doch gar zu bunt wurde, stopfte er sich die Kopfhörerstöpsel seines Handys ins Ohr und zuckte mit den Füßen zu Led Zeppelin im Takt, bis sein Trommelfell schließlich irgendwann die weiße Flagge der Kapitulation hisste.

Ja, er war ein feiner Kerl, dieser Tom. Ein Journalist aus München, den Gina durch eine Partnerbörse im Internet gefunden hatte. Leider hatte er jedoch bei Ginas Tante Marie keinen Stein im Brett. Tom hatte nämlich im vergangenen Jahr einen Film über das Oktoberfest gedreht. »Leben und Sterben auf der Wiesn«, so hieß die Reportage, in der es wahrhaft zünftig zur Sache ging. Wie der Zufall es so wollte, hatte Tom bei den Dreharbeiten, die allerdings knapp vor Ginas Zeit stattfanden, Manni von der Geisterbahn kennengelernt. Dieser wiederum hatte bereits beim Aufbau der Wiesn Ginas Cousine Sarah geschwängert, was natürlich zum Aufhänger der gesamten Geschichte wurde. Wie gesagt: »Leben und Sterben auf der Wiesn«. Und das alles im Fernsehen. Noch zu einem Zeitpunkt, als die arme Marie nicht im Entferntesten daran gedacht hätte, demnächst Oma zu werden. Hatte sie doch seinerzeit gerade erst eine heiße Kreuzfahrt und die nahezu prickelnde Bekanntschaft einiger junger Herren in weißen Uniformen hinter sich gebracht.

Gina hoffte inständig, dass Tom Tante Marie doch noch auf seine Seite ziehen könnte, denn Gina war nicht nur Maries Nichte, sondern auch deren Geschäftspartnerin, was bei totaler Antipathie auf die Dauer durchaus kompliziert werden konnte. Aber egal, für Gina war Tom einfach der Größte. Ohne jedes Wenn und Aber. Ein wahrer Schatz – und so unsagbar genügsam. Auch, wie er mit Ole und Mikka umging, war absolut sensationell. Als wären sie seine eigenen Kinder.

Die beiden Jungs hingen aber auch bereits sehr an ihm. Ob sie ihren leiblichen Vater vermissten, der nach einem Sturz auf der Kellertreppe aus dem Leben geschieden war, ließ sich schwer sagen. Sie redeten liebevoll über ihn, aber man hatte nicht das Gefühl, dass er ihnen sonderlich fehlte. Mehr schon fehlte ihnen ihr altes Zuhause, aber Gina hatte es in Fuchsdorf schlicht und ergreifend nicht mehr ausgehalten. Sie hatte sich in ihrem eigenen Haus – seit diesem schrecklichen Vorfall – nämlich nicht mehr in den Keller getraut, und das war auf die Dauer absolut keine Lösung gewesen, denn dort stand nun mal die Waschmaschine. Jedes Mal, wenn sie die Treppe hinabstieg, hatte sie das Gefühl, als greife jemand um ihre Knöchel und zöge sie mit samt ihrem Wäschekorb auf den kalten Steinboden. Pure Einbildung, das wusste sie selbst, aber vielleicht hatte sie ja doch ein schlechtes Gewissen, am Tod ihres untreuen Gatten nicht ganz unschuldig gewesen zu sein.

Doch nun war sie seit Beginn des neuen Schuljahres wieder zurück in Bamberg, ihrer Geburtsstadt. Der Umzug war reibungslos verlaufen und sie hatte in ihrem neuen Haus sehr schnell alles so arrangiert, dass man es durchaus als gemütlich und wohlig bezeichnen konnte. Gerade jetzt, wo das Feuer im Kachelofen knisterte und aus der Küche fröhliches Geschnatter tönte. Ein paar Kleinigkeiten mussten noch erledigt werden, aber darum sollten sich in der kommenden Woche die Handwerker kümmern.

»Schau, Mikka, ganz vorsichtig. Nimm die Ausstechform mit dem Stern und dann mit der scharfen Seite in den ausgerollten Teig drücken. Super! Genau so. Und jetzt mit dem Messerchen den Teig lösen und ab aufs Backblech damit. Jawohl, bravo! Gut gemacht!«

Mikka war stolz wie Bolle. Er durfte die Zimtsterne ausstechen. Ole musste die Vanillekipferln zurechtbiegen. »Du-uu, O-o-le, deine Vanillekipferln schauen aber tota-a-l komisch aus. Wie eine Hundewurst! Haha, der Ole macht ne Hundewurst, Hundewurst!«

Oles Augen füllten sich mit Tränen und sofort liefen sie auch schon über. »Mama, der Mikka ärgert mich! Mach mal, dass der damit aufhören soll!«

Gina blickte Mikka scharf an. »Mikka, muss die Mama erst ›Burschi, Burschi‹ sagen?«

Mikka verzog den Mund. Ganz langsam wanderten die Mundwinkel nach unten, die Stirn kräuselte sich und schon brach auch Mikka in Tränen aus. »Bitte nicht ›Burschi, Burschi‹ sagen, Mama. Ich mach das auch nie mehr! Aber nicht ›Burschi, Burschi‹ sagen!«

»Dann entschuldige dich jetzt mal bei deinem kleinen Bruder, Mikka. Ole macht das nämlich ganz toll. Und wenn du noch mal über ihn lachst, dann machst du gleich die Hundewürste und Ole darf die Sterne ausstechen!«

»Aber Mama! Das sind keine Hundewürste, das sind Vanillekipferln!«, schimpfte Ole. »Supertolle Kipferln, nicht so doofe Sterne!«

»Ja, mein Schatz, ganz toll. Das stimmt. Ihr macht das beide total prima.«

Gina standen die Haare zu Berge. Backen mit den Kleinen war immer eine sehr spezielle Angelegenheit, aber irgendwie machte es trotzdem auch Spaß, und dank des Plätzchenduftes, der durch das Haus zog, fühlte sie sich hier, in ihrem neuen Heim in der Bamberger Altstadt, zum ersten Mal so richtig wohl und fast sogar angekommen.

»Mama, du, sag mal, wann kommt denn der Tom wieder? Der wollte doch mit mir einen Weihnachtsbaum aussägen?«, fragte Ole, während er ein weiteres, sehr außergewöhnliches Vanillekipferl formte.

»Ja, und ich sollte den Baum anmalen!«, rief Mikka. »Das kann ich nämlich super gut, so was, echt wahr!«

»Puh, ich kann euch das nicht so genau sagen, aber am Wochenende ist er bestimmt wieder hier. Tom muss halt immer dort arbeiten, wo gerade etwas auf der Welt passiert. Na ja, das Wort ›Welt‹ ist jetzt vielleicht ein wenig übertrieben, aber dort, wo in Bayern etwas los ist, da muss er eben hin. Und manchmal kann man nicht so genau sagen, wie lange das dauert«, erklärte Gina.

»Mama«, wollte Ole nun wissen, »wirst du den Tom mal hochzeiten?«

Gina sah ihren Sohn erstaunt an. »Keine Ahnung, Ole, das weiß ich nicht. Da muss der Tom ja auch noch ein Wörtchen mitreden. Ich glaube, da wollen wir uns noch keine Gedanken drüber machen, okay? Zeig mir lieber mal, ob du vielleicht auch eine Vanillebrezel formen kannst. Ich wette, das kriegst du hin.«

»Ich will keine Brezel. Brezeln sind doof!«, maulte Mikka nebendran, und irgendwie schien es für die beiden langsam Zeit fürs Bett zu werden.

»Kommt, ihr zwei, lasst uns morgen weitermachen. Wir packen den Teig in den Kühlschrank, machen uns ein paar Fernsehbrote und gucken das Sandmännchen zusammen. Wäre das ein Deal?«

Gemeinsam kuschelten sie sich später auf dem großen roten Sofa unter eine Decke, und noch bevor das Sandmännchen seinen Schlafsand überall großzügig verteilen konnte, waren beide in Ginas Arm eingeschlafen, und sie hatte nun die heikle Aufgabe, die zwei nacheinander die Treppe hinauf in ihre Betten zu tragen, ohne sie dabei aufzuwecken oder sich beim Transport das Genick auf den steilen Stufen zu brechen. Natürlich hatte sie dabei ein schlechtes Gewissen, weil das Zähneputzen mal wieder auf der Strecke geblieben war, aber die beiden kleinen Engelchen zu wecken, hätte sie jetzt gerade einfach nicht übers Herz gebracht.

5. DAHAM IS DAHAM

Frau Meier hatte auf dem Weg nach Hause noch rasch ein paar leckere Kleinigkeiten eingekauft, die sie am heutigen Abend in aller Ruhe ausschließlich mit sich selbst teilen wollte. Ein paar Scheiben Roastbeef, ein wenig Parmesan, zu feinen, zarten Löckchen gehobelt, etwas Weißbrot, ein Fläschchen Cremant und selbstverständlich ein klitzekleines Schächtelchen mit neun handgefertigten Pralinen aus diesem entzückenden Laden in der Langen Straße. Der kleine Luxus. Jedes Pralinchen ein grandioses Kunstwerk. Mit kandierten Veilchenblättern verziert, oder mit gehackten Pistazien obendrauf. Sinnlichkeit für den Gaumen – ganz für sie alleine. Sie hatte sich schon während des Einkaufs darauf gefreut, heute endlich einmal wieder sie selbst sein zu dürfen. Ohne Paul und ohne jedweden Anspruch auf Etikette.

Als sie die Wohnungstür aufsperrte, kam ihr ein abgestandener Geruch entgegen. Wie lange war sie nun schon nicht mehr hier gewesen? Eine Woche, zwei? Sie wusste es nicht. Durch die Dunkelheit blinkte im Flur das rote Licht ihres Anrufbeantworters. Sieben Nachrichten in Abwesenheit. Sie knipste den Lichtschalter an, verstaute ihre, beim Einkauf eroberten, Schätze rasch im Kühlschrank, wobei sie aus selbigem erst einmal einen verschimmelten Wurstteller und einen braunwelken Salatkopf entsorgen musste. Früher habe ich nie etwas wegwerfen müssen, durchfuhr es sie, und das Nachkriegskind in ihr bekam für einen Sekundenbruchteil heftige Schuldgefühle deswegen.

Noch während sie die Fenster öffnete, um mal richtig durchzulüften, hörte sie an ihrem mobilen Telefon die aufgezeichneten Anrufe ab. Zweimal die Versicherung, wegen eines Datenabgleichs, dann Gina, die sich verwählt hatte. Einmal Georg, der fragte, wo in aller Welt sie denn eigentlich steckte, und dann, zu ihrer großen Überraschung, Gottlieb Carl, der Metzger. Zweimal hörte sie nur eine Art Murren oder Grunzen, dann hatte er wieder aufgelegt. Beim dritten Versuch hatte er jedoch offenbar allen Mut zusammengenommen und auf das Band gesprochen:

»Du, Madla, ich wollt mich a mol widda meldn. Kennst mei Stimm? Da Gottlieb is dran. Bist'n du eichentlich gor nimma daham? Mensch, du kümmst ja a gar nimmer nunter nein Carlsdurm. Ham'ma dir irchendwas gedon? Ich man, mir könnt'n doch a mol widda a weng a Schlachtschüssl zusam' ess. Du, da Georch, die Olga und ich a. Mensch, des is doch echt a schöna Zeit g'wen, wie mir noch a weng mehra Kondakt g'habt ham. Ruf halt a mol o. Oder kumm einfach runda. Die Olga dät sich fei echt freun. Ich glab, die tät ganz gud a weng a Freundin brauchn könna. Also dann mach's mol gud und mir sehn uns die Tach hoffentlich endlich. Adela, dann.«

Frau Meier musste schmunzeln. Wenn Gottlieb Carl sich dazu herabgelassen hatte, das ihm total verhasste Telefon anzufassen, ja gar auf einen Anrufbeantworter zu sprechen, dann musste schon irgendetwas im Argen liegen. Doch davon wollte sie sich heute nicht aus der Ruhe bringen lassen. Heute war ihr Abend. Den ganzen Tag kümmerte sie sich seit einem Jahr nun um das Leid anderer. Irgendwann war auch sie endlich mal dran.

Nachdem die Wohnung gut gelüftet war, drehte sie die Heizung voll auf und den Fernseher an. Es war kurz nach sechs und im ZDF ermittelte gerade mal wieder irgendeine SOKO. Derart viele Verbrechen, wie in Deutschland über den Bildschirm flackerten, gab es nicht mal, wenn man die reale Verbrechensstatistik verdoppeln, ja verdreifachen würde. Dennoch machte sie es sich auf dem Sofa gemütlich, kroch unter ihre leicht verfilzte Plüschdecke mit dem Leopardenmuster und stellte fest, dass sie das alles hier schrecklich vermisst hatte. Gut, Paul hatte ein schickes Haus. Eigentlich konnte man es glatt als Villa bezeichnen. Sie hatte dort ihr eigenes Schlafzimmer, ein Ankleidezimmer, ein angrenzendes Bad, und all das war zusammen schon größer als die Grundfläche ihrer Dreizimmerwohnung, hier in der Bergstraße. Aber irgendwie war »daham« eben doch einfach »daham«, wie Gottlieb es ausdrücken würde.

Trotz des heftigen Schusswechsels auf der Mattscheibe und der dramatischen Hintergrundmusik dazu, konnte sie aus der Wohnung über ihr, in der ihre Schwester wohnte, das Baby schreien hören. Xaver! Sarah war mit samt dem Baby bei Marie eingezogen, da Manni sich sehr schwertat, die monatlichen Alimente für Klein Xaver aufzubringen und Sarah ihr Studium wegen des Kindes ja abbrechen musste. Natürlich war das eine Farce! Das Studium hatte sie schon lange vorher abgebrochen, aber davon ahnte Marie nicht die Bohne und erzählte stattdessen überall herum, wie pflichtbewusst Sarah doch sei, weil sie wegen des Kleinen auf ihr Studium und die damit verbundene großartige Karriere verzichtete.

Xaver hatte heute aber offenbar ein mächtiges Problem, denn er hörte auch während der Nachrichtensendung nicht auf zu quaken und in gleichmäßigem Rhythmus hörte man auch Schritte oben in der Wohnung. Wahrscheinlich wurde der kleine Schreihals durch die Gegend getragen, damit er endlich mal Ruhe gab. Aber Xaver war schlau. Er wusste genau, wenn er aufhören würde zu plärren, dann würde man ihn in sein Bettchen legen, und darauf hatte er offensichtlich keinen Bock. Man fragt sich bei diesen Aktionen ja immer, wer da eigentlich wen erzieht.

Nachdem Xaver auch noch während des Filmabspannes zu dem Viertel-nach-acht-Spielfilm die Nachbarschaft terrorisierte, hielt Frau Meier es nicht mehr aus, nahm ihren Schlüssel und stand schon wenige Sekunden später vor Maries Wohnungstür. Sie klingelte, doch das Klingeln kam gegen die Stimmgewalt des kleinen Terroristen nicht an. Also hämmerte sie gegen die Tür, bis schließlich eine völlig entnervte Marie öffnete.

»Gott sei Dank, Schwesterherz!«, seufzte Marie und drückte Frau Meier das schreiende Bündel Kind in die Arme. »Ich muss so dringend mal wohin. Du bist meine Rettung!«

Frau Meier hielt das Kind mit beiden Händen unter den Achseln fest und streckte es von sich. Dabei kniff sie ihre Augen zusammen und fixierte das mittlerweile klatschnass geschwitzte Kind mit scharfem Blick. Xaver schien irritiert. Das Spiel kannte er noch nicht, und nachdem er sich einen Moment besonnen hatte, gluckste er vor Freude und begrüßte Frau Meier mit einem freundlichen »Da-daa!«

Marie konnte die plötzliche Ruhe gar nicht fassen und rief noch aus dem Badezimmer: »Hallo? Was ist denn loooos? Warum ist es denn jetzt so ruuu-hig?«

»Alles gut!«, schrie Frau Meier und hielt das Menschlein noch immer auf Abstand von sich weggestreckt.

»Wie hast du das denn hingekriegt, Schwesterchen? Du wirst ihm doch wohl kein Bier auf den Schnuller getan haben? Sag nicht, dass du das gemacht hast, Sarah bringt mich um, wenn du das getan hast!«, mit diesen Worten kam Marie sichtlich erleichtert aus dem Badezimmer.

»Hier«, drückte Frau Meier Marie den kleinen Schreihals wieder an die Brust. »Ich bin hier, weil's nervt! Der Kerl schreit sich die Seele aus dem Leib. Das geht so nicht, Marie, ihr wohnt nicht alleine in dem Haus! Wir sind sechs Parteien. Die Leute müssen arbeiten, die können sich doch nicht den ganzen Abend dieses Kindergeschrei anhören! Wo ist überhaupt deine Tochter? Vielleicht kann die dafür sorgen, dass er endlich still ist.«

»Sarah ist im Kino. Mit einem jungen Mann«, erklärte sich Marie und blickte dabei hinunter zu ihren Füßen, die in rosafarbenen Plüschschweinchen-Puschen steckten. »Die muss doch auch mal rauskommen. Sie ist doch noch so jung und vielleicht findet sie ja noch einen gescheiten Mann, der sie und das Kind nimmt. Bei deiner Gina hat es doch auch geklappt, und die hat zwei Kinder und ist älter! Außerdem ist sie dicker als meine Sarah und so gut aussehen tut sie auch nicht.«

»Ähm. Ich weiß nicht, ob ich dir das jetzt so sagen kann, Marie«, setzte Frau Meier an, »aber Gina hat sich ihren Tom im Internet geangelt. Vielleicht sollte Sarah da auch mal auf die Suche gehen.«

»Macht sie ja. Der Typ heute Abend ist jetzt schon der siebte oder achte. Aber das ist irgendwie alles nicht so das Richtige, wenn du verstehst, was ich meine.«

»Nee, das verstehe ich eigentlich nicht, aber ich habe jetzt auch echt keine Zeit mehr für so was. Ich hatte einen richtig harten Tag und will mich erholen, weil ich morgen wieder fit sein will. Was ist denn mit deiner Arbeit? Geht da grade noch was mit den Dessous-Partys?«

»Da ginge schon was, aber du siehst ja selbst, ich sitze abends hier und passe auf den kleinen Zwockel auf. Ach, schau doch mal, ist er nicht süß, jetzt hat er sein ganzes Karottengläschen auf meinen Pulli gespuckt. Da haben wir es schon, des Rätsels Lösung. Das hat ihn bestimmt gedrückt und deshalb hat er so schlimm weinen müssen. Dutzi, dutzi, daaaaaa!«, dabei herzte sie das vollgekotzte Kind und sah dabei aus, als gäbe es keinen glücklicheren Moment in ihrem Leben als genau diesen.

Frau Meier war das zu viel. Sie hob ihre Hand zum Gruß, zog die Tür hinter sich zu und lief kopfschüttelnd die Treppen hinunter in ihre Wohnung.

Kaum hatte sie sich erneut auf ihrem Sofa niedergelassen, setzte sich das Konzert über ihr mit einer neuen, noch schrilleren Arie fort. Es war schlicht und ergreifend gar nicht daran zu denken, auch nur einen ganz kleinen Teil des Filmes mitzubekommen, der gerade lief.

Frau Meier war sauer. Sie griff zum Telefonhörer und wählte die Nummer vom »Carlsturm«.

»Carlsdurm – wer spricht?«

»Gottlieb, ich bin's, Meier am Apparat.«

»Ach, da schau her, mei Madla! Des is fei schö, dass ma dich a mol hörn dud.«

»Ja, gell. Du, ich hab deinen Anruf vorhin abgehört. Ist alles in Ordnung bei euch?«

»Nu glar, des passt scho öllas. Machst net a weng nunder komm zu uns? Mir sitzn grad so schö zam miteinand.«

Frau Meier blickte kurz zum Fernseher, wo Iris Berben, kaum jünger als sie selbst, sich gerade an einem jungen Mann gütlich tat. Solch Schweinkram gefiel ihr ohnehin nicht, und über ihr legte der kleine Xaver gerade noch eine Schippe drauf.

»Na gut, Gottlieb, überredet. Aber nur auf ein Schnäpsla! Ich hab morgen einen harten Tag vor mir.«

»Nu glar. So mach ma des. Mir sin do, kummst einfach nei die Wirtsstubn, undn is offn.«

»Gut, bis gleich dann! Und Gottlieb, magst mir schnell noch ein Leberkäsweckla machen, ich hab noch gar nichts gegessen heute Abend.

»Nu freilich, bis gleich.«

6. LKW

Als Frau Meier am »Carlsturm« ankam, ragte das alte Backsteingebäude seltsam bedrohlich in den dunklen Himmel. Auf dem Turm konnte man mit etwas Mühe noch die zerschlissene fränkische Fahne im Wind erkennen, was hauptsächlich an der bunt blinkenden Weihnachtsbeleuchtung lag, die vermutlich Olga rings um das Haus angeordnet hatte. Vielleicht wirkte das Haus deshalb so bedrohlich. Im Schaufenster der Metzgerei hatte der künstliche Schweinskopf ebenfalls eine bunte Lichterkette umgehängt bekommen, was ziemlich gruselig wirkte, denn durch das dünne fleischfarbene Plastik sah es ein wenig so aus, als würde das vermeintliche Gehirn des Plastikschweins im Sekundentakt in verschiedenen Farben schillern. Bei ihr zu Hause in Polen fand man Derartiges offenbar richtig schick.

Seitlich, neben dem Eingang zur Gaststätte, dort, wo früher der Biergarten gewesen war, flatterte gelb-schwarzes Absperrband rund um einen gigantischen Krater im Boden. Hier war anscheinend einiges geschehen in letzter Zeit. Sie musste lange nicht mehr da gewesen sein.

Oben in der Gaststube saßen Olga, Georg und Gottlieb am Stammtisch. Ansonsten war die Kneipe leer und bis auf die brennende Lampe über diesem Tisch lag die Wirtsstube auch völlig im Dunkeln. Nur aus der Küche duftete es nach dem von ihr bestellten Leberkäs.

Es sind ja immer diese Bruchteile von Sekunden, die uns Menschen eine Stimmung wahrnehmen lassen. Dieser urzeitliche Instinkt aus der Ära, als die Menschheit noch mit verfilzten Haaren und Keulen in der Hand um ein Feuer gesessen hat.

»Was ist denn hier los?«, stieß Frau Meier bei diesem Anblick spontan aus und die drei schraken hoch, da sie Frau Meiers Ankunft vor lauter Schweigen gar nicht bemerkt hatten.

»Ja, mei Madla is do!«, sprang Gottlieb auf und griff sich die staunende Frau Meier und drückte sie beherzt gegen seine breite Metzgerbrust. »Mei Madla, des is fei schö, dich zu sehn. Kumm her, mir tringn grad a weng a Malzbier.«

»A Malzbier? Ja, sagt mal, was ist mit euch denn los? Kein Schnäpsla, kein Kellerbier, kein gar nix?«, fragte Frau Meier und fühlte sich, als sei sie im falschen Film gelandet.

Olga war ebenfalls aufgesprungen und drückte Frau Meier feste an sich. »So gut, dass du bist jetzt da! Ist schon so, dass wir haben vermisst dich. Komm, hinsetzen. Magst Malzbier oder lieber anderes?«

»Ihr seid mir eine Erklärung schuldig«, platzte es aus Frau Meier heraus. Warum in aller Welt trinkt ihr Malzbier? Das ist was für meine Enkel!«

Georg erhob sich nun auch und umarmte Frau Meier, wobei er sie dabei mehr oder minder auf den freien Stuhl am Tisch drückte. »Ach, Honey«, so begann er seine Beichte wie fast immer. Er hatte viele Jahre in Australien gelebt, und in solchen Situationen begehrte seine anglophile Seite immer ein wenig auf. »Ach, Honey, wir haben alle ein wenig viel getrunken in letzter Zeit und na ja, du weißt ja, Gottlieb hat ohnehin ein paar Probleme mit dem Alkohol, tja, also, wie soll ich das sagen, nun, wir unterstützen ihn bei seiner Abstinenz.«

»Ehrlich? Das finde ich ja super von euch! Stimmt, Gottlieb schielt heute ja auch gar nicht. Jetzt, wo ihr das sagt.«

Gottlieb strahlte, aber nur für einen kurzen Moment, und über die anderen beiden hatte sich auch bereits wieder ein dunkler Schatten gelegt.

Olga schob Frau Meier eine Flasche Malzbier vor die Nase, einen Öffner und ein Glas. Dann setzte sie sich müde wieder hin und blickte versonnen ins Leere.

»Wollt ihr mir nicht endlich sagen, was hier gespielt wird? Hier stimmt doch was nicht!«, fuhr sie die drei an. »Außerdem riecht's hier komisch, ich glaub, da brennt was an.«

Gottlieb fuhr hoch und rannte in die Küche, aus der deftig rauchige Schwaden in die Wirtsstube drangen. »So a Scheiß, dan hob ich ja so was von vergessn, dan scheiß Leberkäs!«

Kurz darauf kam er mit einer Platte wieder, auf der Leberkässcheiben ohne Kruste lagen. Die sonst so leckere Kruste musste er entsorgt haben, weil sie wohl zu arg verbrannt war. Er schob Frau Meier noch den Krug mit dem

Besteck vor die Platte und wünschte ihr »An Gudn!«. Olga und Georg nickten nur stumm.

»Also, wenn ihr mir jetzt nicht sofort sagt, was es hier geschlagen hat, dann gehe ich wieder. Wollt ihr mich irgendwie auf den Arm nehmen, oder was läuft hier?«

Georg tätschelte ihren Unterarm. »Du isst jetzt mal was und währenddessen erzählen wir dir, was los ist.«

»Na schön, vorher will ich aber bitte noch ein Brötchen, damit ich das da«, sie deutete auf die Platte, »als Leberkäsweckla essen kann.«

Gottlieb reichte ihr vom Tresen den Brötchenkorb und grinste. »A echta Frängin muss anfach ihrn LKW, ihr Leber-Kas-Weckla, ham, gell, mei Madla.«

Bei dem Wort »LKW« brach Olga in Tränen aus. Es schüttelte sie förmlich, und Georg und Gottlieb trösteten von links und von rechts gleichzeitig.

»Himmelherrgott! Was ist denn an einem LKW so zum Heulen, jetzt fangt halt endlich an!«, schimpfte Frau Meier wütend und wagte es deshalb auch nicht, noch nach Senf zu fragen, denn sonst würde es womöglich noch länger dauern, bis man sie einweihte.

»Willst du anfangen?«, fragte Georg in Richtung Gottlieb, doch der schüttelte den Kopf.

»Nee, des mach du a mol lieba, du konnst des bessa mit die Worde und so.«

Also sah Frau Meier zu Georg, der sich auf seinem Stuhl wand und nach dem richtigen Einstieg suchte.

»Also. Das war so. Die Olga ist doch auch Witwe. Das weißt du doch, oder?«

»Ja, klar, das weiß ich. Der Mann ist unter einen LKW ge...«, bei dem Wort »LKW« dämmerte es ihr plötzlich und sie entschuldigte sich für ihren dummen Spruch bezüglich des Leberkäswecklas.

»Na, das war noch nicht alles«, hielt Georg sie am Arm zurück, als sie spontan Olga zur Entschuldigung für ihre Unachtsamkeit trösten wollte.

»Also. Der Mann – der von der Olga – also. Der war gar nicht tot. Der hat noch gelebt und die Olga hat das auch gewusst.«

»Was? Ja Olga, um Himmels willen! Warum das denn?«, stieß Frau Meier hervor, aber Olga sah nur betreten auf die schmutzige Tischdecke.

»Des musst verstehn, Madla, die Olga wollt sich trenna, weil der Mo imma so bös war und deswegn is die Olga nach Deutschland abghaua, damit se a weng a Arbeid find und a weng a Geld verdiend.«

»Okay. Und weiter?«

»Na, dann wasst ja, ham die Olga und ich imma a bissala g'flörted. Und da had se sich's hald nimma getraut zu sogn, dass se scho an Mo had.«

Georg sah, dass Frau Meier noch immer nicht verstanden hatte, was eigentlich passiert war, und entschied sich dafür, die Wahrheit nun kurz, knapp und verständlich ans Tageslicht zu bringen.

»Na, dann hat der Ehemann rausbekommen, wo die Olga ist, hat sich in den Zug gesetzt und stand vor drei Tagen hier vor der Tür.«

»Und wo ist er jetzt?«, fragte Frau Meier, die noch immer staunend ihr Leberkäsbrötchen in der Hand hielt.

»Jetzt ist er tot«, kam Georg auf den Punkt.

»Tot? Und wo ganz genau befindet er sich?«

Die drei sahen Frau Meier unschuldig wie die Lämmchen an und antworteten gemeinsam, wie im Chor.

7. EISZEIT

Frau Meier stand zwischen Georg und Olga im Keller des »Carlsturms«, als Gottlieb das Vorhängeschloss der Gefriertruhe aufsperrte und den Deckel mit leisem Knarren öffnete.

Es war eine große, ja eine sogar sehr große Gefriertruhe, und in ihr lag der gute Igor nun auf einigen Schweinshaxen und Schäuferlan. Ganz friedlich sah er aus, wie er da so lag, mit seiner feinweißen Schicht aus sachte glitzernden Eiskristallen. Olga musste ein paar Tränen vergießen, aber nur einige wenige.

»Die Olga muss imma a weng heuln, wenn sa nan sicht. Da brauchst dir nix bei denkn. Des is normal.«

Um Olga machte sich Frau Meier die wenigsten Sorgen. Eher um den gefrorenen Igor und um dessen Beseitigung.

»Und wie – wie habt ihr ihn denn umgebracht?«, fragte Frau Meier in den Raum.

»Von hinten. Er wollte in Olgas Schlafzimmer, ja getobt hat er, dass er da reinwill und dann, na dann hat der Gottlieb ihm halt ein Fass über den Kopf gezogen.«

»Wie bitte? Ein Fass?«

»Jo, des war nämlich a so, dass ich grad a neues Fass für die Wirtsstubm aus'm Kella g'holt hab und als ich den g'sehn hob, da hat's a weng an Kurzschluss bei mir gebn. Na und dann hob ich nam des Fass nein Rückn haun wolln. Aba ich bin beim Werfn net so gud und dann is es nan hald neis Gnick nei. Des war abba nur a klaans Fässla!«

»Ach so, neis Gnick nei«, wiederholte Frau Meier. »Und was wollt ihr jetzt mit ihm machen, ich meine, ihr könnt ihn doch nicht hier so einfach liegen lassen.«

Georg räusperte sich verlegen. »Ja, weißt du, da kommst jetzt du ins Spiel. Wir haben so etwas Ähnliches doch schon mal gemeinsam erlebt. Damals mit dem Polizisten, du erinnerst dich?«

Ja, Frau Meier erinnerte sich – aber nur sehr ungern. Da war seinerzeit dummerweise Ginas neuer Freund, ein Kommissar, versehentlich in die Blutwurstmasse geraten. Aber nein, nein, nein, wo denken Sie hin, der Polizist wurde natürlich nicht als Blutwurst verkauft. Nee, das war ganz anders. Er wurde zu Hackfleisch. 3,95 Euro das Kilo, wenn Frau Meier sich recht entsann, und absolut Bio.

»Zuerst«, so begann Olga, »zuerst wir wollten dich gar nicht belasten mit solche Dinge, aber dann hat Loch Probleme gemacht und wir können Mann nicht in Loch legen, wegen Denkmalschütze.«

Frau Meier verzog fragend die Stirn und Georg sprang sofort wieder ein.

»Ja, wir wollten dich wirklich nicht mit unseren Sorgen belasten. Deshalb haben wir dieses Loch da neben dem Eingang gegraben. Und wie der Teufel es so will, ist dieser neunmalkluge Denkmalreferent aus Schloss Seehof just gerade an dem Tag zum Einkaufen gekommen. Der hat das Loch gesehen und sofort die Denkmalbehörde und die Bauaufsicht gerufen, weil das Haus an dieser Ecke offenbar nur auf einem einzigen Sandstein sitzt, der es trägt. Der Denkmalreferent meinte dann, da müsste was unternommen werden, aber nur unter Aufsicht der Unteren Denkmalbehörde, weil – so, wie es scheint – könnte das Fundament noch viel früher errichtet worden sein als das ganze Haus. Er meint, dass es nach 12. Jahrhundert ausschaut.«

»Ich glaube es ja nicht!«, stieß Frau Meier hervor. »Ihr wisst doch ganz genau, dass diese Denkmalheinis hier scharf wie Nachbars Lumpi sind. Ein Loch buddeln! So was macht man doch nicht! Nicht in Bamberg! Mein Gott, da habt ihr euch ja echt was eingebrockt. Und was soll ich jetzt für euch tun?«

Die drei blickten sie an und Frau Meier nickte nur. »Alles klar, ich soll die Leiche für euch bei uns im Bestattungsinstitut irgendwie verschwinden lassen. Sehe ich das richtig?«

Die drei nickten und sagten kein Wort.

»So, und wo kann ich jetzt bei euch drei Abstinenzlern einen Schnaps kriegen?«, wollte Frau Meier wissen. »Ich glaube, ich brauche jetzt einen, egal, ob ihr auf Entzug seid oder nicht. Ihr habt ja echt nicht mehr alle Tassen im Schrank.«

»Jetzt tu mal nicht so, wir wissen alle, dass auch du weniger Tassen als Leichen im Schrank hast«, entgegnete Georg, »aber einen Schnaps kriegst du auf alle Fälle. Wir sind ja keine Unmenschen. Und weißt du was, ich trinke einen mit. Die Olga und der Gottlieb können ja derweil die Truhe wieder verschließen. Komm.«

In Frau Meiers Gehirn arbeitete es bereits auf Hochtouren. Wie in aller Welt konnte sie den schlimmen Igor denn nur – an Paul vorbei – irgendwie entsorgen? Und wie sollte er unbemerkt von der Gefriertruhe aus ins Bestattungsinstitut befördert werden? Vielleicht mit dem Viehtransporter, aber auch das war viel zu auffällig. Na, und was das wohl erst wieder für ein Gerede in der Nachbarschaft gäbe, wenn plötzlich vor dem Beerdigungsinstitut ein Viehtransporter parken würde.

»Wie lang kann der Igor denn noch bei euch bleiben, Georg?«, fragte sie nachdenklich. »Meinst du, es ginge noch so etwa 14 Tage? Dann muss Paul zur Weihnachtsfeier der Bestatter-Innung, und an dem Abend bleibt er über Nacht weg, damit er auch ein Gläschen Wein trinken kann. Da sehe ich im Moment die einzige Chance. Zwei Wochen? Geht das noch so lange?«

Georg überlegte. »Na ja, es muss ja wohl. Wir werden sehen, wie wir das hinbekommen. Wird schon nicht gerade eine Betriebsprüfung vom Ordnungsamt kommen, oder? Nee, bestimmt nicht, wir sehen die Sache jetzt erst mal positiv. Weißt schon, Mädchen, bei uns ist das Glas halb voll und nicht halb leer. – Magst noch ein Schlückla von dem Zeug, das ist Schlehe, vom Biohof selbst gebrannt, lecker, oder?«

»Hm, ganz lecker.«

Doch Frau Meier war in ihren Gedanken schon endlos weit weg und schmiedete einen Plan. Dabei kippte sie das frisch eingeschenkte Schnäpsla in einem Zug hinunter. So hatte sie sich ihren freien Abend zu Hause wahrlich nicht vorgestellt.

8. DER UNTERWASSER-PLAYBOY

Als Frau Meier vom »Carlsturm« aus den Berg hinauf zu ihrer Mietswohnung gelaufen war, hatte sie an die Zeit vor gut einem Jahr gedacht. Damals wog sie noch über 130 Kilo und war um jede Chance bemüht, sich nur ja keinen Schritt bewegen zu müssen, weil ihr dafür schlicht und ergreifend die Luft fehlte. Sie war damals den Berg hinaufgeschnauft wie eine alte Lokomotive. Nicht nur so langsam, sondern auch genauso laut und pfeifend. Und an jeder Hausecke anhalten musste sie zu dieser Zeit obendrein. Heute war das anders. Sie hatte jede Menge Gewicht verloren. Gut und schön, flotte 85 Kilo waren jetzt auch nicht gerade das, was der Body-Mass-Index für ihre Größe vorgab, aber für sie war die Welt jetzt wieder in Ordnung. Sie musste nicht jedes Kleidungsstück im Spezialgeschäft kaufen und auch ansonsten fand sie ihr Leben ziemlich leicht. Normalerweise. Nicht natürlich, wenn man sie – wie gerade eben geschehen – darum bat, mal eben flott eine Leiche zu beseitigen.

Die Nacht war unruhig, sie fühlte sich unwohl in ihrem alten Ehebett inmitten all der noch immer dort stehenden Kisten und Kartons, die sie in den vergangenen Jahren in einer Art Dauerkaufrausch angesammelt hatte. Sie hatte es geliebt, stundenlang vor dem Homeshopping-Kanal zu sitzen und sich endlich mal was Gutes zu tun. So ungefähr viermal am Tag. Dabei herausgekommen waren irrwitzige Trimm-Dich-Geräte. Ein Trampolin mit Haltegriff beispielsweise. Als sie das das erste Mal ausprobiert hatte, war sofort ihre Nachbarin Frau Lehmann nach oben gestürmt, um nachzufragen, ob bei ihr alles in Ordnung wäre, weil es gar so heftig rumpeln würde. Ein Vibrator war auch mal dabei gewesen. Na, nicht, was Sie jetzt denken, nein, so ein Vibrationsgerät, auf das man sich draufstellt und das einem dann die Körpermasse durchwabbelt. Das soll ja extrem gut für das Lymphsystem sein. Blöd war nur, dass es lediglich bis 100 Kilogramm Gewicht zugelassen war. Deshalb konnte sie es gar nicht benutzen. Aber jetzt, jetzt ginge das ja sogar. Wie gut, dass sie es aufgehoben hatte!

Ihr Lieblingsobjekt, wenn sie sich erst einmal so richtig in Kaufstimmung gebracht hatte, waren jedoch diese elektrischen Kerzen. Die sahen ja aber auch fast aus wie echt.

Und wie praktisch die waren. Da musste man noch nicht einmal selbst aufstehen, um sie anzuschalten. Die meisten funktionierten mit Fernbedienung und hatten einen Vier- oder Sechs-Stunden-Timer. Grandios war das. Noch immer wimmelte es von diesen Kerzen in ihrem kleinen Reich und auch in den Wohnungen ihrer Verwandten, die zu jedem passenden oder unpassenden Anlass damit beschenkt wurden. Einige dieser tollen Dinger hatte sie auch schon bei Paul im Haus wunderbar platziert und dekoriert.

Langer Rede kurzer Sinn, die Nacht war alles andere als erholsam gewesen, und so war Frau Meier froh, am nächsten Morgen um neun in ihrem hübschen und adretten Büro im Bestattungsinstitut zu sitzen und auf das Gespräch mit Familie Wagner zu warten, die soeben ihren geliebten Wolf-Dieter verloren hatte. Ehemann, Vater und Großvater. 66 Jahre.

Das war aber auch wieder so eine Geschichte, die für den armen Herrn Wagner wirklich extrem dumm gelaufen war. Wolf-Dieter Wagner kam bei einem schlimmen »Verkehrsunfall« ums Leben. Das Auto und Herr Wagner waren beide absoluter Totalschaden. Natürlich war Wolf-Dieter nicht zu schnell gefahren, nein – wobei, in Fahrt war er schon – und wie! Er hatte sein Auto auf einem kleinen Parkplatz in Bug, direkt mit Aussicht auf den Kanal geparkt. Montagabend war das gewesen. So gegen halb elf. Und wie er da so saß, oder besser lag, musste sich im Eifer des Gefechts – mit der jungen Sekretärin des Herr Wagner – aus unerfindlichen Gründen die Handbremse gelöst haben. Susi Wohlfahrt, so hieß die Dame, hatte später bei der Polizei zu Protokoll gegeben, dass es möglicherweise daran gelegen haben mochte, dass sie versucht habe, sich zwischen das Gas- und das Bremspedal zu knien. Genauere Angaben konnte sie dazu allerdings auch nicht machen. Nun ja, jedenfalls konnte sie gerade noch rechtzeitig aus dem Wagen springen, da sie, oben liegend, eindeutig die vorteilhaftere Position innegehabt hatte. Wolf-Dieter hatte weniger Glück gehabt und rauschte mit voller Wucht in den Main-Donau-Kanal. Da war nichts mehr zu retten.

Jetzt erwartete Frau Meier die Witwe und deren Kinder, um mit ihnen das Prozedere der Beerdigung abzustimmen. Frau Meier war – wie immer – gut vorbereitet. Sie hatte sich den guten Herrn Wagner auch direkt noch einmal genauer angesehen und war der Ansicht, sie sollte nicht empfehlen, ihn noch einmal im geöffneten Sarg aufzubahren. Die Knutschflecke am Hals hätte Paul gut wegschminken können, darum ging es gar nicht, aber Herrn Wagners Gesichtsausdruck war doch ein wenig – sonderbar. So überrascht.

Die Trauerfamilie verspätete sich ein wenig, erschien dann aber vollzählig in Frau Meiers Büro. Den bereitstehenden Kaffee lehnten alle dankend ab. Den stattdessen angebotenen Cognac hingegen wollten sie allesamt haben. Das war auch ganz gut, denn so sprach es sich doch auch gleich viel lockerer.

Frau Meier faltete die Hände vor ihrem Bauch und lächelte. »Gut, Frau Wagner, wir hätten die Formalitäten jetzt so weit geklärt, ich denke, wir sollten uns langsam hinüber in unser Studio begeben und einen passenden Sarg heraussuchen. Ich habe Ihnen ein paar extraschöne Stücke bereitstellen lassen. Exzellente Verarbeitung. Massives und zertifiziertes Holz. Wenn Sie mir bitte folgen würden?« Mit diesen Worten wies Frau Meier in Richtung des Sargstudios, wo Fritz, der Geselle, bereits im dunklen Anzug und weißbehandschuht bereitstand, um ihr beim Vorführen der Sargmechanismen zu helfen.

»Cool!«, sagte einer der erwachsenen Söhne, und seine ebenfalls erwachsene Schwester rammte ihm deshalb den Ellbogen in die Seite. »Aua, hey, spinnst du, oder was?«

»Ruhe, Kinder, wir wollen das doch in Würde und mit Anstand über die Bühne bringen. Sagen Sie, Frau Meier, wo ist denn Ihr scheußlichster Sarg. Den scheußlichsten und den billigsten, den hätte ich gerne.«

»Aber Frau Wagner! Ihr Mann war einer der führenden Köpfe der Stadt. Sie werden ihn doch wohl nicht vor den Augen aller Honoratioren in einer Fichtenausführung beerdigen wollen!«

»Doch, genau das will ich, Frau Meier, genau das. So, wie er mich mit dieser Aktion gedemütigt hat, so will ich ihn jetzt demütigen. Wie konnte er nur! Was glauben Sie, Frau Meier, wie ich jetzt dastehe! Ich bin doch das Gespött der ganzen Stadt. Was für einen Abgang Wolf-Dieter da hingelegt hat, darüber wird man jahrelang noch lachen! Genauer gesagt über mich, weil ich so gar nichts davon mitbekommen habe. Überhaupt nichts.«

»Sie hatten also nicht einmal einen kleinen Verdacht, Frau Wagner? Keine auffällig gute Laune, kein neues Rasierwasser, keine neue Unterwäsche?«

»Nichts. Und zum Thema Unterwäsche kann ich Ihnen nur sagen, dass ich heilfroh bin, seine ollen Schlüpfer nicht mehr waschen zu müssen. Das, ja, das ist das einzig Gute an seinem Tod. Na ja, und vielleicht auch noch das Erbe, aber wenn ich Pech habe, hat er diese kleine Schlampe am Ende sogar noch bedacht und ich muss einen Teil abtreten. Oder die Kinder. Ich mag gar nicht dran denken. Gleich im Anschluss werde ich zum Nachlassgericht gehen und vorher zu unserem Anwalt und dann werden wir ja sehen.«

»Unter diesen Umständen, Frau Wagner, kann ich Sie gut verstehen. Sind die Kinder der gleichen Meinung?«

Die drei nickten stumm und Frau Meier führte sie in die hinterste Ecke des Studios. »Fritz, klettern Sie mal da hoch und lassen Sie das Ding da oben mit dem Seilzug runter. Ich glaube, das ist das Passende.«

Zu Wagners gewandt erklärte sie, dass man das gute Stück vielleicht noch einmal kurz abstauben und eventuell auch lackieren müsste, das Modell aber ansonsten all ihren Erwartungen entsprechen würde. Und so war es auch. Frau Wagner verzichtete großzügig auch auf den neuen Lack und fragte kurz nach, ob sie den Sarg vorher vielleicht noch ein wenig verzieren dürften. Frau Meier hatte diese Anfragen in letzter Zeit häufiger schon gehabt. Kinder malten die Särge ihrer Eltern an, Enkel die der Großeltern. Aber irgendwie hatte Frau Meier dieses Mal Bedenken.

»Darf ich fragen, wie Sie den Sarg verzieren möchten, Frau Wagner?«

»Mit einer Art Serviettentechnik. Kennen Sie das?

»Ja, ich glaube schon. Und was stellen Sie sich an Motiven so vor? Toskanische Landschaften, Lavendelzweige?«

»Nun, ich dachte ehr an Bilder aus dem aktuellen ›Playboy‹. Man kann diese Bilder ausschneiden und ähnlich wie bei der Serviettentechnik aufziehen. Das geht ganz einfach und problemlos.«

»Frau Wagner, bitte seien Sie mir nicht böse, aber das verstößt gegen die Friedhofsordnung. So etwas gilt als sittenwidrig und darf nicht zu Grabe gelassen werden.«

»Zu Grabe soll es auch nicht gelassen werden. Der Wolf-Dieter kommt in den Ofen. Brennen soll er!« Und in einer etwas freundlicherer Tonlage fragte sie: »Würden Sie sich da vielleicht mal schlaumachen, ob es in diesem Fall vielleicht doch gehen würde? Ich wäre Ihnen sehr verbunden. Wirklich.«

»Nun, ich werde sehen, was sich machen lässt und rufe Sie umgehend an, sobald ich die Information habe. Aber bei dem Modell an sich bleibt es doch, oder?«

»Ganz sicher. Darauf können Sie Gift nehmen, außer Sie zeigen uns einen, der noch schlimmer aussieht.«

»Tut mir leid, Frau Wagner, schlimmer geht nicht. Damit können wir nicht dienen. Bedaure.«

»Na schön. Und den Rest dürfen Sie alleine organisieren. Von allem bitte immer das Billigste. Die Anzeigen in der Zeitung übernehme ich selbst. Da muss ich noch überlegen, was ich da schreibe. Es soll etwas wahrhaft Unvergessliches werden.«

»Das bekommen Sie hin, Frau Wagner, da bin ich mir sicher. Und Blumen? Soll ich da auch die billigsten und scheußlichsten nehmen?«

»Selbstverständlich.«

»Na schön, dann wäre ja alles geklärt. Liebe Familie Wagner, wir regeln die Dinge für Sie und wir sehen uns dann am Samstag auf dem Friedhof.«

Die Wagners schüttelten Frau Meier der Reihe nach die Hand und verließen das Bestattungsinstitut »Ruhe sanft« in bester Laune.

9. HÄSCHEN

»Du, Paul, ich muss dich dringend sprechen!« Mit diesen Worten stürmte Frau Meier ohne anzuklopfen in Paul Uhlbeins Büro. »Du wirst nicht glauben, was ich soeben erlebt habe. Das ist der absolute Kracher!«

»Ja, Schnuppel, was ist denn?«, hob Paul den Kopf und sah Frau Meier über seine Brille hinweg erwartungsvoll an.

»Ich hatte doch eben die Beerdigungsabsprache für Wolf-Dieter Wagner.«

»Ja, ich weiß, ich sollte dir dafür ja auch unsere schönsten Sargmodelle bereitstellen.«

»Genau. Aber die waren gar nicht nötig. Ich lag da total falsch. Die Frau Wagner hat sich für den Ladenhüter ganz oben links entschieden.«

»Nein, das glaube ich nicht! Sag, dass das nicht wahr ist. Schnuppel! Das geht nicht! Nicht dieser Sarg! Herr Wagner war einer der bekanntesten Männer in Bamberg. Er wurde von allen geschätzt und verehrt! Das geht nicht, da steht unser guter Ruf auf dem Spiel, wir können ihn doch nicht in dieser simplen Kiste beerdigen. Schnuppel! Nein!«

»Doch, Paul. Frau Wagner will es so. Sie will den scheußlichsten und billigsten Sarg haben. Und weißt du, was sie noch will?«

»Na, du wirst es mir bestimmt gleich erzählen!« Paul war inzwischen aufgestanden und lief angespannt im Zimmer auf und ab, wobei er seine Brille unentwegt heftig mit einem Stofftaschentuch polierte.

»Sie will ihn bekleben. Mit Bildern aus dem aktuellen ›Playboy‹. Das hat sie gesagt. Genau das. Und dass ich mich erkundigen soll, ob das ginge, denn der Sarg würde ja ohnehin mit dem Wolf-Dieter verbrannt werden.«

»Verbrannt? Das hätte Wolf-Dieter Wagner niemals gewollt. Niemals! Er war erst letztes Jahr hier, um sich über Familiengrabstellen zu informieren. Leider war die Sache dann allerdings irgendwie im Sande verlaufen. Hast du dir die Dokumente angesehen, ob er das auch so verfügt hat?«

»Natürlich. Es war ein gemeinsam aufgesetztes Dokument der Wagners. Da stand eindeutig, dass der jeweils Hinterbliebene volle Verfügungsfreiheit über die Art und die Form der Beisetzung haben sollte. Einäscherung ausdrücklich eingeschlossen. Alles in dreifacher Ausführung und sogar mit Anwalt Rosenkranz als Zeugen. Versehen mit sämtlichen Unterschriften auf allen Dokus.«

»Zeig mir mal den Schrieb, das kann gar nicht sein!«

»Doch, sieh selbst«, mit diesen Worten reichte sie ihm den Ordner mit den Dokumenten der Familie Wagner.

Paul schüttelte immer wieder verständnislos den Kopf und jammerte: »Das ist unser Untergang! Das ist Rufschädigung! Wie stehe ich denn vor den Kollegen da? Die machen mich zum Gespött der ganzen Innung.«

»Das mag sein, Paul. Aber denk mal an Frau Wagner. Die ist bereits das Gespött der ganzen Stadt. Ich persönlich denke ja, dass es viele kluge Menschen geben wird, die differenzieren können und nicht dir und meiner schlechten Beratung die Schuld dafür geben werden. Aber – nichtsdestotrotz, ich muss das jetzt wissen, ob das mit den Playboybildern unter dem Aspekt der Einäscherung nun geht oder nicht.«

»Schnuppel«, fuhr Paul sie an, »bist du denn von allen guten Geistern verlassen? Natürlich geht das nicht! Auf gaaaar keinen Fall, hörst du? Auf gaaaar keinen Fall. Nur über meine Leiche. Und das ist mein letztes Wort zu dieser Sache!«

»Wo wir schon mal beim Thema sind, wie willst du eigentlich bestattet werden, Paul?«

Das war zu viel für den ansonsten so friedliebenden und korrekten Bestatter. Er schüttelte seinen puterroten Kopf und verließ den Raum, wobei er die Tür derart heftig zuknallte, dass die Sommerlandschaft mit Mohn hinter seinem Schreibtisch von der Wand fiel.

Jeder Sommer hat nun mal ein Ende, dachte sich Frau Meier und verließ schmunzelnd Pauls Büro, um Frau Wagner den negativen Bescheid sofort telefonisch zu übermitteln.

»Wagner?«

»Hier Meier vom Bestattungsinstitut ›Ruhe sanft‹, grüß' Sie, Frau Wagner. Ich wollte Ihnen nur kurz mitteilen, dass wir die Sache mit den Playboybildern leider nicht so durchführen können, wie Sie sich das wünschen.«

»Ach, das ist ja schade. Haben Sie eine andere Idee, wie ich das zotige Ende meines Gatten vielleicht in die Zeremonie einfließen lassen könnte?«

»Puh, Frau Wagner. Sie stellen Fragen. Hm. Also, ich will ja ganz ehrlich sein, mein Bekannter, also Herr Uhlbein persönlich, lehnt es ab, den Sarg mit Derartigem zu dekorieren. Er hat verständlicherweise Angst, es könne seinem guten Ruf als Bestatter schaden. Aber vielleicht gibt es ja noch andere Möglichkeiten, die nicht unmittelbar mit unserem Institut zusammenzubringen sind?«

»Und an was haben Sie da gedacht, Frau Meier?«

»Nun, also für den Ablauf des Gottesdienstes sind wir definitiv nicht zuständig. Das weiß man in der Bevölkerung eigentlich auch. Vielleicht ließe sich da etwas einflechten. Vielleicht könnten ein paar Häschen um den Sarg Spalier stehen? Ich meine, das kommt doch häufiger vor – Spalier stehen, meine ich. Wenn der Verstorbene zum Beispiel bei der Feuerwehr war oder bei den Freimaurern. Sie müssen dem Pfarrer ja vorher nicht unbedingt sagen, wer da Spalier stehen wird.«

»Frau Meier, Frau Meier, Sie sind mir vielleicht eine!«

»Frau Wagner? Ich habe noch eine Bitte.«

»Ja?«

»Übertreiben Sie es nicht. Es wirkt besser, wenn die Damen etwas anhaben. Und denken Sie auch dran, wir haben dann ja schon Dezember. Die armen Mädchen frieren sich sonst ihr Stummelschwänzchen ab. Und sagen Sie nur ja niemandem, dass Sie diese Idee von mir haben, versprochen?«

»Ehrensache, Frau Meier. Wir Frauen müssen zusammenhalten. Und ich versichere Ihnen, die Show auf einem hohen Niveau zu halten. Mögen Sie übrigens Champagner?«

»Champagner, natürlich, immer doch!«

»Dann freuen Sie sich schon mal auf ein Kistchen. Ich schicke es Ihnen nachher vorbei, als kleines Dankeschön. Sie haben wirklich gute Arbeit geleistet. Das werde ich Ihnen nicht vergessen.«

»Danke, Frau Wagner, besten Dank dafür; ich wünsche Ihnen gutes Gelingen.«

»Adieu, Frau Meier.«

10. BLUBBERWASSER

Die Kiste Champagner stand keine zwei Stunden später unter Frau Meiers Schreibtisch. Hübsch versteckt, damit man nicht am Ende noch auf die Idee käme, sie habe einen Hang zum Suff – und das auch noch während der offiziellen Bürozeiten.

Da Paul heute ein wenig zickig war, beschloss Frau Meier, auch diesen Abend in ihrer eigenen Wohnung zu verbringen. Sie tippte Maries Nummer ein und nahm den Hörer ab.

»Scharrenberger Sarah!«, polterte es auf der anderen Seite der Leitung.

»Meier hier, grüß' dich, Sarah, du, kannst du mir mal eben schnell Marie geben?«

»Die Mama trägt den Xaver jetzt, die kann nicht.«

»Ja, sag mal, Sarah, kannst du ihr den Kleinen nicht mal für einen Augenblick abnehmen, damit ich kurz mit ihr sprechen kann?«

»Aber dann schreit er gleich wieder. Die Mama kann das einfach besser.«

»Sarah, ich möchte jetzt bitte deine Mutter sprechen, gib sie mir und nimm dein Kind!«

»Gut, schön, aber auf deine Verantwortung!«

»Ja, schön, auf meine Verantwortung. Aber jetzt gib mir Marie!«

Sarah hatte nicht zu viel versprochen. Im Hintergrund begann bereits ein erstes mürrisches Aufbegehren, bis Xaver dann in Sekundenschnelle auf nahezu volle Lautstärke geschaltet hatte. Mein Gott, was konnte dieses Kind plärren!

»Ja, was ist denn?«, meldete sich Marie äußerst ungeduldig.

»Marie, ich bin's. Du, ich habe gerade eine Kiste Champagner von einer Kundschaft geschenkt bekommen und dachte, wir könnten heute Abend bei mir so ein, zwei Fläschchen köpfen, was meinst du? Ich glaube, du musst dringend mal raus aus deinen vier Wänden. Deine Tochter soll doch heute Abend mal selbst auf ihren Xaver aufpassen.«

»Du, Schwesterchen, das klingt gut, aber ich bin mir sicher, sie wird ihn nicht zur Ruhe bringen können.«

»Dann muss sie es eben lernen! Mensch, Marie, das kann doch so nicht weitergehen. Du hast ja gar kein eigenes Leben mehr, seit sie bei dir wohnt. Das ist auf die Dauer doch auch keine Lösung, oder?«

»Nein, eine Lösung ist das nicht. Ach, ich sehne mich wirklich danach, ein wenig rauszukommen. Ich weiß gar nicht mehr, was in der Welt draußen so alles vor sich geht.«

Xaver, der bestimmt irgendwann ganz alleine die Nachfolge von AC/DC antreten wollte, brüllte mittlerweile so laut, dass Frau Meier gar nichts mehr von dem verstand, was Marie sagte.

»Marie, ich kann dich nicht verstehen, geh mal in ein anderes Zimmer und mach die Tür hinter dir zu. Das kann ja kein Mensch aushalten!«

»Was sagst du, Schwesterherz?«

»Ich kann dich nicht mehr hören, geh mal in ein anderes Zimmer.«

»Nein, für immer wird das nicht so sein. Der wird ja auch irgendwann groß, und ab einem gewissen Alter ist Brüllen dann uncool.«

»Marie! Du – sollst – in – ein – anderes – Zimmer! Es ist so laut bei dir!«

»Wieso Kraut?«

Xaver holte Luft und Frau Meier nutzte die Chance.

»Es ist laut, Marie, geh in ein anderes Zimmer und schließ die Tür, ich kann dich sonst nicht verstehen!«

»Ach so, gut, mache ich. Besser so?«

»Ja, besser. Mensch, Schwester, du tust mir echt leid. Aber es gehören auch immer zwei dazu. Einer, der einem den Mist auf's Auge drückt, und einer, der es mit sich machen lässt. Bei mir hätte es so was nicht gegeben. Klar, ich habe Ginas Jungs zwar auch mal mit dem Kinderwagen herumgeschoben. Aber da waren sie sauber und gewickelt und sobald sie geplärrt haben, habe ich sie meiner Tochter wieder nach Hause gekarrt. So einfach macht man das.«

»Na ja, Gina hat nicht mit dir zusammengewohnt. Sarah und Xaver mit mir schon.«

»Lass uns da heute Abend mal nach einem Ausweg suchen. So kann es ja nicht weitergehen. Ich bin ab kurz nach sechs zu Hause und habe noch ein paar Kleinigkeiten zum Essen von gestern, kannst jederzeit runterkommen. Jederzeit.«

»Ist gut. So machen wir das.«

Als Frau Meier am Abend nach Hause kam, hatte das schon mehr Stil als am Vorabend. Die elektrischen Kerzen brannten allesamt, da sie sämtliche Timer gestern noch auf 18.00 Uhr gestellt hatte, und so hatte das Heimkommen etwas Behagliches und Heimeliges. Richtig schön war das.

Sie rumorte ein wenig in der Küche, richtete ein kleines feines Abendessen für sich und Marie und stellte drei der Champagnerflaschen in den Gefrierschrank. Die restlichen parkte sie auf dem Balkon, denn dort war es auch schon reichlich zapfig für Anfang Dezember. Am Wochenende würde sie ihre Wohnung und Pauls Haus weihnachtlich schmücken müssen. Sie hatte noch gar keine Adventskränze gekauft! Ob Paul dieses Jahr wieder auf einem echten

Weihnachtsbaum bestehen würde, oder ob sie ihn – aus hygienischen Gründen – nicht vielleicht doch zu einer Blautanne aus Kunststoff überreden konnte, wusste sie nicht. Paul war eigen in diesen Dingen, und sie ahnte, dass er nicht klein beigeben würde. Schließlich fand der Weihnachtsabend bei ihm statt. Und er wollte vermutlich ein wenig angeben. Bestimmt mit einer drei Meter hohen Tanne und diesen unsäglichen echten Kerzen, die sie ja auf den Tod nicht ausstehen konnte.

Marie kam kurz nach halb sieben. Oben kreischte Xaver in den höchsten Tönen und zwischendurch hörte man Sarah brüllen, dass er doch endlich Ruhe geben sollte. Frau Meier fischte Placido Domingo aus dem Regal und ließ ihn, bei voll aufgedrehter Stereoanlage, im Wohnzimmer »Stille Nacht« schmettern, sodass garantiert war, dass in Maries Wohnung obendrüber auch noch genug davon ankam. Das hatte etwas. Sie und Marie setzten sich schließlich bei geschlossenen Türen im Esszimmer an den Tisch und Frau Meier ließ den ersten Korken knallen.

»Prost, Marie! Heute lassen wir es uns gut gehen!«

»Stößchen, jawohl! Ich hab gar nicht mehr gewusst, wie gut das schmeckt! Hm, lecker. Das ist aber ein ganz ein guter Schampus. Wie bist du denn zu der Ehre gekommen?«

»Frag lieber nicht. Kanntest du übrigens Wolf-Dieter Wagner? Der war etwas älter als ich, nicht viel, aber vielleicht drei, vier Jahre.«

»Wolf-Dieter, Wolf-Dieter, lass mich nachdenken.«

»Jawohl! Der Wo-di. Weißt du nicht mehr? Der hat doch früher in der Sandstraße gewohnt. Gleich an der Ecke zur Schrottenberggasse. Wo-di Wagner, der mit den vielen Pickeln und der Haartolle. Was ist mit dem? Der soll ja später irgendeine Firma gegründet haben und stinken vor Geld. Wie geht es ihm denn? Hast du den Champagner von ihm?«

»Nein, von seiner Witwe. Wo-di Wagner ist tot. In den Kanal gefahren. Beim Knutschen mit seiner Sekretärin.«

»Das muss ja ein schöner Tod für ihn gewesen sein. Beim Knutschen sterben! Eine Zeit lang können die beim Knutschen sogar überleben, weißt du das? Das ist ja wie Mund-zu-Mund-Beatmung. Und dann sind die beiden zusammen gestorben? Gemeinsam im Autosarg? Wie romantisch!«

»Nein, nein, die Sekretärin konnte sich retten. Die lebt. Und die Witwe ist das Gespött der ganzen Stadt.«

»Nicht wahr!«

»Doch, wenn ich es dir doch sage. Genau so ist es gewesen. Wirklich!«

»Was es nicht alles gibt!«

»Du sagst es.«

»Und was gibt es sonst Neues bei dir?«, fragte Marie, während sie sich ein Parmesanlöckchen in den Mund schob.

»Du, Paul spinnt ein wenig. Und er ist total auf dieses Familienweihnachtsfest fixiert. Den ganzen Tag redet er davon. Sogar Spiele hat er sich ausgedacht.«

»Spiele? An Heiligabend? Die Reise nach Jerusalem, oder was will Paul da spielen?«

»Frag nicht, frag nicht. Magst' noch ein Gläschen?«

»Aber gerne doch, danke«, Marie hob den Zeigefinger, »hörst du es?«

»Nein, ich höre nichts«, Frau Meier lauschte. »Was war denn?«

»Ja, nichts! Wunderbares Nichts! Xaver ist ruhig!«, grinste Marie und hob ihr Glas.

»Wahnsinn. Es geschehen noch Zeichen und Wunder. Vielleicht war das der Placido, der ihn so beruhigt hat?«, meinte Frau Meier und lehnte sich entspannt zurück. »Hast du übrigens mal wieder was von deiner Bordbekanntschaft gehört?«

»Ja, aber das ist alles nicht mehr so heißglühend. Es ist ja doch schon eine Weile her und da kühlt sich so was ganz schnell ab.«

»Und was machst du dann die ganze Zeit, wenn du mal nicht auf Xaver aufpassen musst?«

»Schlafen und putzen. Ich bin fix und alle.«

»Und was macht Sarah?«

»Dreck. Sarah macht den Dreck, den ich dann wegputzen muss. Die bringt noch nicht mal den Windeleimer nach unten. So habe ich mir das natürlich nicht vorgestellt. Ich habe mich auf meinen Enkel gefreut, aber jetzt stellt es sich doch schwieriger dar, als ich es gehofft hatte.«

»Arme Marie. Magst' noch ein Schlückchen?«

»Da sag ich nicht nein.«

»Ich glaube, wir brauchen einen Plan, wie wir Sarah aus deiner Wohnung bekommen. Das geht ja so nicht endlos weiter.«

»Meinst du etwa, ich soll meine eigene Tochter rausekeln?«

»Also, ich hätte damit kein Problem. Sie ist alt genug und hat zwei gesunde Hände. Die kommt schon irgendwie klar. Es gibt Kinderkrippen und Tagesmütter, und wenn du mal einspringst, dann ist dagegen ja auch nichts einzuwenden. Aber das hier ist kein Zustand.«

»Hast ja recht. Die braucht schlicht und ergreifend einen Mann.«

»Wozu einen Mann? Es gibt so viele alleinerziehende Mütter.«

»Und wovon soll sie leben?«, Marie kratzte sich dabei nachdenklich am Hinterkopf.

»Arbeit?«

»Hm. Und wo?«

»Soll ich Paul mal fragen?«

»Ihgitt, nein, nicht bei den Leichen!«
»Oder bei Gottlieb? In der Metzgerei oder in der Gaststube. Da bekommt sie sogar noch Trinkgeld.«
»Ich weiß nicht. Ich schau morgen mal in der Zeitung, vielleicht sind da ja ein paar Stellenangebote. Hättest du noch ein Gläschen Blubberwasser für mich?«

Frau Meier stand auf, holte die zweite Flasche aus dem Gefrierschrank und wenig später auch die dritte. Der Schampus wurde immer besser, weil er immer kälter und dadurch noch süffiger wurde.

Gegen 1 Uhr morgens hatte Frau Meier Marie ihren Zweitschlüssel anvertraut und ihr ausdrücklich gestattet, sich jederzeit vor Sarah und dem Schreikind in ihrer Wohnung in Sicherheit bringen zu dürfen. Das fand Marie ganz toll und drückte ihre Schwester so feste, dass Frau Meier die Luft wegblieb.

Gegen 2 Uhr morgens saßen sie gemeinsam vor dem mobilen Laptop und wollten im Internet fix einen Mann für Sarah finden, aber das klappte nicht. Dafür hatte jedoch Marie bereits einen dicken Fisch an der Angel. »Götterbote49«. Ein Bild von einem Kerl! Was für Muckis!

Etwa um drei hatte Marie bereits ein Date mit dem Götterboten vereinbart und kurz vor halb vier, Frau Meier war bereits auf dem Sofa unter der filzigen Leopardendecke weggenickt, lernte Marie, eingeschlossen mit einem Laptop in Frau Meiers Badezimmer, die Bedeutung des Wortes »Cybersex« kennen. Insofern hatte der Abend sogar noch einen gewissen Bildungsauftrag erfüllt. Als sie sich schließlich auf Zehenspitzen hoch in ihre Wohnung schlich, war sie in mehrerlei Hinsicht nicht alleine, denn sie hatte nicht nur gewaltig einen im Tee, sondern auch noch Placido Domingo zur Beruhigung für ihren kleinen Terroristen entführt.

11. ENGELSCHOR

Während der gesamten Woche kochte Frau Meiers Beziehung zu Paul auf Sparflamme. Er konnte sich nicht einmal für die beiden Adventskränze begeistern, die Frau Meier so spottbillig im Supermarkt erstanden hatte. Also blieb Frau Meier noch einige weitere Nächte in ihrer eigenen Wohnung.

Am Freitag kam Paul dann in ihr Büro und verlangte nach den Unterlagen für die Beerdigung Wagner. Frau Meier reichte sie ihm über den Tisch und triumphierte innerlich, als sie einen minimalen Zug des Wohlwollens um Pauls Mundwinkel ausmachte, als er die perfekt geführte Akte kontrollierte und dabei leise durch die Zähne pfiff.

»Ich glaube, ich muss mich bei dir entschuldigen, meine Liebste. Wie ich sehe, hast du es hinbekommen, der Angelegenheit das nötige Maß an Würde zukommen zu lassen, die ihr gebührt, ohne dabei die Wünsche der Witwe auszuhebeln. Eben kam auch das Trauerbukett, und es ist wirklich nicht zu schrecklich ausgefallen. Es tut mir sehr leid, mein Schnuppel, dass ich dir nicht so vertraut habe, wie ich es hätte tun sollen. Sehr leid. Außerordentlich.«

Frau Meier bemühte sich, ihren Gesichtsausdruck unnahbar und dennoch respektvoll aussehen zu lassen. »Paul, mich hat das auch sehr traurig gemacht. Ich leiste hier seit einem Jahr großartige Arbeit. Unser Umsatz ist um 25 Prozent gestiegen. Die Grabgemeinschaften, die ich ins Leben gerufen habe, werfen erste Profite ab und machen uns in der Bevölkerung zu einem Vertrauenspartner in Sachen Beerdigungen. Ich bin so unsagbar enttäuscht, dass du mir nicht zutraust, eine so knifflige Aufgabe angemessen zu lösen.

Aber das zeigt ja auch, dass das Band zwischen uns noch lange nicht so belastbar ist, wie es sein sollte.«

Paul war unwohl zumute. Und er trat von einem Bein auf das andere. »Schnuppel. Wie kann ich das denn wiedergutmachen? Ich war so ein Zweifler, so ein elender.«

Frau Meier gefiel, wie er sich wand, und so legte sie noch eine Schippe drauf. »Das wird Zeit brauchen, Paul. Viel Zeit. Vielleicht sollte ich noch eine Weile wieder zu Hause übernachten. Das tut uns bestimmt beiden gut.«

»Aber, Schnuppel ...«

Frau Meier fiel ihm ins Wort. »Paul, hör auf, mich ›Schnuppel‹ zu nennen! Das sagt man vielleicht in der DDR, aber nicht bei uns!«

»Ist gut, Liebste, ist gut. Aber das heißt jetzt ›Neue Bundesländer‹. Nicht mehr ›DDR‹.«

»Egal. Themawechsel, lieber Paul. Wenn ich das jetzt also richtig verstehe, dann hat die Beerdigung Wagner deinen Segen, oder? Wie du siehst: Ich habe alles richtig gemacht, und so weit es uns und unser Institut anbelangt, ist jegliche Achtung dem Toten gegenüber gewahrt.«

»Jawohl, Liebste, genau so ist es. Alles perfekt.«

»Was die Witwe sonst so anstellt, ist außerhalb unseres Zuständigkeitsbereiches, ebenso wie ihre Liedauswahl in der Kirche oder die Menüauswahl beim Leichenschmaus. So etwas hat uns nichts anzugehen, es sei denn, wir haben den Auftrag dazu. Den haben wir jedoch nicht, und mir ist es, offen gesagt, total Schnuppe, welches Kirchenlied gesungen wird, oder ob die sich anschließend ein Schnitzel oder ein Schäuferla genehmigen. Auch, ob dazu eine Blaskapelle spielt oder einer auf dem Tisch tanzt. Das ist nicht unser Job!«

»Du hast ja recht. Mea culpa. Mea maxima culpa.«

»Jawohl, Paul, Asche auf dein Haupt!«

»Nicht böse sein, Schnuppel. Und wenn du noch ein wenig in deiner Wohnung sein willst, dann respektiere ich das. Aber am Sonntag, zum ersten Advent kommst du doch wieder, nicht wahr?«

»Ist gut Paul, so machen wir das«, mit diesen Worten nahm sie einen Notizzettel, schrieb das Wort »Vertrag« darauf und in die Zeile darunter einen Satz, der sicherstellte, dass sie ab Sonntag wieder bei Paul übernachtete.

Paul lächelte, als er unterschrieb. Frau Meier auch. Wusste sie doch, dass dem guten Paul am Samstag bei der Wagner'schen Beerdigung das Lachen noch gründlich vergehen würde.

Sie jedoch hatte es nun schriftlich. Vertrag ist Vertrag, ab Sonntag wohnte sie wieder in der Bestatter-Villa. In einem ruhigen Schlafzimmer, terroristenfrei und luxuriös.

Da Xaver offensichtlich Klassik liebte, hatte Frau Meier online – mit Schnellversand – drei jeweils mit 12 CDs bestückte Klassiksammlungen sowie das Best-of-Album der »Drei Tenöre« bestellt und diese umgehend Sarah nach oben gebracht. Die Wirkung war kolossal! Xaver schrie jetzt nur noch zu den Zeiten, in denen Marie oder Sarah die CDs durchwechselten, aber es waren ja immer nur ein paar Sekunden, die das dauerte. Ansonsten wurde das Geplärre abgelöst von einem durchaus als ruhiger zu bezeichnenden Beethoven und auch hin und wieder von einem beschwingten Mozart. Rachmaninov liebte Xaver besonders. Bei Tschaikowsky flippte er direkt aus und gluckste in seinem Bettchen vor sich hin. Sicherlich, da waren Marie und Sarah sich einig, lag da der neue »Lang Lang« von morgen, in verschissenen Windeln und mit grünbrauner Spinatkotze auf dem Hemdchen.

Als der Samstagmorgen kam, war Frau Meier ein wenig mulmig zumute. Hoffentlich würde Frau Wagner es nicht übertreiben. Ihre Traueranzeige in der Zeitung forderte die Gäste dazu auf, auf Trauerkleidung und Kränze zu verzichten. Stattdessen – so habe es Herr Wagner angeblich gewünscht – wäre eine Spende an den Verein »Gefallener Mädchen« durchaus willkommen. Den Trauerspruch für das Inserat: Von Moral geprägt war einst sein Leben, jede nehmen, alles geben!, hatten sich seine drei Kinder ausgedacht und steuerten somit ihren Teil zur mehr oder weniger positiven Außenwirkung bei.

Wie zu erwarten, erschien – außer Paul Uhlbein – niemand in Schwarz. Auch Frau Meier hatte ihren roten Mantel übergezogen und kam somit dem vermeintlichen Wunsch des Verblichenen nach.

Als die Andacht begann, ereiferten sich einige Trauergäste sofort darüber, dass der Redner kein Geistlicher, sondern lediglich einer der Söhne war. Andere wiederum fanden das sehr schön und auch viel persönlicher. Bescheiden thronte der Sarg auf dem Podest, das sich schließlich nach unten öffnen würde, um den Verstorbenen hinabfahren zu lassen. Der Sohn machte seinen Job gut. Er war brillant. Sogar die Lieder, die man sang, hatten durchaus ein Niveau, das der Situation angemessen war, und so entspannte sich Frau Meier, die neben Paul in der letzten Reihe saß, langsam. Paul tätschelte ihre Hand und nickte ihr anerkennend zu.

Nachdem der Sohn seinem Vater noch ein letztes Gebet mit auf den Weg gegeben hatte und die Trauergemeinde darauf wartete, dass der Sarg langsam nach unten gelassen würde, räusperte sich der Sohn noch einmal kurz und energisch.

»Lieber Papa, ich weiß, du warst kein Freund von Traurigkeit. Dein Leben war ruhelos, manchmal atemlos. Ich möchte diese Gedenkstunde an dich nicht schließen, ohne dir auch noch etwas für die Ewigkeit mitzugeben. Papa, was jetzt kommt, ist nur für dich, dein Abschiedsgeschenk von uns, weil wir genau wissen, dass du bis zum Sankt Nimmerleinstag nun bei Manna und Hosianna schmoren wirst.« Mit diesen Worten nahm der Sohn seine Notizen, verließ das Rednerpult und setzte sich neben seine Mutter in die erste Reihe. Gleichzeitig schaltete die Tochter der Wagners den mitgebrachten Gettoblaster an, und die doppelte Schwingtür zur Aussegnungshalle flog auf.

Die Gäste blickten erstaunt hinter sich, und aus den Lautsprechern plärrte Helene Fischer in die Meute, dass sie so schrecklich »Atemlos« sei! Gleichzeitig spazierten 16 leicht bekleidete Engel mit Federbüschen auf dem Kopf durch die geöffneten Tore und schwenkten ihre Arme und Hände hoch durch die Luft, fast wie bei der Fastnacht in Veitshöchheim. Dabei hoben sie im Stechschritt ihre Knie bis fast zum Kinn und nahmen schließlich Aufstellung, links und rechts vom Sarg.

Paul Uhlbein wurde blass. Die Trauergäste wussten nicht, wie ihnen geschah, bis schließlich einer der Freunde Horst-Dieter Wagners aufstand und in die Menge brüllte: »Ein dreifach donnerndes Hellau! Horst-Dieter – Hellau, Bamberg – Hellau, Hosianna – Hellau!«

Getragen von der Intensität der Situation, riss es die Trauernden von den Stühlen und sie applaudierten wild, bis Ho-Di Wagner in seinem schlichten Fichtenkasten schließlich unter tosendem Beifall in die Tiefen der Aussegnungshalle hinabglitt.

Frau Meier hatte auch geklatscht. Alle klatschten, und man fiel sich gegenseitig erleichtert um den Hals. Das gezwungene und mucksmäuschenstille Prozedere der ansonsten üblichen Kondulenzbekundungen fiel aus. Stattdessen klopfte man Wagner junior auf die Schulter für diese großartige und für alle durchaus befreiende Idee. Ja, sogar Paul Uhlbein wurde umgehend von einigen Leuten beiseite genommen und man gratulierte ihm zu dieser erstklassigen Beerdigung. Sie habe genau den Charakter des Verstorbenen wiedergegeben. Ein Mann ohne Schnickschnack – und eine Beerdigung ohne Schnickschnack. Großartig habe er das gemacht.

Frau Meier lächelte zufrieden und legte noch rasch ein paar Visitenkarten des Instituts neben das Kondulenzbuch, die umgehend reißenden Absatz fanden.

»Schnuppel, Schnuppel«, raunte Paul Uhlbein Frau Meier zu, als sie gemeinsam zu Pauls Privatwagen liefen. »Du bist immer für eine Überraschung gut, nicht wahr? Das war doch die Prinzengarde aus Coburg, oder? Hast du die organisiert?«

»Ich? Wo denkst Du hin, Paul, nein, Gott bewahre. Das haben die Wagners wohl in die Wege geleitet. Hast du ja selbst gehört, nicht wahr, Paul?«

»Ja, Schnuppel, das habe ich. Vielleicht sollten wir mal drüber nachdenken, so etwas auch selbst anzubieten. Eventuell mit etwas weniger freizügigen Kostümen? Und nicht gar so viel Haut, was meinst du dazu, Schnuppel?«

12. WIKINGERBLUT

Frau Meier kehrte bereits am Samstag, direkt nach der Beerdigung zurück in Paul Uhlbeins Villa. Zuvor holten sie noch an der Friedhofsgärtnerei einen gigantischen Adventskranz zum Aufhängen ab, sowie fünf weitere, unendlich kostspielig ausschauende Adventsgestecke und einen Blumenstrauß, der jedoch vollkommen in Papier gehüllt war. Dieser Strauß hätte durchaus auch ein verpackter Weihnachtsbaum sein können, so überdimensioniert sah das Gebilde aus. Frau Meier fragte sich, wer in aller Welt überhaupt so eine große Vase daheim habe, aber sicher war das der Blumenschmuck für eine von Pauls Beisetzungen am Montag.

Zu Hause staunte Frau Meier nicht schlecht, als Paul behände alle Gestecke in den Räumen verteilte und ihr selbst den gigantischen Strauß, der ausschließlich in zarten Weißtönen gehalten war, in die Hand drückte. »Für dich, mein Schnuppel. Ich freu mich so, dass du wieder hier bist. Willkommen zu Hause!«

»Paul! Danke! Der ist toll, aber wo soll ich den denn jetzt hinstellen? In die Badewanne? Haben wir denn überhaupt eine Vase dafür?«

»Aber, Schnuppel, natürlich. Die große Bodenvase im blauen Gästezimmer. Die passt ganz prima. Ich hole sie dir. Bin gleich wieder da.«

Mit Eimern füllten sie die Bodenvase, und als sie den Strauß schließlich hineinstellten, entfaltete der seine ganze Pracht. Er musste ein Vermögen gekostet haben.

Frau Meier war gerührt. Andererseits fand sie es aber auch nur fair, ein Geschenk zu bekommen, denn Paul hatte sich wirklich wie ein Esel benommen. Jawohl!
»Sag mal, Schnuppel, ist Tom gerade bei Gina?«
»Woher soll ich das denn wissen? Du hast doch mehr Kontakt zu meiner Tochter als ich!«
Paul griff zum Telefon. »Ich werde mal schnell durchrufen, ich brauche jemanden, der mit mir den großen Kranz an die Decke der Empfangshalle hängt. Meinst du der Tom kann so was?«
»Darauf würde ich mich nicht verlassen, Paul. Ich weiß nicht mal, ob der einen Nagel gerade in die Wand bekommt.«
»Wir werden ja sehen, Schnuppel.«

»Svenson?«
»Gina, Liebes, hier ist der Paul. Paul Uhlbein.«
Frau Meier zog die linke Augenbraue nach oben. Welcher Paul sollte es denn sonst sein?
»Ach, Paul, hallo! Schön, dass du anrufst. Wie geht's?
»Prima. Alles bestens. Du, der Tom ist nicht zufällig in der Nähe, oder?«
»Nein, Paul. Der kommt erst morgen. Kann ich dir vielleicht weiterhelfen?«
»Schlecht, ich bräuchte einen starken Mann. Einen sehr starken. Ich will den Adventskranz in die Halle hängen. Oben, an die Decke, verstehst du?«
»Verstehe. Nee, da bin ich aber auch nicht die richtige, ich hab total Höhenangst und die Decke ist doch bestimmt fünf Meter hoch, oder?
»Fünfeinhalb, um genau zu sein.«
»Aber ich habe eine Idee! Ich habe gestern mit Tante Marie telefoniert und sie hatte doch tatsächlich ein Date. Mit einem Mann! Heute wollte sie sich wieder mit ihm treffen

und wenn mich nicht alles täuscht, dann wollten sie auch bei euch kurz vorbeikommen, um ihn Mama vorzustellen. Vielleicht kann der ja kurz helfen.«

In diesem Moment klingelte es bereits an der Tür, und Marie stand in Begleitung eines rothaarigen und schnauzbärtigen Mannes vor ihnen. Der Mann war ein Athlet, so, wie er gebaut war. Seinen Geschmack in Sachen Mode hatte er allerdings offenbar auf dem Weg von den 80ern ins neue Jahrtausend irgendwo verloren. Frau Meier staunte nicht schlecht, als Marie ihren Bekannten mit stolzgeschwellter Brust vorstellte:

»Schwesterchen, Paul, darf ich euch bekannt machen, das ist Götterbote49 alias Emil Rasmussen.«

»Ah, Rasmussen«, streckte Paul ihm seine Hand lächelnd entgegen. »Olympia 72! Kugelstoßen!«

Emil grinste bis über beide Ohren. »Hammerwurf. Die Bronzemedaille.«

»Willkommen in meinem Haus, kommen Sie doch rein, darf ich Ihnen meine Lebensgefährtin vorstellen: Das ist Frau Meier. Komm, sag Hallo, Schnuppel.«

»Angenehm.«

»Ebenso. Schön, Sie kennenzulernen. Marie hat mir schon so viel von Ihnen beiden erzählt, dass wir jetzt einfach mal kurz auf einen Sprung vorbeischauen wollten. Ich hoffe, wir überfallen Sie nicht.«

»Nein, nein, nein, lieber Emil. Ich darf doch Emil sagen? Nennen Sie mich bitte Paul.«

»Aber gerne.«

Zu Frau Meier gewandt, fragte Paul leise, ob sie denn in der Woche, in der sie zu Hause war, nicht ein paar Plätzchen gebacken habe, aber Frau Meier zeigte ihm zur Antwort nur rasch den Vogel.«

»Bitte kommen Sie ins Wohnzimmer. Ein Gläschen Whisky, einen Sherry?«

»Was für Whisky haben Sie denn, Paul?«

»Schottischen. Single Malt. Aus jeder Region. Wonach steht Ihnen der Sinn?«

»Meeresnähe. Etwas Salziges. Viel Rauch. Insel. Islay vielleicht.«

»Ah, das hab ich was parat. Hätten Sie denn gerne einen 18 Jahre alten Laphroaig, oder lieber einen Ardbeg, circa 20 Jahre.«

»Oh, Paul, Sie sind ja ein Kenner. Hut ab. Ich nehme den Laphroaig. Aber bitte mit etwas Wasser.«

»Hätten Sie gerne Wasser aus den Highlands oder lieber aus dem Himalaya?«

»Paul, Sie verblüffen mich! So eine Frage hat mir noch nie jemand gestellt. Highlands, bitte«, mit diesen Worten nahm Emil in einem der tiefen Chesterfieldsessel Platz und schlug das linke Bein über.

»So, so«, Paul reichte ihm den Whisky, »Sie sind also ein Bekannter von Marie. Schön, Sie kennenzulernen. Wir hatten gerade vor, den großen hängenden Adventskranz in der Halle anzubringen, aber mein Schwiegersohn in spe ist leider nicht hier, da ist das immer etwas schwierig.«

»Kann ich vielleicht helfen?«, bot sich Emil großzügig an und war bereits fast aus dem Sessel aufgestanden, um sofort zur Tat zu schreiten.

»Oh, das ist aber sehr freundlich von Ihnen, Emil. Das nehme ich gerne an – aber bitte immer mit der Ruhe. Lassen Sie uns erst den guten Tropfen hier genießen.«

»Meine Vorfahren sind übrigens Wikinger«, erklärte Emil nun und nahm eine Nase des wunderbaren Destillats.

»Was Sie nicht sagen?«, begeisterte sich Paul für diese

Neuigkeit. »Können Sie die Wurzeln Ihrer Familie so weit zurückverfolgen?«

»In der Tat, in der Tat. In meinen Adern fließt nachweislich Wikingerblut.«

Da wurde Paul fast ein wenig neidisch – bei so viel abenteuerlicher Urwüchsigkeit.

Frau Meier und Marie waren derweil in die Küche geflohen, weil sie dieser sich offenbar zart anbahnenden neuen Männerfreundschaft nicht durch ihre Anwesenheit im Wege stehen wollten. Sie tranken am Küchentisch Kaffee aus den schwarzen Pötten mit dem goldenen »Ruhe sanft«-Emblem, aßen Diätlebkuchen aus der Packung und harrten der Dinge, die da nun kommen mochten. Irgendwie jedoch musste aber bis morgen – trotz alledem – dieser verdammte Kranz mit den hübschen roten Bändern an die Decke montiert werden. Da führte kein Weg dran vorbei.

»Sarah ist am Wochenende mit Xaver bei Manni. Sie haben offenbar Redebedarf«, setzte Marie die Unterhaltung in Gang.

»So, so. Wow! Dann hast du ja heute sturmfreie Bude, oder?«

»Ja, stimmt«, lächelte Marie süffisant und blickte rasch zu Boden. »Aber wenn mein lieber Hammerwerfer jetzt noch weiter mit deinem Paul Whisky trinkt, dann wird das nix mehr mit ein paar Übungen aus dem Bereich der Leichtathletik.«

»Da könntest du richtigliegen, Marie. Wir sollten einschreiten, bevor es zu spät ist und du wieder eine Ewigkeit warten musst, bis du die Wohnung für dich alleine hast.«

»Ach, notfalls gehe ich mit Emil einfach zu dir in die Wohnung, du hast ja gesagt, ich könnte jederzeit zu dir fliehen«, zuckte Marie leichtfertig die Schultern.

»Marie! Dir brennt doch wohl der Kittel! Du kannst mir doch nicht den Kerl da in mein Bett legen und mit ihm sonst was treiben. Bist du narrisch?«

Marie blickte ihre Schwester verständnislos an. »Was ist denn da dabei? Wir sind erwachsene Menschen. Du hast mit Paul bestimmt auch deinen Spaß.«

Frau Meiers Gesicht glühte. Sie hätte in Maries Anwesenheit nicht so viel Kaffee trinken sollen. Das tat nie gut. »Wenn du es genau wissen willst, Paul und ich lieben uns – platonisch! Da ist nichts und es wird auch nicht allzu schnell etwas kommen.«

»Echt nicht? Und das macht Paul so einfach mit? Er ist doch ein fescher Mann und in der Blüte seiner Jahre! Oder stimmt etwas nicht mit ihm und seinem kleinen Freund?«

»Für Paul ist meine Anwesenheit und unsere innige Freundschaft genug. Er liebt mich auch ohne all diese schmutzigen Dinge.«

»Schwesterchen, Schwesterchen. Da ist dir echt nicht mehr zu helfen. Komm, wir bringen die beiden jetzt erst einmal dazu, den Kranz aufzuhängen, und heute Abend trinkst du dann ein Gläschen Sekt und kommst dem Paul mal etwas näher. Der läuft dir sonst noch davon. Wäre doch wirklich absolut schade drum!«

13. DUSCHKABINEN-TANGO

Gegen 00.13 Uhr klingelte Pauls Handy. Es lag immer auf seinem Nachttisch, denn gestorben wurde nun mal zu allen Tages- und Nachtzeiten. Schlaftrunken hob er ab, und wie so oft, schaffte er es nicht, sich zuerst zu melden, denn der Anrufer war offenbar so in Panik, dass er Paul gar nicht zu Wort kommen ließ.

»Paul, Paul, hier ist Marie!«

»Marie?«

»Paul, wie merkt man denn, ob einer tot ist?«

»Marie, was ist denn los, in aller Welt?«, brachte Paul – plötzlich hellwach – hervor.

»Emil war duschen und jetzt liegt er am Boden und rührt sich nicht mehr. Was soll ich denn machen?«

»Fühle mal seinen Puls. Am Handgelenk und am Hals. Direkt an der Halsschlagader.«

»Moment«, Marie hatte den Hörer weggelegt, und Paul hörte aufgeregtes Rascheln im Hintergrund.

»Nichts, Paul, ich kann nichts spüren.«

»Jetzt ganz ruhig, Marie. Hat er äußere Verletzungen, ist irgendwo Blut?«

»Ja, Blut, ganz viel!«

»Wo denn, Marie?«

»Da, wo sein Kopf ist. Drunter. Eine riesige Pfütze ist da. Alles rot. Mein schönes Badezimmer, das habe ich doch beim Einzug erst neu gemacht.«

»Marie, ich rufe jetzt den Notarzt für dich. Beruhige dich, ich bin auch gleich bei dir.

»Paul?«

»Ja, Marie?«

»Was mache ich denn, wenn der wirklich tot ist?«

»Nichts, wenn er tot ist, kann man nichts mehr machen. Ich bin gleich da. Soll ich deine Schwester wecken und mitbringen?«

»Bloß nicht, die schimpft mich sonst nur wieder. Komm bitte schnell, Paul! Paul?«

Doch Paul hatte bereits aufgelegt. Schon während des Telefonats hatte er sich beinahe vollständig angekleidet und war nun schon fast auf dem Sprung. Im Bad spülte er noch schnell den Mund mit Odol aus und rief danach umgehend den Notarzt an.

Dieser war schon vor Ort, als Paul eintraf, und konnte nur noch Emils Tod feststellen. Emil war beim Duschen ausgerutscht, hatte sich das Genick am Einstieg in die Duschkabine gebrochen und sich zuvor offenbar am Haltegriff den Schädel aufgehauen. So schnell konnte es gehen. Wikinger hin oder her.

Immerhin hatte er heute noch einen guten Whisky, dachte sich Paul und drückte dem armen nackigen Emil die fassungslos und starr dreinblickenden Augen zu.

»Da kommen wir um die Polizei nicht drum herum«, meinte der Notarzt besorgt. »Aber, Frau Scharrenberger, Sie brauchen sich da keine Sorgen zu machen, die Todesursache steht eindeutig fest. Alles deutet auf einen Unfall hin, aber in so einem Fall wie diesem ist das die Vorschrift. Bitte verändern Sie nichts, ja? Lassen Sie alles so, wie es ist. Brauchen Sie vielleicht etwas zur Beruhigung?«

»Ja, bitte«, schluchzte Marie, »bitte.«

Der Notarzt spritzte Marie ein starkes Beruhigungsmittel und bat Paul Uhlbein, auf die Dame ein Auge zu haben, bis die Polizei hier wäre. Er selbst habe es recht eilig und keine

Zeit mehr, auf die Herrschaften zu warten. Den vorläufigen Totenschein drückte er Paul beim Abschied in die Hand.

Als die Polizei kam, dämmerte Marie auf dem Sofa vor sich hin. Ganz friedlich sah sie aus, wie sie so dalag. Neben ihr Xavers bunte Rassel und das vollgespuckte und irgendwie recht säuerlich riechende Schnuffeltuch.

Paul Uhlbein führte die ankommenden Beamten direkt in das Badezimmer, wo Emil noch immer – wie Gott ihn schuf – in seiner Blutlache lag.

»Haben Sie etwas verändert?«, fragte einer der Kommissare, während er sich die Gummischuhe überstreifte.

»Ich habe ihm die Augen geschlossen und der Notarzt hat ihn untersucht. Hier der Totenschein, den er ausgestellt hat. Genickbruch und vorher am Haltegriff den Schädel aufgehauen.«

»Irgendeine Idee, wie das passiert sein könnte? Ist die Dame da drüben vernehmungsfähig?«

Paul Uhlbein schüttelte den Kopf. »Das möchte ich schwer bezweifeln, der Doktor hat ihr eine ziemlich starke Beruhigungsspritze gesetzt. Ich vermute, sie würde durchschlafen bis morgen Mittag, wenn man sie ließe.«

Die Beamten betrachteten den Fundort der Leiche ausführlichst. Stellten Schilder mit Nummern auf, schossen Fotos und nahmen Proben.

»Was geschieht denn jetzt mit ihm?«, fragte Herr Uhlbein. »Muss er in die Pathologie, oder kann ich ihn direkt mitnehmen?«

»Das entscheidet die Hauptkommissarin, sie wird jeden Moment hier sein.«

»Bin schon da!«, tönte es hinter ihnen und eine robust wirkende Mittfünfzigerin mit kurzen, rotblonden Haaren tauchte im Türrahmen des Badezimmers auf.

Paul reichte ihr die Hand. »Paul Uhlbein, Bestatter.«

»HK Rothenfuß, angenehm.«

»Sind Sie neu in Bamberg?«, fragte Paul, denn er hatte die Dame noch nie gesehen.

»Ja, brandneu. Und jetzt muss ich flott mal nachsehen, was denn da eigentlich los ist.« Mit diesen Worten widmete sie sich Emil und begann zu kichern. »Der kommt aus der DDR, oder?«

»Er war Hammerwerfer. Olympia 72, Bronze«, warf Paul Uhlbein ein.

»Das erklärt alles. Schauen Sie mal her, Herr Uhlbein. Das haben die dort drüben aus ihren Sportlern gemacht!«, dabei deutete sie auf den Bereich zwischen Emils kräftigen Oberschenkeln, wo sich ein kleines Würstchen über zwei noch viel kleineren Hoden kringelte.

»Das sind echte Verbrechen an der Menschheit, was die an ihren Athleten verübt haben. Echte Verbrechen. Aber daran ist er nicht gestorben. Aha, ich sehe schon. Genickbruch, Platzwunde. Blut am Haltegriff. Da muss er draufgerauscht sein, der Gute. Aber der wohnt gar nicht hier, oder? Da steht ›Scharrenberger‹ an der Klingel. Das ist die Frau, die da auf der Couch liegt, oder? Wissen wir, ob er vorher Sex hatte? Vielleicht hat's sein Herz auch irgendwie nicht gepackt. Wir nehmen ihn mit, die Pathologin soll sich das mal genauer ansehen. Das ist mir sonst alles ein wenig zu heikel.«

Einer ihrer Kollegen nickte und gab die Infos an alle übrigen Polizisten weiter. Dann wandte sich HK Rothenfuß wieder an Herrn Uhlbein. »Ich habe den Eindruck, Sie kennen die Dame hier. Liege ich da richtig?«

»Ja, und ich kenne auch den Toten. Er war erst am Nachmittag bei mir und wir haben zwei winzige Gläschen Whisky getrunken und den Adventskranz aufgehängt.«

»Ach, Sie kannten sich näher?«

»Nein, Frau Scharrenberger ist die Schwester meiner Bekannten. Und Herr Rasmussen ist wiederum deren Bekannter. Ein sehr neuer Bekannter, allerdings. Sie hatte ihn uns gerade erst vorgestellt.«

»Praktisch, wenn man den Bestatter dann in solchen Fällen auch immer gleich zur Hand hat, oder?«

»Ich weiß nicht, was Sie meinen?«

»Schon gut, Herr Uhlbein, schon gut. Bringen Sie mir den Toten vielleicht in die Pathologie? Das wäre nett.«

»Ich bin privat hier. Mehr oder weniger, ich habe zwar einen Zinksarg im Wagen, aber keinen Mitarbeiter zum Tragen dabei. Ich habe nicht gedacht, dass es sich hier tatsächlich um einen Todesfall handelt. Marie, Frau Scharrenberger, hatte unter Schock bei mir angerufen und gefragt, wie man erkenne, ob jemand tot sei. Daraufhin habe ich den Notarzt verständigt und bin sofort hierhergefahren.«

Die Kommissarin lächelte. »Dolle Geschichte, echt. Können Sie mir sagen, ob der Tote vorher Sex hatte? Waren Sie womöglich bei dem Spielchen hier schon direkt mit dabei?«

»Ich darf doch sehr bitten, was denken Sie sich eigentlich?«, empörte sich Paul Uhlbein lautstark.

»Wir machen hier nur unsere Arbeit. Also, ja oder nein?«

»Ich weiß nicht, ob er Sex hatte, und nein, ich war daran nicht beteiligt.«

»Sehen Sie, Herr Uhlbein, dann hätten wir das ja auch schon geklärt. Dann wecken Sie mal Ihre Bekannte ...«

»Die Schwester meiner Bekannten!«, unterbrach Paul Uhlbein vehement.

»... schön, die Schwester der Bekannten, und dann wollen wir mal hören, was sie uns so zu sagen hat.«

Paul schüttelte Marie an der Schulter. Erst sehr vorsichtig, dann heftig und schließlich so arg, dass die Hauptkommissarin Mitleid mit der halb Bewusstlosen hatte und kopfschüttelnd meinte: »Lasst sie schlafen, wir befragen sie morgen. Aufbruch, Männer! Einer von euch muss Herrn Uhlbein noch beim Tragen helfen, und dann ab mit ihm in die Kühlung. Ich bin hundemüde und will auch langsam in die Falle. Also dann mal ein wenig zackig, die Herren!«

Paul Uhlbein staunte. Die Rotblonde imponierte ihm. Der konnte so leicht niemand das Wasser reichen. Hauptkommissarin Rothenfuß. Ein Rasseweib! Er würde ihr direkt am Montag ein Blumensträußchen zukommen lassen, so viel war schon mal sicher. Derart starke Frauen sollte man unbedingt fördern und motivieren.

Behutsam trugen ein junger Polizist, der ständig gähnen musste, und Paul Uhlbein den Sarg zuerst leer hinauf und schließlich gefüllt mit locker 120 Kilo reiner Muskelmasse wieder nach unten. Von diskret und würdevoll konnte nicht die Rede sein, denn weder Paul noch der Polizist waren geübt darin, solche Gewichte waagrecht die Treppen hinunterzuwuchten.

Als der Wikinger im Auto verstaut war, ging Paul noch einmal nach oben und legte Marie eine Decke über. Er hatte ein wenig Angst, sie könne vom Sofa fallen, und so baute er Xavers Bettchen noch davor und auch den großen Sessel mit dem Fußhocker.

Dann sah er kurz ins Bad. Er würde noch einmal wiederkommen müssen und die Blutlache wegputzen. Wer wusste schon, was passieren würde, wenn Marie des Nachts zur Toilette musste und auf der Pfütze ausrutschte. Nicht auszudenken wäre das! Jetzt so kurz vor Weihnachten!

Er schnappte sich den Wohnungsschlüssel, der auf der kleinen Holzkommode lag, und machte sich anschließend auf den Weg in die Pathologie, wo die nette Frau Rothenfuß gewiss schon wartete.

14. MEISTER PROPER

Und in der Tat, die Hauptkommissarin wurde langsam ungeduldig und funkelte Paul böse an. Die beiden Kollegen neben ihr blickten angestrengt auf ihre Handys und tippten und wischten dabei über das Display.

»Ja, wo bleiben Sie denn, das hat ja eine Ewigkeit gedauert. Das nächste Mal bitte mit ein bisschen mehr Caramba und Karacho, wenn ich bitten darf. Frau Dr. Böse wartet schon auf den Schrumpfhoden. Sie ist total gespannt, das bekommt Frau nicht so oft zu sehen.«

»Ich darf doch sehr bitten«, unterbrach Paul die patente Dame, »wir sprechen hier von einem Menschen, nicht von einem anatomischen Versehen von Mutter Natur.«

»Nein, nein, nein, nicht Mutter Natur. Mutter Vaterland war daran schuld. Die haben den armen Kerl so zugerichtet.«

Frau Dr. Böse stand bereits an ihrem Edelstahltisch, und zu dritt hievten sie den armen Emil Rasmussen auf den Seziertisch.

»Auf geht's – wollt ihr alle hierbleiben oder will noch eine von euch Pussis schnell den Raum verlassen?«, fragte Frau Dr. Böse in die Runde und sah dabei prüfend jeden Einzelnen über den Rand ihrer Brille an.

»Ich gehe besser. Eine Frage noch, kann ich das Blut bei Frau Scharrenberger eigentlich aufwischen? Ich habe Angst, sie könnte sich heute Nacht etwas erschrecken, wenn sie ins Bad geht, oder möglicherweise sogar ausrutschen.«

Frau HK Rothenfuß sah ihre beiden Kollegen an und fragte, ob alle Spuren gesichert seien. Als diese nickten, gab sie Paul grünes Licht und wünschte ihm eine gute Nacht.

Paul fuhr durch die weihnachtlich beleuchtete Innenstadt zurück zu Maries Wohnung, wo er zuallererst nach einem Eimer, etwas Küchenrolle und ein paar Gummihandschuhen fahndete. Als er an einer Stelle fündig geworden war, an der er die Utensilien im Leben nicht vermutet hätte, atmete er erleichtert auf und machte sich ans Werk.

Was für eine Sauerei, dachte er sich und kippte noch eine Ladung Putzmittel direkt auf die Stelle, wo sich nun nicht mehr eine Pfütze, sondern das Kunstwerk eines wahnsinnigen Genies auf Maries Badezimmerboden befand. Wischtechnik und dazu ein winziger Hauch Avantgarde.

Als er fast fertig war, murrte Marie im Wohnzimmer und begann kurz darauf äußerst wirres Zeug zu reden. Immer wieder hörte Paul eine Art Klopfen, als trete sie gegen den Sessel, den er als Fallschutz aufgebaut hatte. Er musste sich ein wenig beeilen. Offenbar benötigte Marie Hilfe.

Er ging in die Küche, kippte das blutrote Wasser in den Ausguss und warf sowohl die Handschuhe als auch die Küchentücher und den Putzlappen in den Müll. Sein Sinn für Perfektion befahl ihm zwar, schnellstens die Mülltüte zu entsorgen, aber im Wohnzimmer knurrte Marie erneut vor sich hin. Paul knotete die Tüte zusammen und nahm sich vor, wenn er Marie erneut gesichert habe, würde er sie zum Container bringen und rasch eine neue in den Eimer spannen.

Kaum, dass er im Wohnzimmer war – so schnell hätte er auch beim besten Willen nicht zu ihr eilen können – wurde das Mietshaus durch einen gigantischen Knall erschüttert, und Marie lag regungslos am Boden. Eingezwängt zwischen Sofa, Kinderbett und Sessel, aber offenbar etwas zufriedener als vorher.

Paul machte sich daran, die Möbelstücke zur Seite zu schieben, ohne noch mehr Lärm zu verursachen, aber es blieb beim guten Willen, denn die Töne, die das Kinderbett machte, als er es über den Laminatboden zog, mochte nachts um drei wirklich niemand hören. Marie schlief jedoch weiter. Ganz ruhig und friedlich.

Da sie jetzt ja nicht noch tiefer fallen konnte, war es Zeit, den Müll wegzubringen und dann noch einmal nach ihr zu sehen.

Kaum, dass er wieder in Maries Wohnung war, erwachte diese erneut zu ungeahntem Leben und warf Arme und Beine mit Schmackes durch die Luft.

Ich kann unmöglich nach Hause gehen, dachte sich Paul bei diesem Anblick, zerrte die Decke erneut unter Maries Beinen hervor und legte sie über sie. Er selbst nahm auf dem Sessel Platz und noch während er die richtige Position suchte, war er auch schon eingeschlafen. Tief und fest und schnarchend und schmatzend.

In der Pathologie indes, hatte Frau Dr. Böse die Polizisten nach Hause geschickt und schwang nun die Kreissäge, wog Leber und Nieren und stellte dann bedauerlicherweise sowohl ein Magengeschwür als auch eine manifeste Leberzirrhose bei dem Toten fest. Emil hätte – ohne jeden Zweifel – nicht mehr allzu viele gute Tage zu erwarten gehabt.

Während der Obduktion diktierte sie jedes noch so unwichtige Detail in ihr Aufnahmegerät und hatte ihre wahre Freude daran, Emils athletische DDR- Anatomie – in aller Seelenruhe – noch einmal etwas genauer zu untersuchen.

Gegen Morgen wurde jedoch der Anfangsverdacht, es handle sich lediglich um einen unglücklichen Unfall, bestätigt. Es gab keinerlei Anzeichen unmittelbarer Fremdeinwirkung, und das Fazit lautete, man könne die Akte bedenkenlos schließen, denn einen Fall, der die Polizei zu beschäftigen hätte, gäbe es hier definitiv nicht.

15. ADVENTSWATSCH'N

Als Frau Meier gegen acht erwachte, dehnte und streckte sie sich behaglich in ihrem Bett und lauschte gespannt, ob sich im Haus bereits etwas tat. Sie hatte wunderbar geschlafen. Tief und fest, wie ein Stein, und sie fühlte sich erholt und frisch für den ersten Adventssonntag. Erneut spitzte sie die Ohren, doch sie hörte rein gar nichts. Bestimmt war Paul schon unterwegs zum »Sonntagsbäck'« und holte frische Brötchen und Croissants, um sie gebührend wieder in seinem Reich willkommen zu heißen. Also stand sie langsam auf, brauste sich ausgiebig in der ebenerdig begehbaren und unsagbar großzügigen Dusche mit Regenschauer und Seitennebeldüsen ab und freute sich auf ein Adventsfrühstück der Extraklasse. Sie wusste, dass Paul ein Händchen für so etwas hatte.

In ihrem Ankleidezimmer wählte sie ein rotes Strickkleid und einen rot-grün gemusterten Schal. Richtig weihnachtlich sah sie darin aus, und hübsch geschminkt, wie sie war, würde Paul sie bestimmt zum Anbeißen finden. Während sie ihre Uhr anlegte horchte sie erneut, doch sie konnte beim besten Willen kein Geräusch ausmachen. Das war nicht sehr ungewöhnlich, denn Paul war einer der rücksichtsvollsten Menschen, die ihr je begegnet waren. Bestimmt schlich er durch die Küche und hatte alle Türen fest verschlossen, damit er sie nur ja nicht weckte.

Sie schritt die große Freitreppe in die Halle hinunter, als sei sie eine Königin. Würdevoll und mit Stil. Dabei trat sie bewusst immer neben den sich in der Mitte der Stufen befindenden Teppich, damit Paul anhand des Klapperns ihrer Absätze auf der Steintreppe gewarnt war und schon mal die Kerzen anzünden konnte. Ach, wie freute sie sich, wieder hier zu sein, bei ihrem lieben und aufmerksamen Paul.

Als sie schwungvoll die Flügeltüren zum Esszimmer öffnete, gähnte ihr ein leerer Tisch entgegen. Die Vorhänge waren zugezogen, die Stühle standen ein wenig schief herum und es roch nach allem Möglichen, aber nicht nach frischem Kaffee.

»Paul? Paul, mein Schatz, wo bist du denn?«, rief sie und ging in die Küche, wo ihr jedoch auch nur ein abgedunkelter Raum Guten Morgen sagte. »Pau-au-l! Wo bist du? Bist du etwa noch gar nicht wach?«

Sie sah sich um, öffnete Rollos und Vorhänge, und es flammte ein klitzekleiner Funken des Missfallens in ihr auf, der sich rasch zur Größe eines mittleren Buschbrandes ausbreitete.

Reichlich mürrisch stapfte sie weniger nonchalant als eben die Treppe wieder hinauf und riss Pauls Schlafzimmertür – ohne vorheriges Anklopfen – auf. Im Inneren herrschte tiefste Dunkelheit. »So habe ich mir meine Heimkehr aber nicht erträumt, Paul, ich dachte du würdest mich mit einem Träumchen von einen Frühstück empfangen«, schimpfte sie ihren Liebsten, während sie ohne Vorwarnung und mit lautem Scheppern die Jalousien nach oben zerrte.

Als sie sich umdrehte, die Hände in die Seiten gestemmt, und nicht gerade in morgendlicher Kuschellaune zu einer weiteren Standpauke ansetzte, stellte sie mit Schrecken fest, dass Pauls Bett leer war. Zerwühlt, aber leer. Das Handy war weg. Also war er arbeiten. Nicht gut, gar nicht gut. Jetzt musste sie am Ende das Frühstück zubereiten! Aber eines war klar, frische Brötchen würde sie nicht holen fahren, das wäre ihr zu umständlich. Gewiss waren noch ein paar von diesen Aufbackdingern im Vorratsschrank.

Widerwillig machte sie sich an die Arbeit. Der Blick in den Kühlschrank verriet ihr, dass Paul offenbar tatsächlich vorgehabt hatte, ihr ein hübsches Adventsfrühstück zu bereiten, denn sie fand Lachs, Kaviar, frisch geräucherten Schinken und mit Fleur de Sel gewürzte französische Biobutter. Holunderblütenmarmelade, gut, der konnte sie nicht das Geringste abgewinnen, und sogar Elchsalami. Im Gemüsefach fand sie Orangen. Das sollte wohl auf frisch gepressten Saft hinauslaufen.

Als sie den Tisch in der Küche gedeckt hatte, war es bereits 9 Uhr und Paul war noch immer nicht da. Er hätte doch wenigstens eine Nachricht hinterlassen können!

Gegen viertel vor zehn hörte sie seinen Schlüssel im Schloss der Eingangstür, und reichlich übel gelaunt trat sie in die Halle, um ihm erst einmal einen gepfefferten Morgengruß entgegenzuschleudern.

»Na, Paul, auch wieder aus der Versenkung aufgetau…«, weiter kam sie nicht. In der Tür stand nämlich nicht nur ein extrem betretener Paul, nein, er hatte auch noch Marie im Schlepptau, die aussah wie damals, wenn sie als kleines Mädchen etwas ganz fürchterlich Schlimmes ausgefressen hatte. Frau Meier war nicht dumm. Rasch zählte sie eins und eins zusammen und kam glatt auf zwei! Nämlich auf Marie und Paul!

»Ich fasse es nicht! Ich fasse es einfach nicht!«, stieß sie hervor und trat einen Schritt auf Paul zu, der so intensiv auf seine Schuhspitzen sah, dass er gar nicht zu realisieren schien, dass Frau Meier den rechten Arm hob, schwungvoll ausholte und ihm – hast-du-nicht-gesehen – eine derart heftige Watsch'n verpasste, dass er kurz schwankte. Ansonsten reagierte Paul kaum, Frau Meier rieb sich die Hand und ärgerte sich darüber, dass es nicht so hübsch geknallt hatte, wie sie es sich erhofft hatte, weil Paul diesen dämmenden Bart im Gesicht tragen musste.

Erneut hob sie die Hand, um auch Marie ein Zeichen der Wut ins Gesicht zu malen, doch die duckte sich so reaktionsschnell, wie man es unter dem Einfluss von Sedativa kaum erwartet hätte, und Frau Meier strauchelte und rammte gegen die Bodenvase mit dem Traum von Blumenstrauß in Weiß! »Verdammte Scheiße, schau zu, dass du dich schleichst, Marie! Verlasse sofort dieses Haus!«

»Das ist Pauls Haus und der hat gesagt, ich soll mitkommen«, brachte sie ein wenig lallend hervor und Frau Meier stutzte, als auch Paul einschritt und bat, er möge doch zuerst eine plausible Erklärung für all das abgeben dürfen.

»Auf die Erklärung bin ich schon gespannt!«, donnerte Frau Meier durch die Eingangshalle, »Sehr gespannt!«

Paul zog sie am Arm in sein Arbeitszimmer und schloss die Tür hinter sich. Marie indes blieb mit hängenden Schultern dort stehen, wo man sie abgestellt hatte, und betrachtete eingehend ihre Fingernägel, die immer wieder vor ihren Augen verschwammen und die Kontur verloren. Echt spannend.

»Liebste, beruhige dich, beruhige dich. Es ist alles ganz anders, als es aussieht. Marie hat heute Nacht meine Hilfe als Bestatter in Anspruch genommen und ich bin bei ihr geblieben, weil sie im Schlaf randaliert hat.«

»Ach, im Schlaf? Hast Du sie erst zur ewigen Ruhe gebettet und dann ihren Schlaf bewacht, oder was genau will das heißen?«

»Schnuppel, du musst jetzt ganz stark sein, der Emil ist heute Nacht in Maries Badezimmer von uns gegangen. Es war ein ziemlicher Aufstand. Mit Notarzt, Polizei, Spurensicherung, das volle Programm. Der Notarzt hat Marie eine Spritze gegeben und daraufhin ist sie eingeschlafen. Der Arzt meinte, ich sollte auf sie Acht geben, und während ich das tat, fing sie an zu randalieren. Mit Armen und Beinen hat sie gegen die Möbel gehauen. Und da hielt ich es einfach für meine Pflicht, nachdem ich Emil in die Pathologie gebracht hatte, noch einmal nach deiner Schwester zu sehen. Dabei muss ich eingeschlafen sein.«

»Das glaube ich nicht, Paul. Emil war putzmunter gestern, und eben auch erst gestern hat Marie gesagt, du würdest mir ohnehin bald weglaufen, weil wir keinen Sex hätten. Ich kenne meine Schwester. Du brauchst nicht weiterzureden. Eure haarsträubenden Lügengeschichten könnt ihr einem anderen Deppen auftischen. Mir nicht! Nein, mir nicht, Paul!

»So lass dir doch erklären, Schnuppel, spätestens wenn jetzt die Kommissarin kommt, um Marie zu den Geschehnissen zu befragen, dann wird sich alles klären. Das verspreche ich dir. Bitte!«

Frau Meier hatte langsam Hunger, und es wäre zu schade um all die Mühe gewesen, die sie sich gemacht hatte, also willigte sie erst einmal ein. Marie musste in der Halle sitzen bleiben und Paul brachte ihr ein belegtes Brötchen und Kaffee, was sie beides nicht anrührte. Frau Meier und Paul saßen einander schweigend gegenüber und im Sekundentakt schoss Frau Meier Giftpfeile auf Paul, die dieser mit einer betretenen Miene abzuwehren versuchte.

Kaum hatte Frau Meier ihre erste, mit Räucherlachs und Ei belegte Brötchenhälfte vertilgt, klingelte es an der Haustüre.

»Das wird die Frau Hauptkommissarin sein. Sie heißt Rothenfuß. Wir hatten einen Zettel an Maries Tür gehängt, dass wir uns hier aufhalten.«

»Aha.«

Paul sprang auf, legte seine Serviette zur Seite, eilte vorbei an der versteinerten Marie und flog in Richtung Tür. Als er öffnete, grinste HK Rothenfuß breit und fragte ohne große Höflichkeitsfloskeln direkt nach Marie.

»Ich habe sie mitgenommen. Ihre Schwester und ich, wir kümmern uns heute ein wenig um sie. Das Beruhigungsmittel war wohl ein bisschen arg stark dosiert. Ich habe ihr zwar gesagt, was passiert ist, aber ich vermute, sie realisiert es nicht.«

Die Kommissarin schob Herrn Uhlbein zur Seite und meinte, dass sie jetzt hier mal das Kommando übernehme. Schließlich sei ein Mensch zu Tode gekommen, da könne man keine Rücksicht auf etwaige Gefühlsduseleien nehmen. Mit einem Blick in Richtung Küche fragte sie: »Riecht nach Kaffee! Hätten Sie vielleicht ein Tässchen für mich, Herr Uhlbein?«

»Aber sicher doch, meine Liebe. Sicher.« Mit diesen Worten machte er sich auf den Weg zur Küche, schenkte eine Tasse Kaffee ein und stellte Zucker und Milch auf ein kleines Tablett, das er ihr brachte. Frau Meier beobachtete jede seiner Bewegungen, blieb aber regungslos auf dem Stuhl sitzen und lauschte dem, was in der Halle vor sich ging.

»Ah, danke, Herr Uhlbein. Ohne Koffein bin ich kein Mensch. So zehn Tassen von dem schwarzen Teufelszeug brauche ich einfach. – So, jetzt zu Ihnen, Frau Scharrenberger, können Sie mich hören?«

Marie blieb teilnahmslos, und die Kommissarin schüttelte sie an der Schulter. »Hallo, Mädchen, hier spielt die Musik. Aufwachen!«

Doch Marie zog es vor, in ihrer eigenen kleinen Welt zu bleiben.

»Früher half bei ihr ein Eimer kaltes Wasser. Vielleicht

wäre das eine Lösung?«, schaltete sich Frau Meier ein, die mittlerweile im Türrahmen der Küche erschienen war und das Schauspiel eingehend betrachtete.

»Wasser ist gut. Vielleicht nicht gleich ein Eimer. Wie wäre es mit einem Waschlappen?«, erwiderte die Kommissarin an Frau Meier gewandt.

»Gut, hole ich. Ich möchte nämlich auch langsam ganz gerne mal wissen, was hier gespielt wird.«

Frau Meier holte ein Gästehandtuch, ließ eiskaltes Wasser darüberlaufen und drückte es Marie unsanft ins Gesicht. An den Seiten des Tuchs liefen dicke Bäche Wasser über Maries Haare und auf ihre Kleidung, doch sie rührte sich noch immer nicht und starrte teilnahmslos durch die Kommissarin hindurch.

»Legen wir sie irgendwo hin«, schüttelte HK Rothenfuß den Kopf, »die ist nicht vernehmungsfähig. Ich trinke jetzt in aller Ruhe den Kaffee aus und dann versuchen wir es noch mal. Sie haben nicht zufällig noch einen Happen von Ihrem lecker Frühstück übrig? Mir hängt der Magen auf halb acht, ich habe seit heute früh um vier nichts mehr gegessen. Ein echter Scheißjob ist das.«

Paul bat die Kommissarin an den Küchentisch und legte Besteck und Geschirr für sie auf. Frau Meier nahm neben ihr Platz und wartete gespannt auf die noch immer ausstehende Erklärung.

»Also«, begann die Kommissarin, während sie ein Brötchen mit Lachs und Kaviar zentimeterdick belegte, »der Tod trat tatsächlich durch einen Unfall ein. Wir haben nichts Auffälliges gefunden. Wir brauchen trotzdem die Aussage von dem kleinen Valiumjunkie dort drüben, um die Akte schließen zu können. So wie es aussieht, wollten die zwei ein wenig Spaß haben. Sie war vermutlich schon im Bett und er wollte sich für seinen großen Auftritt noch frisch machen. Nach dem Duschen muss er ausgerutscht sein, als er aus der Kabine steigen wollte, und zwar mit dem Bein, das er zuerst nach draußen gestellt hat. Ratzfatz, Dr. Böse sagt, er war sofort tot. Genickbruch. Das Einzige, was er gespürt haben muss, war das Aufknallen auf dem Haltegriff, aber bis zum Exitus waren es dann maximal drei Sekunden. Schöner Tod. Ich persönlich hätte ihm allerdings gewünscht, er hätte erst nach dem Sex geduscht, das wäre echt besser für ihn gewesen. Na ja. Es ist halt nun mal so, wie es ist, und nicht anders. Lecker Lachs, übrigens. Und der Kaviar. Russisch, oder? Sie sind ja zwei echte Gourmets! Hätten Sie vielleicht noch eine Semmel für mich? Der Schinken sieht ja auch so lecker aus und die Marmelade. Mmh, Darbo. Was ganz was Feines. Ist das da drüben Lammsalami oder Elch? Gibt's vielleicht auch noch ein Tässchen Kaffee?«

16. SCHRECKSEKUNDE

Wie es der Zufall wollte, klingelte HK Rothenfuß' Handy just in dem Moment, als sie den letzten Zipfel Elchsalami verdrückt hatte und sie sich gerade ein paar kleine schwarze Kaviareier aus den Zahnzwischenräumen kratzte.

»Tja, dann muss ich mich wohl langsam mal dünnmachen, meine Lieben, war schön, Ihnen ein wenig Gesellschaft beim Frühstück leisten zu dürfen. Ich käme dann heute Nachmittag direkt noch einmal. Wäre ja gelacht, wenn Frau Scharrenberger dann immer noch high wäre, nicht wahr?«

»Wann würden Sie denn dann kommen, Frau Hauptkommissarin, ich frage nur«, so setzte Paul an, »weil heute doch der erste Advent ist und wir erwarten die Kinder zum Kaffee.«

»Ach so. Verstehe. Wann ist denn bei Ihnen Kaffeezeit?«

»Um drei«, warf Frau Meier rasch ein. »Wir freuen uns schon so auf die Enkel.«

»Na prima, drei passt mir auch ganz wunderbar!«

Paul schluckte, und obwohl dies eigentlich nicht als Ein-, sondern als Ausladung gemeint gewesen war, nickte er nur und reichte ihr seine weiche Bestatterhand zum Abschied. »Schön, dann sehen wir uns also um drei.«

»Cool, jetzt bin ich erst zehn Tage in Bamberg und schon habe ich Freunde gefunden, bei denen ich zum Adventskaffee eingeladen bin. Super, was? Hätte nicht gedacht, dass die Franken derart gastfreundlich sind. Was gibt's denn? Torte, Stollen, selbst gebackene Plätzchen? Herrlich sowas, ach, ich lass mich einfach überraschen, was es bei Gourmets zum Kaffee gibt! Tschüssikowski dann! Bis später!«

»Sag mal, wie konnte das denn jetzt passieren?«, fragte Frau Meier bestürzt. »Die hat uns doch jetzt total überfahren, oder? Meinst du, das war so ein Trick? Glaubst du, die ist so schlau, dass sie sich hier einschleicht und uns hintenherum ausfragt?«

»Was soll sie denn ausfragen? Wir haben doch nichts zu verbergen, oder?«

Frau Meier schüttelte den Kopf, obgleich sie eigentlich eine ganze Menge zu verbergen hatte. Wenn sie nur alleine an den armen Igor in der Gefriertruhe dachte, wurde ihr ganz anders. Sie hoffte innigst, dass sich HK Rothenfuß nun nicht häufiger hier blicken ließe, und vor lauter schlechtem

Gewissen wurde sie wieder sanft und weich und merkte gar nicht, wie Paul den Arm um sie legte und ihr leise ins Ohr flüsterte: »Mein Schnuppel, das kriegen wir schon alles hin, wir zwei, wir schaffen das!«

»Paul? Hast du für heute Nachmittag eigentlich Kuchen besorgt? Ich wüsste nicht, was ich da heute auf den Tisch stellen sollte.«

»Keine Sorge, Liebste, Gina hat gebacken und bringt alles mit. Du hast echt eine tolle Tochter. Ganz die Frau Mama!«

Welch ein Glück, dass Gina das gerade nicht gehört hatte, denn sonst wäre ein für alle Mal Schluss gewesen mit Kuchen und Plätzchen backen!

»Was ist denn da mit Marie jetzt wirklich gelaufen, Paul?«, fragte Frau Meier versöhnlich.

»Alles so, wie HK Rothenfuß es erzählt hat. Marie und dieser Emil hatten ein Stelldichein und dann hat es ihn kurz davor umgehauen.«

»Auf Maries Version der Geschichte bin ich echt gespannt. Bleibt die dann etwa auch zum Adventskaffee?«

»Das muss sie ja wohl, wenn die Kommissarin hierherkommt, um mit ihr zu reden.«

»Oh Gott, hoffentlich bleiben wenigstens Sarah und der Schreihals fern.«

»Hoffen wir das Beste, Schnuppel, das Allerbeste.«

Während Frau Meier im Esszimmer die große Kaffeetafel eindeckte und eines der Adventsgestecke hübsch in die Mitte dekorierte, tat sich etwas auf dem Sofa. Marie wurde wach!

»Schwester? Wie bin ich denn hierhergekommen?«, brüllte es aus dem Wohnzimmer.

Frau Meier wollte nicht reagieren und überhörte die Frage geflissentlich. Kurz drauf stand Marie mit zerwühlten

Haaren und zerknitterten Kleidern vor ihr. »Boah, ich fühle mich, als wäre ich unter einen Laster gekommen. Warum bin ich denn hier, warum habe ich auf eurem Sofa geschlafen?«

»Du hattest Gevatter Tod zu Besuch in deinem Badezimmer, Schwesterherz!«

»Hä?«

»Weißt du denn gar nichts mehr? Ich schlage dir vor, geh ins Gästebad, mach dich frisch und dann reden wir alle zusammen darüber. Paul weiß ohnehin viel mehr als ich.«

Als Marie aus dem Bad kam und nur wenig besser aussah als zuvor, saßen Paul und Frau Meier schon am Küchentisch und warteten auf sie. Mit routiniert sanfter Stimme brachte Paul sie auf den neuesten Stand der Dinge, wobei Marie blass wie eine Wand wurde.

»Das glaub ich nicht«, brachte sie hervor, doch dann schien es irgendwo in den Versenkungen ihres Bewusstseins zu dämmern und sie hatte ein Bild vor sich, dass sie lieber nicht gesehen hätte.

»Was ist los, Marie, warum schaust du so komisch?«, wollte Frau Meier wissen und sprang auf.

»Nichts, nichts, schon gut.«

»Ich glaube, du erinnerst dich gerade an etwas, Marie«, half Paul Uhlbein seiner Beinahe-Schwägerin auf die Sprünge.

Marie kräuselte die Stirn und schüttelte den Kopf. »Nein, so kann das gar nicht gewesen sein, so nicht!«

»Jetzt erzähl schon«, drängelte Frau Meier unerbittlich, und schließlich gab Marie nach und es brach aus ihr heraus wie eine Springflut.

»Ich weiß, dass ich im Bett gewesen bin. Ich hatte dieses Spitzennegligé an, dieses Rote mit den schwarzen Röschen. Du weißt schon, das mit dem besonderen Etwas.«

Paul wurde rot.

»Und dann weiß ich, dass ich die Dusche ewig lange habe laufen hören. Ich dachte, der käme gar nicht mehr, und wollte nachsehen, ob Emil etwas passiert ist. Wenn ich ehrlich bin, dachte ich, der Scheißkerl hätte sich aus dem Staub gemacht und das Wasser laufen lassen, damit er einen Vorsprung hat. Jedenfalls bin ich dann in den Flur und habe an der Tür gelauscht, und weil ich nichts außer dem Wasser hören konnte, habe ich die Tür aufgestoßen.«

»Und dann?«, wollte Frau Meier wissen.

»Dann habe ich geschrien. Mein Gott, was habe ich gebrüllt! Und so laut!«

»Warum das denn? Lag er da etwa schon am Boden in all seinem Blut?«, fragte Paul.

»Nein! Deswegen brülle ich doch nicht! Er hatte offenbar gerade das Wasser ausgemacht und den Duschvorhang auf, als er mich sah. Und er hat auch geschrien.«

»Ja, jetzt sag doch endlich mal, warum!«

»Na ja, warum er geschrien hat, das weiß ich nicht, habe auch keine Idee dazu, aber ich weiß, weshalb ich so entsetzt war.«

»Jetzt mach's halt nicht gar so spannend, Marie, rede!«, schimpfte Frau Meier ungeduldig.

»Wegen dem Schwänzchen«, murmelte Marie leise. »Wegen diesem kleinen winzigen Schwänzchen. Das sah aus wie ein Kinderspielzeug. Und ich glaube, Eier hatte der auch keine in der Hose.«

»Marie, ich darf doch sehr bitten!«, schrie Frau Meier ihre Schwester an, doch Paul griff beruhigend nach ihrem Arm.

»Schnuppel, sie hat recht. Der Emil war nicht sehr gesegnet. Eher so gut wie gar nicht. Wenn nicht gar – so richtig, richtig schlimm dran.«

»Was redest du da, Paul?«

»Schau, Liebste, der gute Emil war DDR-Leistungssportler. Die wurden mit Anabolika vollgepumpt bis zum Äußersten. Und das Äußerste waren beispielsweise Schrumpfhoden und vieles mehr.«

»Verstehe. Armer Kerl, aber warum hat er denn so geschrien?«, fragte Frau Meier nach.

Paul sah ihr tief in die Augen und sie konnte die Antwort darin so deutlich sehen, als sei sie mit schwarzer Tinte auf weißes Papier geschrieben worden, und sie las: Würdest du etwa nicht schreien, wenn du deiner Schwester im roten Negligé mit schwarzen Röschen begegnen würdest?

Frau Meier begriff. Dennoch brauchte sie einen winzigen Moment, um sich zu fangen, und bis sie schließlich geistesgegenwärtig hervorstieß: »Kein Wort davon zur Kommissarin! Kein Wort! Marie! Sag ihr, du habest im Bett auf ihn gewartet, und als du nachgesehen hast, wo er denn bliebe, habe er schon regungslos auf dem Boden gelegen.«

»Ja«, schluckte Marie und kratzte sich am Kopf, »das ist wohl besser so. Viel besser.«

17. EIERLIKÖRTORTE

Gegen viertel vor drei klingelte es Sturm und draußen hupte ein Wagen.

»Ah, das wird Gina sein, wir werden wohl rasch mit den Kuchen helfen müssen. Hoffentlich rechnet Gina mit unserem großen Appetit«, lachte Paul und riss freudig die Tür auf. Ole flog ihm förmlich um den Hals und Mikka schlang seine Arme fest um Pauls Bauch.

»Paul, Paul, morgen kommt fei der Nikolaus zu uns in den Kindergarten!«, verkündete Ole. »Und seinen Knecht, den bringt er auch mit, und der hat eine Rute dabei, eine ganz eine lange!«, dabei breitete er seine Arme weit aus und zeigte damit, wie wahnsinnig lang diese wohl sein musste.

Marie, die neben Frau Meier in der Halle stand und der Dinge harrte, die da kamen, raunte leise etwas vor sich hin.

»Was sagst du?«, wollte Frau Meier wissen.

»Wenn der Emil auch so eine lange Rute gehabt hätte, dann wäre er jetzt nicht tot, sondern würde gleich mit uns Kaffee trinken.«

»Mein Gott, du bist so was von geschmacklos, Marie!«

»Nee, ich bin nur immer noch total high. An diese Spritzen könnte ich mich glatt gewöhnen. Es fühlt sich alles so super weich an. So kuschelig und unbeschwert.«

Paul genoss die stürmische Umarmung der beiden Jungs und wurde ein wenig verlegen, als Mikka ihn, leise ins Ohr flüsternd, fragte, warum er denn immer so viel Pipi im Auge habe.

»Ach, kleiner Mikka, weil ich mich so freue und weil ihr zwei einfach das Tollste seid, das mir je passiert ist. Ich finde euch – na, wie sagt man da in eurem Alter – so richtig voll cool.«

»Nee«, meinte Ole dazu, »voll cool, das sagt heute keiner mehr. Wir sagen da jetzt ›total knorke‹ dazu.«

»Echt? Na, du siehst, Ole, ich habe keine Ahnung. Ich bin einfach schon ein alter Opa!«

Draußen luden Tom und Gina ihre Familienkutsche aus. Gina war offenbar in eine Art Backwahn verfallen, denn der gesamte Kofferraum des Kombis war mit Tortenhauben, bunten Blechdosen und geheimnisvollen Schätzen in Alufolie gefüllt.

»Na, da kann ich heute ja mal so richtig ordentlich zulangen«, tönte es hinter den beiden, und eine flotte, ziemlich große und rotblonde Dame mit langer Nase und Jeans sowie orangefarbenem Schal, streckte ihnen ihre knochige Hand entgegen. »Angenehm, Sie müssen die Tochter sein. Rothenfuß mein Name, ich bin hier zum Adventskaffee eingeladen.«

»Ach, wirklich?«, fragte Gina und bekam schon wieder dieses typische Grummeln im Magen, das sie fast immer hatte, wenn sie von ihrer Mutter mal wieder total überfahren wurde. »Gina Svenson, und das hier ist mein Freund Tom Richards. Hat meine Mutter Sie eingeladen?«

»Na ja, eigentlich habe ich mich – mehr oder weniger – selbst eingeladen. Herr Uhlbein war so freundlich – ach, da ist er ja! Sind die beiden Jungs da Ihre Kinder, Frau Svenson?«

»Ja, der große Sohn ist Mikka, der kleine heißt Ole.«

»Tolle Namen. Wie bei Pippi Langstrumpf. Ach, was wäre ich als Kind gerne Pippi gewesen. Ging Ihnen das nicht auch so?«

»Nein, eigentlich nicht, ich wollte lieber Annika sein«, erwiderte Gina.

»Ach, Annika, die war mir immer viel zu fad und langweilig. Ich wollte genauso stark sein wie Pippi oder ihr Vater. Und ich wollte in Taka-Tuka-Land leben und ein Pferd hochheben können – Sie entschuldigen mich, ich muss rasch Ihrem Vater Guten Tag sagen.«

»Ich wette, die kann problemlos jedes Pferd in die Höhe wuchten, und wie Pippi Langstrumpf schaut sie auch fast aus. Fehlen nur die Zöpfe!«, lachte Tom, schnappte sich ein paar Blechdosen und nahm immer zwei Stufen gleichzeitig zum Haus hinauf, wo er mit großem Hallo willkommen geheißen wurde.

Gina schleppte eine gewaltige Tortenplatte mit Deckel und einen Korb mit Alufolienschätzen ins Haus. Paul nahm schließlich den Rest, wobei er allerdings zweimal zum Wagen gehen musste.

In der Halle herrschte ein gewaltiges Gewusel und es dauerte eine ganze Weile, bis schließlich alle Leckereien auf der Kaffeetafel ihren Platz gefunden hatten. Rings herum versammelten sich nun langsam viele hungrige Mäuler, und wer hätte es anders erwartet, war HK Rothenfuß die Allererste, die einen Stuhl ergatterte und sich seufzend niederließ. Direkt vor der Eierlikörtorte.

»Nehmt nur, meine Lieben, es ist reichlich da«, bot Frau Meier die Backwerke ihrer Tochter feil, und Gina stieß Tom heftig in die Rippen.

»Ich wusste es, jetzt tut sie es schon wieder! Als wäre das alles ihr Werk!«

»Nicht aufregen, Süße, alles okay. Du kennst deine Mutter doch gut genug. Da muss man drüber hinwegsehen können. Wir wissen alle, dass du der kleine Backstern bist«, beruhigte sie Tom.

HK Rothenfuß fackelte nicht lange. Das Messer lag unmittelbar vor ihrer Nase und – ratzfatz – hatte sie die Eierlikörtorte in zwölf gleichgroße Stücke zerlegt und sich selbst eines auf den Teller geschaufelt. »Mmmh, köstlich. Der Wahnsinn! Gott, gegen die Torte ist ja jeder – ähm«, sie sah die beiden Jungs an, »jeder Gummibaum ein Dreck. Mann, ist das lecker. Ob ich wohl auch noch mal eben ein Stückchen von dieser rosa Sahnetorte da hinten haben könnte?«

»Himbeer-Sahne«, entgegnete Gina und nahm ihr den Teller ab, um ihr ein üppiges Stück davon aufzutun.

Frau Rothenfuß schien, als hätte sie seit Tagen nichts mehr gegessen. Dabei hatte sie doch erst am Morgen das gesamte Adventsfrühstück im Hause Uhlbein verputzt. Dadurch, dass sie ständig Nachschub verlangte, war die Stimmung tatsächlich irgendwie recht ungezwungen, und daher war sogar so etwas wie eine Art Unterhaltung am Tisch möglich. Marie allerdings sagte nicht viel. Sie blickte noch immer ein wenig stumpfsinnig aus der Wäsche und vermied es, die Kommissarin direkt anzusehen.

»Na, Tom, wie war es diese Woche in München?«, wollte Paul wissen und Tom berichtete ausführlich über ein paar Ausrutscher in der Promi-Szene und den Besuch der Bundeskanzlerin in der Bayernmetropole.

»Ach, das ist ja spannend«, hakte Frau Rothenfuß ein, »Sie sind Journalist?«

»Ja«, lächelte Tom. »Ich bin hauptsächlich für verschiedene Nachrichtensender unterwegs. Fernsehen.«

»Oh, Sie müssen sehr stolz auf Ihren Schwiegersohn sein, Herr Uhlbein. Und was machen Sie, liebe Gina?«

»Ähm, also ich bin Partnerin im Geschäft meiner Tante. Ich betreue vorwiegend die Internetsparte.«

»Und was ist das für ein Geschäft?«

Jetzt schaltete sich Marie ein, denn ihren Job machte sie einfach mit Leib und Seele. »Wir verkaufen feinste Lingerie-Ware, sehr edel, sehr chic. Auch für größere Größen.«

»Lingerie? Das klingt wie Pralinen. Haben Sie Konditorin gelernt?«

»Nein, Lingerie, das ist Damenunterbekleidung. Wäsche. Feinste Dessous.«

Frau Meier sah Marie verwundert an. Der Schock um Emil musste Maries Sprachzentrum in Mitleidenschaft gezogen haben, denn derart geschwollen drückte sich ihre Schwester für gewöhnlich eher selten, bis gar nicht aus.

Die Kommissarin war entfacht. »Ehrlich, auch große Größen? Auch für mich, ich bin ja über einen Meter achtzig. Da ist das nämlich gar nicht so einfach! Bei mir sind die Träger immer zu kurz, auch wenn ich sonst nicht so stark gebaut bin. Wo verkaufen Sie das denn, Frau Scharrenberger? Haben Sie einen Laden?«

Frau Meier trat Marie unter dem Tisch ans Bein und diese zuckte kurz zusammen, verstand den Sinn dieses Trittes jedoch nicht.

»Nein, ich gebe Dessous-Partys. Das ist immer recht nett. Kommen Sie doch auch mal, am Mittwoch findet sogar eine bei mir zu Hause statt.«

Am Tisch wurde es stumm und alle Blicke richteten sich auf HK Rothenfuß, deren Augen immer größer wurden, und die sofort Marie ihre Hand über den Tisch reichte und dabei: »Abgemacht, schlagen Sie ein!«, gluckste. »Aber vorher müssen wir hier noch in dieser anderen Sache kurz miteinander reden. Können wir uns irgendwohin zurückziehen?«, dabei blickte sie Paul an, der sofort aufsprang und den beiden Damen den Weg in sein Arbeitszimmer wies.

Als er hinter den Frauen leise die Tür schloss, wollte Gina erst einmal genau wissen, was hier eigentlich gespielt wurde, und bei der Erzählung, die Paul wegen der Kinder im FSK6-Format formulierte, wurde Gina immer blasser und nervöser. Diese Frau Rothenfuß war seltsam – sehr seltsam, und sie alle würden höllisch aufpassen müssen, was sie in Zukunft sagten.

»Du, Paul«, fragte Gina, »die kommt jetzt aber nicht öfter zu Besuch, oder? Ich meine, ihr habt nicht zufällig vor, dass das hier eine Art Freundschaft werden soll.«

»Och, ich finde sie – an und für sich – sehr nett. So kompetent. Gradlinig und auf ihre Art auch total patent«, meinte Paul dazu, »oder wie siehst du das, Schnuppel?«

Schnuppel war ganz und gar nicht seiner Meinung und tat dies durch ein heftiges Kopfschütteln kund. »Nee, nur über meine Leiche. Die Frau hat Hunger für drei und ist schlimmer als eine Klette. Denk nur dran, Paul, wie sie uns heute Morgen überrumpelt hat! Schau bloß, dass du sie auf Abstand hältst! Wenn die öfter kommen sollte, bräuchte ich mehr als das Doppelte an Haushaltsgeld. Außerdem glaube ich, die steht auf dich, Paul.«

»Ehrlich? Findest du? Das ist mir gar nicht aufgefallen. Wirklich?«

»Ja, finde ich, aber das wollen wir hier ja nicht weiter ausbauen, oder?«

Ole mischte sich ein. »Ich würde das voll doof finden, wenn die große rote Frau auf dem Paul rumstehen würde. Wie schaut denn so was aus? Steht die dann auf seinen Schultern, oder wie geht das?«

»Keine Panik, kleiner Ole«, beruhigte ihn Paul, »auf mir wird niemand stehen, aber auf mich vielleicht schon. Das sagt man so, wenn man jemanden richtig gut findet, dann steht man auf denjenigen. Verstehst du?«

»Ich glaube schon. Also wenn ich dich gut finde, dann stehe ich auf dich?«

»Ja, genau. So ungefähr.«

»Du-u, Paul, dann will ich aber auch nicht, dass die Frau da auf dich steht. Das soll lieber die Oma machen. Das ist besser, weil die andere ist echt ein bisschen komisch und die schaut aus wie eine Hexe.«

»Findest du?«, fragte Paul und zog seine Stirn in Falten, »nein, das kann man so nicht sagen. Ich finde sie durchaus apart«, worauf es Frau Meier doch glatt den Atem, nicht aber die Sprache verschlug.

»Ich sag nur ›atemlos‹!«

18. GNADENLOS

HK Rothenfuß war keineswegs atemlos, dafür aber absolut gnadenlos. Sie verhörte Marie nach allen Regeln der Kunst, aber keineswegs im Fall »Rasmussen«, sondern eher in Sachen »Spitzenhöschen«. Gar nicht mehr locker ließ sie, und Marie fand das kein bisschen sonderbar, denn offensichtlich brannte ihr Polizistenherz ebenso für feine Wäsche wie Maries. Das hätte sie der Frau Hauptkommissarin gar nicht zugetraut.

Doch HK Rothenfuß war eine von der ganz besonders ausgeschlafenen Sorte, denn sie fragte durch die Hintertür und erfuhr so alles, was sie über den vergangenen Abend – den Abend des Dahinscheidens von Emil Rasmussen – wissen musste. Leider war da nichts dabei, was Marie Scharrenberger als mögliche Täterin hatte entlarven können. Rein gar nichts, und so konnte man getrost wieder zum gemütlichen Teil des Nachmittags übergehen.

Lächelnd kamen die beiden Frauen aus Pauls Arbeitszimmer und kicherten miteinander wie die Gänslein.

»Na, alles geklärt?«, wollte Paul wissen.

»Ja, alles geklärt. Wir legen den Fall ad acta und geben die Leiche baldmöglichst frei. Wir warten nur noch auf das Okay des Staatsanwalts.«

»Gute Nachrichten«, bemerkte Frau Meier trocken und fragte rasch nach, ob jemand noch einen Kaffee oder ein wenig Kuchen wolle. Und ganz klar, HK Rothenfuß wollte! Beides! Kuchen und Kaffee – und von beidem so richtig viel!

»Wo kommen Sie eigentlich her, Frau Hauptkommissarin Rothenfuß«, fragte Paul, während diese förmlich eins mit einem Stück Gewürzkuchen wurde.

»Boah, zum Reinlegen. Für den Kuchen könnte man sterben. Gina, ich habe in zwei Wochen Geburtstag, würden Sie mir an dem Tag diesen Kuchen backen? Das wäre mein schönstes Geschenk!«

Gina blieb die Spucke weg, aber irgendwie schaffte sie es auch nicht, der Kommissarin einen Korb zu geben, und deshalb lächelte sie nur schwach, was jedoch umgehend als ein ganz klares Ja aufgefasst wurde.

»Ach, super, Gina, danke! Sie sind ein Engel!«, und dann zu Paul gewandt, »also ich stamme ursprünglich aus dem Rheinland, aber meine Eltern sind recht früh nach Regensburg gezogen. Dort bin ich aufgewachsen, aber den rheinischen Frohsinn, den habe ich noch immer im Blut.«

»Also, wenn Sie dann fertig sind, Frau Rothenfuß, dann würden Gina und ich den Tisch ganz gerne abräumen. Die Sahne muss in den Kühlschrank, sonst wird sie noch sauer«, schaltete sich Frau Meier ein.

»Ach, die Sahne können Sie gerne hierlassen, ich würde noch so ein kleines Stück von dem Apfelkuchen nehmen, und da gehört doch so ein Klecks Sahne einfach dazu.«

Frau Meier schob ihr die Sahne vor die Nase und klatschte missmutig einen Kanten von dem Apfelkuchen mit Rum-Rosinen auf ihren Teller. Dann begann sie, mit mürrischer Miene den Tisch abzuräumen, und Gina sprang rasch auf, um ihr zu helfen. Die beiden Männer hatten die Kommissarin derweil schon wieder in ein Gespräch verwickelt, und Marie war erneut in ihr Valiumkoma gefallen und starrte stumm auf den Kaffeetisch.

»Schnaps?«, fragte Frau Meier ihre Tochter in der Küche.

»Doppelter!«, gab Gina zur Antwort und ließ sich auf

die Küchenbank fallen. »Sag mal, die gute Frau hat doch nicht mehr alle Latten am Zaun, oder? Langsam verstehe ich, dass du sie nicht ausladen kannst. Die ist ja schlimmer als ein Virus, aber die bekommt man nicht mal durch eine Impfung los.«

Frau Meier goss den Schnaps ein und als sie das erste Glas hinuntergekippt hatten, sofort den zweiten. »Gina, wenn die tiefer anfängt zu bohren, dann stehen wir ganz schön im Regen. Ich möchte wetten, dass bei der Polizei schon ein rotes Lämpchen aufleuchtet, wenn in der Bergstraße 88 mal wieder einer den Löffel abgegeben hat. Ich glaube langsam, das Haus hat ein schlechtes Karma.«

»Karma? Mama, wie kommst du denn zu so einem Wort?«

»Karma? Kennt doch jeder. Ruth Maria Kubitschek in diesem Film da neulich, du weißt schon, der in Indien gespielt hat, die hat auch immer vom Karma geredet.«

»Nee, Mama, solche Filme schaue ich nicht, weißt du doch.«

»Na, egal, Gina, irgendwie müssen wir sehen, wie wir diese Laus da wieder aus unserem Pelz bringen. Die bringt Unglück, das sag ich dir! Ole hat ganz recht, das ist eine Hexe. Eine von der ganz schlimmen Sorte.«

»Puh, Mama, jetzt sieh die Sache mal nicht so fürchterlich dramatisch. Die Todesursache von diesem Emil scheint doch geklärt, in zwei Wochen kriegt sie von mir noch fix ihren Geburtstagskuchen und dann ist sie auch schon wieder aus unser aller Leben verschwunden.«

»Dein Wort in Gottes Gehörgang!«

19. MONDAY, MONDAY

Als man HK Rothenfuß schließlich irgendwann mehr oder minder höflich hinauskomplimentiert hatte, die Kinder so müde waren, dass sie ins Bett mussten und Marie nur noch Restvalium im Blut hatte und ebenfalls nach Hause geschickt werden konnte, machten Frau Meier und Herr Uhlbein es sich erst einmal so richtig gemütlich. Paul hatte den Kamin angeschürt, eine gute Flasche »Domina« aus dem Keller geholt und den Wein zum Atmen in den Dekanter gefüllt. Die Kerze am Adventskranz flackerte sachte vor sich hin und Frau Meier fühlte sich endlich wieder angekommen in ihrer luxuriösen Bestatterwelt, in der alles Stil und Klasse hatte. Sie legte ihre Beine hoch und Paul massierte ihre Zehen, während André Rieu sich im CD-Deck die Seele aus dem Leib fiedelte.

»Ach, Paul, so wie jetzt müsste es immer sein. Ruhig, friedlich und warm. Haben wir zwei nicht eigentlich ein wirklich wunderschönes Leben miteinander?«

»Ja, meine Liebste, das haben wir. Wahrlich. Ein ganz besonders wunderschönes Leben sogar«, und dabei knetete er ihr versonnen die Füße, lächelte zufrieden und dachte heimlich, still und leise an die bezaubernde HK Rothenfuß.

Es war Montagmorgen, und im Beerdigungsinstitut »Ruhe sanft« gurgelte die Kaffeemaschine. Florian, einer der Gesellen, hatte offenbar ein heißes Wochenende hinter sich und es schmückten ihn tiefe dunkle Trauerringe unter den Augen. Frau Meier konnte sich den einen oder anderen dummen Spruch diesbezüglich absolut nicht verkneifen, doch Flori fand das überhaupt nicht lustig, was sie wiederum nur noch mehr amüsierte.

Ihr selbst ging es nämlich so richtig gut heute. Sie hatte einen herrlichen Abend mit ihrem Paul verbracht und war nun dabei, die Kisten mit der Weihnachtsdeko zu sortieren, um das Büro, dem Anlass entsprechend, festlich aufzuhübschen. Genau in dem Moment, als sie sich dummerweise ein wenig in der Lichterkette der Türgirlande verheddert hatte, klingelte das Telefon.

»Bestattungsservice ›Ruhe Sanft‹, Sie sprechen mit Frau Meier, was kann ich für Sie tun?«

»Aaaah, Frau Meier, das ist gut, dass ich Sie gleich am Apparat habe«, jubelte es am anderen Ende der Leitung, was in einem Beerdigungsinstitut nicht unbedingt an der Tagesordnung ist. »Ich bin's, die Frau Rothenfuß von der Kripo! Frau Meier, ich wollte mich ganz, ganz herzlich bei Ihnen für diesen wunderschönen und bombastischen Blumengruß bedanken, der mich heute auf meinem Schreibtisch erwartet hat, als ich kam. Also, der ist ja so was von geschmackvoll, da sieht man gleich, dass Sie dieses Arrangement zusammengestellt haben.«

Frau Meier glaubte, ihren Ohren nicht zu trauen. Nie im Leben hätte sie dieser Hexe einen Blumenstrauß geschickt, aber da Frau Meier ja ziemlich flink um die Ecke denken konnte, war ihr absolut klar, was da lief. Paul hatte mal wieder die Spendierhosen an! Das war ja nicht zu fassen. Wie dumm konnte man denn eigentlich sein? Einer Kommissarin, die mit Todesfällen zu tun hatte, als Bestatter einen Blumenstrauß ins Büro zu schicken! Das käme doch glatt einer Beamtenbestechung gleich! Das war Korruption!

»Keine Ursache, Frau Hauptkommissarin. Ich hoffe, es

bringt Sie nicht in Schwierigkeiten. Man weiß ja nie, aber wir haben uns einfach privat so über Ihren Besuch gefreut, dass wir auf diese Weise Danke sagen wollten. Danke für einen besonders schönen Adventssonntag.«

»In Schwierigkeiten? Wie kommen Sie denn nur auf so was, Frau Meier?«

»Nun ja, wir sind Bestatter und Sie treffen in Ihrem Job auf jede Menge Leichen. Ich möchte nicht, dass man glaubt, wir würden Sie bestechen, damit Sie uns dann vor Ort anrufen, um die Verstorbenen abzuholen. Da hängt ja immer ein recht großes Geschäft dran, an so einer Beerdigung.«

»So weit habe ich noch gar nicht gedacht«, grübelte Frau Rothenfuß und überlegte so angestrengt, dass es fast knisterte. »Wissen Sie was, bleiben Sie mal in der Leitung, ich frage kurz meinen Chef. Augenblick bitte, Frau Meier, ja?«

Frau Meier lauschte der Kleinen Nachtmusik, während sie in der Warteschleife hing und trommelte dabei wutentbrannt den Takt auf ihrem Schreibtisch mit, bis HK Rothenfuß – nach einer gefühlten Ewigkeit – wieder dran war.

»Frau Meier?«

»Ja?«

»Frau Meier, ich darf ihn tatsächlich nicht behalten. Den Blumengruß, meine ich. Sie haben recht, das könnte als Vorteilsnahme dargestellt werden. Gar nicht gut. Meinen Sie, Sie könnten ihn wieder abholen lassen? Mein Chef ist ziemlich sauer.«

»Selbstverständlich. Das machen wir doch. Und bitte nicht böse sein, wir wollten Ihnen persönlich, als unserer Freundin, eine Freude bereiten. Nicht der Polizistin Rothenfuß.«

»Aber natürlich, das verstehe ich doch, Frau Meier.« Dann begann Frau Rothenfuß zu flüstern. »Ginge es, dass Sie ihn jetzt abholen, und ich komme dann heute Abend zum Abendessen bei Ihnen vorbei und nehme ihn von dort aus wieder mit? Wäre doch zu schade um das Grünzeug!«

»Ähm, Abendessen? Also. Na ja, aber es gibt bei uns abends immer nur eine Kleinigkeit, erwarten Sie bitte nicht zu viel!«

»Kein Problem, wir können notfalls ja auch eine Pizza bestellen, was meinen Sie?«

»Na schön. Wir essen um sieben. Bis dahin, Frau Rothenfuß, und um den Strauß kümmere ich mich selbstverständlich persönlich.«

Frau Meier legte schwungvoll auf und war kurz davor, den Rahmen mit Pauls Foto auf ihrem Schreibtisch gegen die Wand zu donnern. Dieser alte Schwerenöter! Wie konnte er nur! Sich und andere in solch eine Situation zu bringen! Sie fasste es kaum und spürte, wie ihr Herz ein wenig stolperte und danach wie wild raste. Fast so, als sei der Teufel hinter ihr her.

Sie griff zum Hörer und rief Paul auf dem Handy an. Laut Terminkalender sollte er gerade eine kleine Pause zwischen zwei Trauerandachten haben und würde nun sein blaues Wunder erleben können. Doch Paul hatte das Handy ausgeschaltet, und so suchte ihre Wut, in wilder Panik, ein anderes Ventil. Sie rief ihre Tochter an.

»Gina Svenson?«

»Mama hier!«

»Hallo, was gibt's denn, ich bin gerade am Plätzchenbacken.«

»Ach, dann hast du also keine Zeit für deine Mutter?«

»Doch, doch, kann nur sein, dass ich dich zwischendrin mal kurz weglegen muss, um das Backblech aus dem Ofen zu holen.«

»Ofen. Da wären wir auch schon beim Thema.«

»Ofen? Was ist denn mit deinem Ofen?«

»Mit meinem Ofen ist nichts, aber hier bei Paul und mir, da ist bald der Ofen aus, das sage ich dir!«

»Warum das denn? Hat er dich geärgert?«

»Geärgert ist gar kein Ausdruck! Weißt du, was dieser Mann getan hat? Er hat dieser Hexe von Kommissarin einen Blumenstrauß geschickt! Ins Präsidium! Und dann ruft die doch glatt bei mir an, bedankt sich für das ›Blumenarrangement‹ und sagt, sie kann es nicht behalten, wir sollen es wieder abholen – und jetzt halte dich fest – aber nur so pro forma, damit sie dann heute Abend zu uns kommt, um es wieder mitzunehmen. Ja, sag mal ehrlich, die spinnt doch wohl! Und zum Essen hat sie sich auch glatt schon wieder eingeladen! Ich glaub, die gute Frau hat den letzten Schuss nicht gehört!«

»Jetzt beruhige dich erst einmal, Mama. Vielleicht hast du da was falsch verstanden, ich glaube nicht, dass Paul für diese Schreckschraube den Rosenkavalier spielt!«

»Du kennst ihn nicht, aber ich, ich kenne ihn! Und wie ich ihn kenne! Das ist ein ganz ein Verruchter! Ein liebestoller Schürzenjäger!«

»Hast du ihn denn schon zur Rede gestellt, Mama?«

»Nee, der ist auf dem Friedhof. Wir haben heute früh zwei Beerdigungen.«

»Dann warte doch, bis er wieder da ist. Und dann redet ihr in aller Ruhe darüber.«

»Nix da, ich schicke jetzt erst mal den Flori los, damit er den Strauß bei der Polizei abholt, und dann schaue ich mir das Prachtstück mal genauer an. An so einem Strauß kann man nämlich durchaus eine geheime Botschaft ablesen. Aus der Zusammenstellung der Blumen beispielsweise. Jede Blume hat ja eine gewisse Bedeutung.«

»Die einzige Blume mit Bedeutung, die mir zu dieser Frau einfällt, wäre ein Kaktus.«

»Ein Kaktus ist keine Blume, Kind!«

»Ach, Mama, das ist ja echt blöd gelaufen, aber nichtsdestotrotz muss ich jetzt fix die Kekse aus der Röhre holen. Warte mal, bin gleich wieder da.«

Frau Meier hörte zu, wie es in Ginas Küche schepperte und klirrte. Dazu fluchte ihre Tochter lautstark und wenig später war sie wieder am Telefon.

»So, Mama. Bist du noch dran?«

»Ja.«

»Hier bin ich also wieder. Gibt es sonst noch irgendwas Wichtiges?«

»War das wohl nicht wichtig? Ich sehe schon, bei dir muss sich alles immer nur um dich drehen. Wenn ein anderer mal Probleme hat, dann würgst du ihn einfach ab. Na, ich weiß schon, woran ich bin, auf Wiederhören!«

»Mama? Mama? Mama?«

Frau Meier hatte aufgelegt und ihre Laune war noch mieser als zuvor. Sie hätte sich ja denken können, dass Gina zu Paul hielt, wo er ihr doch gerade eben erst sein gesamtes Erbe angeboten hatte. Klar, der Mann hatte eben etwas zu bieten, dachte sich Frau Meier und suchte hektisch ganz tief unten in der Schreibtischschublade nach einer Tafel Nougatschokolade, die eigentlich für ihre Enkel gedacht war. Dann rief sie Florian zu sich und schickte ihn auf das Polizeipräsidium, um den Strauß zu holen. Sie war ja auf das Äußerste gespannt, womit er hier im Institut wieder aufkreuzen würde. Wäre da auch nur eine einzige Rose dabei, so wüsste sie ganz genau, was es geschlagen hätte und würde daraus ihre Konsequenzen ziehen. Jawohl, Paul Uhlbein, warte nur ab, du Schuft, du!

20. EWIG DEIN

Als Flori mit dem Leichenwagen vorfuhr, stand Frau Meier schon in der Tür und wartete neugierig auf Pauls Liebesgruß an die Kommissarin. Das »Blumenarrangement«, wie die alte Hexe es so hübsch ausgedrückt hatte.

Flori öffnete den Kofferraum und kam kopfschüttelnd direkt auf Frau Meier zu.

»Ja, was? Wo ist denn der Strauß, Flori? Ist es Ihnen so peinlich, dass Sie ihn mir gar nicht zeigen wollen?«

»Na ja, irgendwie ein bisschen peinlich ist es – glaube ich – schon, aber ich kann das Ding nicht alleine tragen, ich muss rasch den Fritz dazuholen, sonst geht's noch kaputt und das wäre echt schade um das Teil.«

»Was reden Sie denn da?«

»Gleich, Frau Meier, gleich, ich hole jetzt den Fritz und dann bringen wir es rein ins Sargstudio. Gehen Sie doch schon mal vor, es ist ja heute dermaßen arschkalt, nicht dass Sie sich noch einen Schnupfen holen, in ihrem dünnen Kleid.«

»Sehr aufmerksam, Flori. Danke. Ich warte drinnen«, sagte Frau Meier und machte auf dem Absatz kehrt, denn es war wirklich ein wenig arg frisch draußen und es roch auch schon ein bisschen nach Schnee.

Sie holte aus dem Sideboard ihres Büros eine große Vase, füllte sie mit Wasser und stellte sie auf das altarähnliche Gebilde vor dem Mahagonisarg mit den hübschen Intarsien.

Im Flur hörte sie es rumoren, und Fritz fluchte leise. Als die beiden schließlich zur Tür hereinkamen, staunte Frau Meier nicht schlecht, denn die Gesellen trugen schwer an einem knapp zwei Meter langen Bukett, das in satten Rottönen mit jeder Menge Schleierkraut gehalten war. An der vorderen Seite steckte eine weiße Trauerschleife mit Goldrand, auf die – in großen güldenen Lettern – »Ewig Dein«, gedruckt war.

Frau Meier schlug die Hand vor den Mund. Das konnte doch wohl nicht wahr sein! Was in aller Welt hatte Paul sich nur dabei gedacht? Sie suchte mit der Hand nach einem Halt und ließ sich auf den massiven Eichensarg mit den Bauernschnitzereien hinter ihr fallen. Sie schnappte nach Luft.

»Flori? Was um Himmels willen ist das denn? Ist das etwa der Strauß, den Sie bei der Kripo abholen sollten?«

»Allerdings, Sie sagen es, Frau Meier. Unter einem Strauß habe ich mir allerdings ein bisschen was anderes vorgestellt, wenn ich ehrlich sein soll.«

Fritz blickte sich im Sargstudio um und schlug vor, das Bukett auf den schlichten Kiefernsarg in Reihe zwei zu legen. Das würde diesem ein bisschen mehr Wertigkeit verschaffen. Frau Meier willigte kopfnickend ein und verschwand in ihrem Büro, um erneut in der Schreibtischschublade zu kramen. Dieses Mal jedoch suchte sie nach etwas Härterem als Nougatschokolade. Sie suchte nach ihrem Flachmann, der bis oben hin mit Notfall-Gin gefüllt war, und nahm einen kräftigen Schluck.

Frau Meier sah auf die Uhr, es war kurz vor zwölf, Paul würde in etwa einer halben Stunde wieder hier sein. Na, der konnte was erwarten! Heute würde ihm sein »Schnuppel« hinten und »Schnuppel« vorne schon noch gründlich vergehen, so viel war sicher!

Kurzerhand griff sie zum Telefon und rief im »Carlsturm« an.

»Georg Hofmann, Metzgerei und Gaststätte ›Carlsturm‹, grüß Gott!«

»Ach, Georg, du bist es, bist du jetzt unter die Telefonistinnen gegangen? Hier ist übrigens Meier.«

»Ach, Mädchen, schön, dass du anrufst. Was kann ich denn für dich tun? Der Gottlieb ist grad in der Wurstküche. Hättest du den lieber sprechen wollen?«

»Nein, alles okay. Wunderbar, dass du dran bist. Du, Georg, ich habe da ein kleines Problem. Wir hatten schon wieder einen Todesfall. Maries Lover ist gestürzt und na ja – aus die Maus.«

»Echt? Marie hatte einen Lover? Wusste ich gar nicht. Ich dachte, die trauert noch um ihren Horst?«

»Na ja, jetzt trauert sie um ihren Horst und um einen gewissen Emil. Jedenfalls gab es da ein paar Unklarheiten und die Polizei musste dazugeholt werden. Langer Rede, kurzer Sinn, die zuständige Kommissarin hat derart einen Narren an uns gefressen, dass wir sie jetzt nicht mehr losbekommen. Gestern war sie zum Frühstück und zum Kaffee da, heute will sie zum Abendessen kommen. Du, Georg, du kennst dich jetzt doch mit dem ganzen Schweinkram auch so richtig gut aus. Gibt es nicht etwas so richtig schön Ekliges, was ich heute Abend kochen könnte, damit die nur ja nie wieder bei uns aufläuft?«

»Das ist jetzt nicht dein Ernst, oder?«

»Höre ich mich an, als würde ich scherzen?«

»Nein, okay, lass mich mal nachdenken. Wir hätten da noch ein paar Kutteln. Schweineohren, -füßla und -schwänzla gibt's auch noch und ja, warte, Gelüng – na ja, lass mich grob schätzen – ungefähr sechs Portionen sind noch in der Kühlung. Und Saure Fleck hat der Gottlieb vor drei Tagen eingelegt. Weißt schon, das ist Herz, Niere, Lunge, Pansen und das alles in richtig schön viel Essig. Dazu macht man einen Kartoffelstampf.«

»Klingt gut. Kann ich das Zeug von euch kochen lassen und ich hole mir kurz nach sechs den Topf ab?«

»Kein Problem. Das können wir schon machen. Und was genau willst du jetzt von alledem?«

»Na, von jedem was. Und ein bisschen ein Kraut noch dazu, ja, Georg, machst du mir das zurecht?«

»Wird erledigt. Du, sag mal, die Abmachung bezüglich dem Igor, die steht aber doch trotzdem noch, oder?«

»Ehrensache. Aber wie gesagt, es geht erst, wenn Paul zu seiner Weihnachtsfeier fährt. Ich überlege mir rechtzeitig, wie wir das alles hinbekommen.«

»Gut, mein Mädchen, dann mache ich mich jetzt mal an die Arbeit für deine Bestellung. Ist aber schon in Ordnung, dass das die Schweinsfüße sind, auf denen der Igor grad liegt.«

»Kein Problem, Georg, absolut nicht, im Gegenteil. Und wenn du willst, dann kannst du gerne auch heute Abend bei dem Essen dabei sein. Das wird bestimmt nett. Auf das Gesicht von dieser Kripo-Hex' bin ich vielleicht gespannt.«

»Na schön, dann komme ich gerne auch. Dann brauchst du vorher auch nicht hierherzukommen, sondern ich bringe die Sachen einfach mit.«

»Georg?«

»Ja.«

»Kannst du mir vielleicht auch eine Scheibe Leberkäs mitbringen, damit ich wenigstens irgendwas von dem Zeug essen kann?«

»Alles klar. Soll ich so um kurz vor sieben bei euch sein?«

»Perfekt! Bis dahin, Georg.«

»Bis dahin, adela.«

21. CHRISTROSEN

Als Paul im Beerdigungsinstitut eintraf, sah er aus, als habe man ihn irgendwo heimlich geteert, gefedert und anschließend alle Spuren wieder fein säuberlich beseitigt. Gut, eine Feder klebte nicht mehr an ihm, aber die Ereignisse dieses Morgens hatten offensichtlich sehr tiefe Spuren bei ihm hinterlassen.

Ohne einen Gruß stürmte er in sein Büro, schnappte sich die Cognacflasche und schenkte ein Wasserglas halb voll. Dann setzte er sich auf seinen Chefsessel und raufte sich die Haare, bis er schließlich fast heulend auf der Schreibtischunterlage zusammenbrach und kläglich jammerte.

Frau Meier, die eigentlich auf Krawall gebürstet war, erschrak mächtig, als sie ihn so vor sich sah, und bekam fast so etwas wie Mitleid. Sie unterdrückte den Impuls, ihm die Hand auf die Schulter zu legen, schloss die Tür zu seinem Büro hinter sich und ließ das Opfer der Ereignisse mit sich alleine.

»Fritz? Haben Sie eine Ahnung, was da heute Morgen auf dem Friedhof los war? Der Chef ist ja ganz aufgelöst und fertig. Da muss doch etwas richtig Furchtbares geschehen sein. Rufen Sie doch mal ihren Kumpel vom Krematorium an, der weiß bestimmt, was da passiert ist.«

»Mache ich, Frau Meier. Ich weiß auch nicht, was er hat, aber wir werden es rausfinden. Der Oskar weiß immer alles und wenn ich ihm eine Brotzeit verspreche, dann erst recht.«

»Na, dann versprechen Sie ihm die Brotzeit mal schön, ich zahle die, aber dafür will ich alles wissen. Haargenau! Und wenn ich sage ›alles‹, dann meine ich auch alles!«

»Selbstverständlich, Frau Meier, wird sofort erledigt.«

Unterdessen ging Frau Meier hoch ins Haus um ein wenig aus der Schusslinie zu sein, und kochte sich dort eine gute Tasse Kamillentee. Anschließend holte sie die Kisten mit dem Weihnachtsschmuck und fing schon mal an, dem Haus – auf ihre sehr spezielle Art – ein wenig Festtagsglanz zu verleihen. Sie hatte richtig Freude daran und vergaß die Geschehnisse des heutigen Vormittags fast, als sie die wunderhübschen Schneemänner aufstellte. Die leuchteten im Inneren ihres Bauches und gingen jeden Abend um fünf – fast wie von Geisterhand – alleine an und um 23 Uhr wieder aus. Ach, was waren die süß, diese Schneemänner aus dem Teleshopping-Kanal. In den Flur, oben zu den Schlafzimmern, stellte sie noch ein paar Engel aus Keramik und auch den großen beweglichen Weihnachtsmann, der immer, wenn man daran vorbeilief, »Jingle Bells« sang und dabei die Hüften wie zum Hulla Hulla schwang. Dieses Prachtstück hatte sie vergangenes Jahr im Schlussverkauf erstanden und sie freute sich schon sehr auf die Reaktion ihrer Enkel, wenn sie das erste Mal daran vorbeiliefen und der Bewegungsmelder reagierte. Diesen Moment konnte sie wirklich kaum erwarten.

Vor lauter Euphorie hatte sie gar nicht bemerkt, dass Paul auch nach Hause gekommen war und nun, mit einem kalten Waschlappen auf dem Kopf, in der heißen Badewanne saß. Stattdessen ging sie nach verrichteter Arbeit wieder hinunter ins Esszimmer und deckte den Tisch für vier. Ganz besonders viel Mühe gab sie sich dabei und wählte die hohen schlanken Weingläser und hübsche rote Stoffservietten aus Seidendamast. Bevor sie sich zu einem kleinen Mittagsschlaf zurückziehen wollte, rief sie Flori drüben im Institut an und gab ihm den Auftrag, doch bitte, kurz bevor er und Fritz nach Hause gingen, noch rasch das Blumenarrangement, er wisse schon welches, hierher ins Haus zu bringen und vorsichtig mitten auf die Esszimmertafel zu legen, weil sie am Abend noch Gäste erwarteten.

»Jetzt spinnt sie total«, raunte Florian Fritz zu, als er aufgelegt hatte, doch Fritz fand das einfach nur noch total witzig. Der Oskar vom Krematorium hatte ihm nämlich bereits alles gesteckt, was sich da heute Morgen auf dem Friedhof abgespielt hatte, und da das auch für die anderen Angestellten sehr lustig werden würde, versammelte sich die gesamte Mannschaft, vom Leichenwäscher bis zur Sekretärin für die Grabgemeinschaften, rund um die Kaffeemaschine, und Fritz hatte seine wahre Freude daran, den Kollegen alles, bis ins kleinste Detail, haargenau zu schildern. Er räusperte sich: »Also, ihr wisst doch bestimmt, dass heute früh die Bestattungen von Herrn Lukas und später dann von Frau Landmann anstanden. Bei Lukas, das war der Erste, war noch alles in Butter, hätte nicht besser laufen können, aber eineinhalb Stunden später war die Bestattung Landmann dran. Der Chef bereitete – wie immer – alles sorgfältig vor, aber das scheiß Sargbukett fehlte noch. Dann rief er im Blumenladen an, und die dort meinten, es sei alles ausgeliefert worden. Wie ein Wilder muss der Chef den halben Friedhof danach abgesucht haben, aber da war nichts und die Zeit rannte. Schließlich, so meinte der Oskar, hätte er einen winzigen Strauß Christrosen in der Kapelle gefunden. Ihr wisst schon, da, wo wir vor der Beerdigung immer noch offen aufbahren. Und der Lieferschein für das Bukett lag daneben. Der Chef muss total ausgeflippt sein und hat die Tante vom Blumenladen rundgemacht, dass sie bloß auf die Schnelle noch ein Bukett herbringen sollte. Die hatte aber natürlich keines, und so hat der Chef das Bukett von der Beerdigung Lukas von dem frischen Grab wieder heruntergeholt und auf den Sarg von Frau Landmann gelegt.

Blöd war nur, dass auf der Schleife ›In ewigem Gedenken, deine Hannelore‹ stand und nicht, wie von Herrn Landmann bestellt ›Ewig Dein‹.

Die Angestellten kicherten und Fritz genoss seine Rolle offensichtlich sehr. »Aber wenn ihr glaubt, das wäre schon alles gewesen, dann habt ihr euch getäuscht. Es kam nämlich noch schlimmer. In der Zwischenzeit waren die Gäste der Beerdigung Lukas beim Brunch gewesen. Das musste allerdings ein sehr kurzes Essen gewesen sein, denn schon bald stand die ganze Familie wieder vor dem Grab von Herrn Lukas und wollte sich ansehen, wie es denn jetzt ausschaute, wenn es zugeschaufelt und mit den Kränzen abgedeckt war. Die Kränze waren zwar alle da, aber das große Bukett in der Mitte fehlte, und so gab es einen Mordsaufstand, als genau in dem Moment der Trauerzug mit Frau Landmann und dem Bukett von Herrn Lukas auf dem Sarg vorbeifuhr. Die Witwe Lukas bekam sich gar nicht mehr ein und wollte das Bukett vom Sarg Landmann zerren. Herr Uhlbein konnte sie gerade noch davon abhalten, aber – und das ist ja auch irgendwie logisch – die Frau Lukas war nicht zu bremsen und brüllte den gesamten Friedhof zusammen. Der Chef hat sich zwar tausendmal entschuldigt, und irgendwie ist es ja auch wirklich nicht seine Schuld gewesen, aber die Frau Lukas hat dann nicht mehr nur mit Worten, sondern auch noch mit ihrer Handtasche um sich geschlagen, und ich glaube, der Chef hat ganz schön was abgekriegt.«

»Ja, und wo ist das Sargbukett Landmann gelandet?«, fragte Susi, die Auszubildende, neugierig.

»Tja, Jungs und Mädels, jetzt kommt's! Das Sargbukett wurde an eine Kommissarin bei der Polizei geliefert. Die, die offenbar den Strauß Christrosen – das Symbol der Hoffnung – hätte bekommen sollen.«

»Nicht wahr!«, stieß Susi aus, und die Kollegen hielten die Luft an.

»Doch! Wenn ich es euch doch sage, der Flori hat es vorhin abgeholt und wir haben es gemeinsam hinten ins Studio auf den Kiefernsarg gelegt«, grinste Fritz schadenfroh.

»Und wenn ich noch einen drauflegen darf«, schaltete sich Flori ein, »dann erzähle ich euch jetzt, was mit dem Bukett als Nächstes geschieht. Der Fritz und ich sollen es nachher rüber ins Haus bringen. Der Chef und Frau Meier haben heute Abend Gäste und Frau Landmanns Sargbukett wird als Tischschmuck auf dem Abendbrottisch stehen.«

»Was? Direkt vor der Nase vom Chef, wo der sich doch so arg schämt?«, fragte eine Sekretärin.

»Direkt vor seiner Nase.«

»Das hat die Meier verfügt, oder?«, warf Susi ein.

»Ganz genau.«

Die Aufregung, die nun im Raum entstand, kam einem Aufruhr im Zwergenland gleich. Es wurde getuschelt und getratscht, gelästert und gekichert. Man rieb sich die Hände vor Schadenfreude und man bemitleidete den armen Chef Paul Uhlbein, der das alles beim besten Willen wirklich nicht verdient hatte.

Die kleine Mitarbeiterversammlung jedoch fand ein jähes Ende, als Paul Uhlbein, frisch gebadet und gestriegelt und mit einer gewaltigen Beule am Kopf, plötzlich im Türrahmen stand, in die Hände klatschte und die Stimme hob.

»Kolleginnen und Kollegen, was heute passiert ist, ist in fünf Generationen erfolgreicher Bestattungen noch nicht geschehen. Ich entschuldige mich aufrichtig dafür, dass das so gelaufen ist. Doch nun wollen wir gemeinsam nach vorne blicken, uns den berechtigten Anschuldigungen stellen, das Beste daraus machen und den Mut nicht verlieren. An die Arbeit, Leute. Bitte, und zwar sofort!«

Paul Uhlbein indes verzog sich mit hängenden Schultern in sein Büro, schloss die Tür hinter sich und hatte keinen größeren Wunsch, als hier, an Ort und Stelle, für alle Zeiten im Boden zu versinken und nie mehr aufzutauchen.

22. GEHÖRNT

Als Georg kurz vor sieben klingelte, hatte sich Frau Meier in ihr hübschestes Kostüm geworfen und ihre Lieblingskette mit dem himmlisch funkelnden Saphir angelegt. Den hatte Paul ihr letztes Jahr in Sevilla gekauft, als sie die Kreuzfahrt etwas arg spontan abgebrochen hatten, und Frau Meier hegte dieses Schmuckstück wie einen Schatz.

Paul war erst kurz vor Georg, aber immerhin pünktlich, aus dem Institut nach Hause gekommen und machte sich rasch frisch. Frau Meier hatte ihm eine SMS geschickt, dass um sieben Besuch zum Essen käme, und weil bei Paul heute ja schon eine ganze Menge schiefgelaufen war, wollte er nicht auch noch Krach mit seinem Schnuppel riskieren und war deshalb lieber rechtzeitig zur Stelle.

Georg hatte ein paar große Töpfe dabei und trug diese in Pauls Küche, um das Abendessen auf dem Herd warm zu halten. Auch an frisches Baguette hatte er gedacht und selbstverständlich an das Sauerkraut.

Als Paul die Treppe herabkam, hatte er ein frisches Hemd

an, eine brombeerfarbene Krawatte und natürlich das dazu passende seidene Einstecktuch. Er sah sehr elegant aus, das musste Frau Meier schon zugeben. Fesch war er, ihr Paul, auch wenn er heute nicht seinen besten Tag hatte und die dicke Beule vielleicht ein wenig irritierend wirkte.

»Ach, Georg, du bist unser Besuch! Na, da freu ich mich aber! Komm her und lass dir auf die Schulter klopfen, alter Junge!«

»Ja, Paul, was ist dir denn passiert? Bist du gegen eine Laterne gelaufen?«

»Fast, Georg, fast. Die Laterne war eine Kundin, die zu Recht eine kleine Reklamation hatte.«

Georg blickte Frau Meier an, doch die zuckte nur mit den Schultern. »Ich weiß von nichts, aber vielleicht erfahren wir beim Essen ja mehr über Pauls spannenden Tag.«

In diesem Moment klingelte es an der Tür, und Paul sah Frau Meier fragend an.

»Ja, Paul, ich hatte dir doch gesimst, wir bekämen lieben Besuch. Wir hatten ja den ganzen Tag noch keine Gelegenheit, miteinander zu sprechen.«

Ganz behutsam öffnete Paul die Tür. So vorsichtig, als verberge sich dahinter eine Riesenüberraschung, so wie morgens in seinem Adventskalender. Doch die Überraschung hatte furchtbar kalte Füße und wollte so schnell wie möglich ins Haus, und so drückte sie von außen die Tür derart forsch nach innen, dass der fassungslose Paul, ehe er es sich versah, mit voller Wucht die Kante der Eingangstür an der anderen Seite seiner ohnehin schon verletzten Stirn spürte.

»Hups, da habe ich ja wohl ein bisschen arg viel Elan an den Tag gelegt, grüße Sie, Herr Uhlbein, und danke für die nette Einladung!«, überfuhr HK Rothenfuß den armen Paul. »Wie schön, dass ich hier sein darf! Ich habe ja so einen

Hunger, das kann sich kein Mensch vorstellen! Wenn Sie wüssten, was für einen beschissenen Tag ich heute hatte! Da ist es doch umso schöner, den Abend mit Freunden verbringen zu können.«

Pauls Gesichtsfarbe war schwer zu beschreiben, harmonierte aber kein bisschen mit seiner Krawatte und natürlich auch nicht mit dem Einstecktuch.

Frau Meier trat auf die Kommissarin zu, lächelte falsch und stellte ihr umgehend Georg als eine Art »Freund des Hauses« vor. Georg machte eine kleine Verbeugung, schnappte sich die Hand der Kommissarin und schnodderte ihr erst einmal so etwas Ähnliches wie einen Kuss darauf. Bei Frau Meier hatte er das noch nie gemacht, was sie nun natürlich ganz schrecklich wurmte.

»Wie schön, Sie kennenzulernen, verehrte Frau Rothenfuß. Frau Meier hat ja schon so von Ihnen geschwärmt. Ich musste mich heute Abend direkt aufdrängen, damit ich Sie kennenlernen darf.«

»Sie Schmeichler!«, gluckste die Rothenfuß und winkte mit der anderen Hand ab. »Sie sind mir ja vielleicht ein alter Charmeur!«

Derweil betrachtete sich Paul im Garderobenspiegel und sah nun auf beiden Seiten identisch gehörnt aus. Nur farblich unterschieden sich die Beulen noch ein wenig, und er war sich auch nicht so ganz sicher, ob er nicht ein klein wenig doppelt sah.

»Ach, kommen Sie doch erst einmal ins Esszimmer, ich habe schon einen kleinen Sekt für uns eingeschenkt«, gurrte Frau Meier und machte eine ausladende Geste in Richtung der großen Flügeltüren. »Gehst du vor, Paul, mein Schatz, ich hole in der Küche nur schnell noch ein paar Häppchen.«

Paul tat, wie ihm geheißen, und öffnete die beiden Türen schwungvoll und zeitgleich. Vor ihm erstrahlte eine Festtafel. Die Kerzen auf den beiden hohen fünfarmigen silbernen Kerzenleuchtern waren bereits angesteckt und verliehen dem Raum etwas Königliches und inmitten der festlich gedeckten Tafel prangte das Sargbukett von Frau Landmann, Gott hab sie seelig, mit der weißen Trauerschleife »Ewig Dein«.

Das war eindeutig zu viel für den armen Paul! Er seufzte kurz auf, knickte dann in den Knien weg und sank zu Boden.

»Holla, da habe ich den Hausherrn ja wohl ziemlich ausgeknockt! Ich wollte ihm die Tür aber auch wirklich nicht gegen den Kopf hauen. Es war nur so schrecklich kalt draußen«, entschuldigte sich Frau Rothenfuß, während sie sich auf den Boden fallen ließ und Paul wie eine Stoffpuppe erst durch die Luft und dann in die stabile Seitenlage wuchtete. Schließlich legte sie seinen linken Arm unter seinen Kopf, überstreckte diesen leicht, krempelte ihren Ärmel nach oben und meinte: »Dann wollen wir mal!«

Mit diesen Worten griff sie Paul beherzt in den Mund und stellte sicher, dass seine Zunge dort war, wo sie hingehörte. »Man glaubt ja gar nicht, wie viele Menschen an ihrer eigenen Zunge schon erstickt sind. Ehrlich. Das ist das Allerwichtigste. Wenn man bewusstlos ist, dann rollt sich die Zunge nach hinten und, na ja, dann war's das erst mal.«

Paul begann zu röcheln und die Kommissarin freute sich so sehr, dass er wieder zum Leben erwachte, dass sie ihm zuerst links und dann rechts auf die Wangen schlug. »Jawohl, Herr Uhlbein, so ist's gut, wäre doch gelacht! Sie können jetzt unmöglich schlapp machen, Sie alter Egoist! Lassen Sie uns wenigstens vorher noch was essen! Auf nüchternen Magen stirbt es sich nicht so gut.«

Bei diesen Worten öffnete Paul seine Augen und starrte die Kommissarin erschrocken an. »Wo bin ich?«

»Im Schoße Ihrer Lieben, Paul. Sie waren kurz ein wenig unpässlich. Auf geht's, mir knurrt der Magen.«

Georg half Paul wieder auf, und HK Rothenfuß hatte bereits am Tisch Platz genommen, als Frau Meier mit den Häppchen und dem Sekt kam.

»Wunderbar, Frau Meier, wunderbar! Ich fühle mich schon total wie zu Hause bei Ihnen. Was habe ich nur für ein Glück, dass ich Ihnen beiden begegnet bin!«

Georg sah sie überrascht an.

»Na, und Ihnen, lieber Georg natürlich auch! Wollen Sie nicht ein bisschen zu mir kommen? An meine rechte Seite? Ach, wunderbar! Sehr gut, so lässt es sich aushalten.«

Mit diesen Worten griff sie sich ein Glas Sekt, schaute Georg metertief in die Augen und kippte das sprudelnde Nass dann in einem Zug hinunter. »Aaaah, jetzt geht es mir schon viel besser!«

23. SCHWEINKRAM

Frau Meier hatte von Pauls Bewusstlosigkeit kaum etwas mitbekommen, war aber der Meinung, wenn er jetzt schon wieder am Tisch säße, könne es so schlimm ja auch gar nicht gewesen sein.

Als sie den Sekt abräumte, um das Schweinkram-Menü aufzufahren, freute sie sich innerlich so diebisch auf das, was da nun auf HK Rothenfuß zukäme, dass sie in der Küche leise vor sich hin trällerte. Sie klatschte das Kraut in eine große Suppenterrine, platzierte die Schweinsohren und -füße dekorativ auf einer Silberplatte und gab die sauren Fleck in eine besonders hübsch gestaltete Schüssel mit Deckel, die Paul von seiner Großmutter geerbt hatte. Die Kutteln kamen in ein etwas kleineres Gefäß und alles in allem war sie mit ihrem Werk sehr zufrieden, als sie das Mahl in der Küche zusammenstellte. Es würde vielleicht ein wenig schwierig, für alles einen Platz auf der Tafel zu finden, denn das Bukett beanspruchte davon bereits eine ganze Menge, aber irgendwie würde es schon gehen.«

»Georg, mein Guter, könntest du mir vielleicht gerade mal zur Hand gehen?«

»Aber klar doch, mein Mädchen, ich komme!«, rief er und war auch schon in der Küche. »Du, ich weiß gar nicht, was du hast, die ist doch total nett und so wahnsinnig patent. Mensch, wie die deinen Paul versorgt hat, das war echt der Hammer! Die hat nicht lange gefackelt und schwuppdiwupp ging es dem Paul wieder gut. Unfassbar, die Dame! Hast du vielleicht ihre Nummer?«

»Georg, jetzt reicht's aber! Du weißt schon, dass die gute Frau bei der Mordkommission ist, und ich brauche dich ja wohl nicht daran zu erinnern, was da in eurer Gefriertruhe ruht!«

»Was ruht denn in der Gefriertruhe?«, fragte es hinter den beiden und Frau Meier hätte vor Schreck fast die Schüssel mit dem Sauerkraut fallen lassen. »Ich wollte kurz fragen, ob ich helfen kann? Soll ich die Terrinen da drüben rasch mit reintragen?«

Georg lachte. »Das Eis ruht in der Gefriertruhe, liebe Frau Hauptkommissarin. Das Eis. Erdbeereis – um genauer zu sein. Es scheint noch nicht ganz gefroren und muss noch ruhen.«

»Aha, Eis. So, so.«

»Ja, aber nun wollen wir zuerst mal hier die Fränkische Küche ein wenig zelebrieren«, lachte Georg, »ich verspreche Ihnen, liebe Frau Rothenfuß, das wird ein Festmahl. Sie sind ja noch nicht so lange in Franken, oder? Erst seit ein paar Tagen, meinte Frau Meier eben.«

»Ja, ganz recht und ich bin sehr gespannt, was sie da heute Abend auffahren. Es riecht schon so lecker!«

»Abwarten«, grinste Frau Meier, »abwarten!«

Zu dritt schnappten sie sich die Schüsseln und die große Platte und betraten das Esszimmer, in dem Paul wie versteinert an der Stirnseite der Tafel saß und auf das Sargbukett stierte.

»Ach, Herr Uhlbein, bei Ihnen hatte ich mich ja noch gar nicht richtig bedankt. Ich habe heute Morgen schon zu Frau Meier gesagt, dass Sie beide mir mit diesem Gesteck eine riesige Freude bereitet haben. Tut mir leid, dass mein Chef sich so blöd angestellt hat. Von wegen Bestechung und so, aber ich habe ja mit Ihrer lieben Bekannten ausgemacht, dass ich es dann heute Abend heimlich wieder mitnehme. Muss ja niemand wissen, dass wir drei uns hier so gut verstehen, nicht wahr?«

Paul nickte stumm, und Georg räusperte sich. »Also wenn ich das mal so sagen darf, dann versteht nicht nur ihr drei euch gut, sondern wir vier tun das doch ebenfalls, nicht wahr, Frau Kommissarin?«

»In der Tat, in der Tat. So, und jetzt habe ich Hunger! Was ist denn da in den Schüsseln? Sie haben mich schon ganz neugierig gemacht.«

Frau Meier hob die Deckel und erwartete alles Mögliche, aber nicht das, was nun geschah. Die Kommissarin bekam große Augen, blickte in die Runde, erhob sich und wischte sich mit dem Handrücken eine riesige Träne von der linken Wange.

»Also, das ist doch wohl das allerallercoolste, das mir je passiert ist. Woher wussten Sie? Sagen Sie, haben Sie sich heimlich irgendwo erkundigt? Ich, ich, ich bin einfach sprachlos!«, stotterte sie und nun liefen die Tränen auf beiden Seiten. »Ich fühle mich wie daheim! Mein Opa hatte eine Metzgerei und ich – ach, ich kann Ihnen gar nicht sagen, was für eine unglaubliche Freude Sie mir mit diesem Essen hier bereiten. Das riecht so, wie wenn meine Oma dienstags Schlachtschüssel aufgetischt hat. Genau so! Entschuldigen Sie, ich muss weinen, aber das hier …«, dabei breitete sie die Arme aus, »… das hier ist wie nach Hause kommen. So ein Gefühl hatte ich Jahre schon nicht mehr!« Daraufhin fiel sie Frau Meier ohne jede Vorwarnung um den Hals, und diese klopfte ihr beruhigend, aber völlig fassungslos, auf den Rücken, während die Kommissarin ihr schönes Kostüm vollheulte.

»Ach, bitte entschuldigen Sie, ich vergesse mich wohl gerade ein wenig.«

Paul verstand die Welt nicht mehr. Er hatte Kopfweh, ihm war übel und überhaupt wollte er nur noch in sein Bett.

Als sich die Kommissarin wieder beruhigt und auch noch Paul und Georg innigst geherzt hatte, machte sie sich mit großem Appetit an die Schweinereien. Die sauren Fleck, an die sich sonst niemand herantraute, waren offenbar ihr Favorit. Am Ende knabberte sie noch ein wenig an einem Schweineohr herum und sah dabei genauso verträumt und zufrieden aus wie Ole, wenn er glückselig mit einem Schokoeis verschmolz.

Georg freute sich ausgesprochen über die Lust, mit der die Kommissarin sein Essen verputzte. Und wie ihre Augen dabei leuchteten! Als sie dann, zu guter Letzt, nicht etwa nach einem Glas trockenen Chardonnay verlangte, sondern nach einem ordentlichen Kellerbier und einem Fernet, da hatte sie sein Herz ein für alle Mal im Sturm erobert, und Georg war ihr mit Haut und Haar, bis zum jüngsten Tag verfallen.

So kam es auch, dass Georg sich am Ende des Abends – den sich Frau Meier eigentlich ein wenig anders vorgestellt hatte – anbot, Frau Hauptkommissarin Rothenfuß beim Transport der Blumen, also des Sargbuketts, behilflich zu sein. Da Paul keine sehr große Hilfe mehr darstellte, schnappten sich Georg und die Kommissarin das Bukett und trugen es hinaus in Georgs Metzgereitransporter. Zum Dank dafür zog die Kommissarin die Metallanstecker der Trauerschleife aus dem Kranz und heftete Georg das weiß-goldene Band zärtlich ans Revers. »Ewig Dein«! – und Georg strahlte dabei wie eine 100-Watt-Birne.

Frau Meier stand währenddessen in der Tür und winkte den beiden zum Abschied zu – ganz so, wie es sich für eine perfekte Gastgeberin gehörte.

24. VERSCHNAUFPAUSE

Der Dienstag lief – gegen Frau Meiers Befürchtungen – völlig ruhig und problemlos. Sie traute sich gar nicht, richtig tief durchzuatmen und erleichtert zu sein, weil sie befürchtete, die nächste Katastrophe lauerte schon um die Ecke, um sie hinterrücks mit voller Wucht anzuspringen. Aber nein, all das passierte heute nicht.

Paul war morgens bei Dr. Böhm gewesen, um sich seine Beulen verarzten zu lassen und um ein paar Pillen zur Beruhigung verschrieben zu bekommen. Er hatte in der Nacht kaum geschlafen, so peinlich war ihm das, was sich am Vortag auf dem Friedhof abgespielt hatte. Das war ganz schlimm für ihn gewesen und er schämte sich abgrundtief, solch eine Schande über sein Institut gebracht zu haben. Die Geschichte würde bestimmt die Runde machen, und man würde hinter seinem Rücken heimlich tuscheln und lästern. Das tat man in Bamberg nämlich sehr gerne. Genauso gerne, wie Brotzeit machen und durch den Hain spazieren. Es war eine der traditionsreichsten Beschäftigungen in der Domstadt.

Dr. Böhm hatte Paul aufgetragen, gleich noch in der Praxis die erste Pille einzuwerfen, und so glitt Paul wie auf Wolken wieder zurück in sein Bestattungsinstitut, wo alles seinen geregelten Gang ging, niemand heimlich über seine zwei Hörner kicherte und er sich geschäftig in sein Büro zurückziehen konnte.

Doch er hatte die Rechnung ohne sein Schnuppelchen gemacht, denn Schnuppel wollte – wo sie doch jetzt so lange stillgehalten hatte – endlich eine Erklärung dafür, wie das alles hatte passieren können, und warum in aller Welt, er – Paul Uhlbein – einer völlig fremden Person so einfach Blumen schickte! Paul redete ein wenig um den heißen Brei herum, verlor den Faden, kicherte ein bisschen und meinte dann, dass Schnuppel sich doch endlich beruhigen solle. Es wäre doch gar nichts passiert, außer einer netten Anekdote, die in die Analen der Institutsgeschichte eingehen würde. Dann kratzte er sich am Bart und meinte, Frau Meier dürfe sich ruhig mal auf seinen Schoß setzen, worauf diese jedoch lediglich den Kopf schüttelte, die Tür hinter sich zuknallte und Dr. Böhm anrief, um zu erfahren, was der denn bloß mit ihrem Paul angestellt hätte.

Dr. Böhm blieb sachlich und meinte lediglich, die Pillen täten Paul jetzt gut, und sie solle sich lieber mal Gedanken darüber machen, wann sie selbst das letzte Mal zur Vorsorgeuntersuchung hier gewesen sei. Noch vor einem Jahr habe sie nicht so mit ihren Terminen geschlampt und die Blutdrucktabletten seien auch mal wieder fällig.

Frau Meier musste zugeben, dass sie sich diesen Anruf hätte sparen können, und legte mit kurzem Gruß auf. Dann machte sie sich wieder an ihre Arbeit, denn HK Rothenfuß wollte eine Infomappe zu den Grabgemeinschaften. Diese Grab-WGs hatte Frau Meier im letzten Jahr ins Leben gerufen, weil offenbar viele Menschen sich Gedanken darüber machten, wo man sie irgendwann begraben würde. Die wenigsten Eltern lebten in der gleichen Stadt wie ihre Kinder und dann war am Ende niemand da, der die Gräber pflegen, oder auch nur besuchen würde. Jedenfalls hatte Frau Meier die Idee gehabt, dass sich Menschen zusammenbringen ließen, die alle dasselbe Problem hätten, sich zu Lebzeiten kennenlernten und sich dann, wenn der Tag gekommen war, ein Grab teilten, was von denjenigen gepflegt würde, die noch am Leben waren, oder von jungen Menschen, die sich dazu bereit erklärten. Diese jungen Leute könnten auf diesem Wege beispielsweise auch eine Ersatzoma finden, die mal auf die Kinder aufpasst – natürlich, solange diese noch am Leben ist. Klar, versteht sich ja von selbst. Dieses Modell der gemeinsamen Ruhestätte hatte sich binnen eines Jahres zum absoluten Selbstläufer entwickelt. Zwei Vollzeitkräfte mussten neu eingestellt werden, die sich um nichts anderes kümmerten, als darum, dass Menschen sich kennenlernten, einander nett fanden, um irgendwann einmal – Urne an Urne – unter ein paar hübschen Sommerblumen zu liegen. Bezahlt wurde oft schon im Voraus, und so klingelte es im Bestattungsunternehmen »Ruhe Sanft« so richtig ordentlich in der Kasse.

Gegen vier läutete das Telefon, und Frau Dr. Böse, die Gerichtsmedizinerin war dran, um die Leiche von Emil Rasmussen freizugeben. Er könnte dann jetzt abgeholt werden, was Frau Meier umgehend an Paul weitergab.

»Oh je, Schnuppel, der arme Emil. Offenbar hatte er überhaupt keine Verwandten mehr. Ich habe nicht wirklich eine Ahnung, was wir jetzt mit ihm anstellen sollen. Ob er mit Marie darüber gesprochen hat, wie er mal beerdigt werden will?«

»Paul! Ich glaube das ist nichts, was man sich beim ersten oder zweiten Date erzählt! Aber meinetwegen kann ich Marie ja mal anrufen. Sie möchte bestimmt zur Beerdigung kommen. Armer Emil – so einsam sah er irgendwie gar nicht aus.«

»Tja, Schnuppel, da steckt man nun mal nicht drin. Tust mir den Gefallen und rufst die Marie mal an, ja? Dann wissen wir vielleicht ein bisschen mehr.«

Also griff Frau Meier zum Telefon und wählte die Nummer ihrer Schwester. Als diese abhob, donnerte im Hintergrund Wagner. Xaver hatte sein Spektrum offenbar um den Ring der Nibelungen erweitert.

»Scharrenberger?«

»Meier hier, grüß dich, Schwesterchen.«

»Hallo, na, wie geht es so?«

»Marie, es geht. Muss ja. Und bei dir?«

»Ich muss immer an Emil denken. Der arme Kerl!«

»Ja, Marie, deswegen rufe ich an. Offenbar hatte er keine Angehörigen, und ich wollte dich fragen, ob er mit dir darüber gesprochen hat, wie er sich seine Beisetzung vorstellt?«

»Na sag mal, woher soll ich das denn wissen? Wir kannten uns doch erst ganz kurz.«

»Weißt du, ob es ein Testament oder so was gibt?«
»Also, jetzt hör aber mal auf! Über was, glaubst du, reden zwei Menschen, die sich gerade mal ein paar Stunden kennen? Über die Farbe der Sarginnenauskleidung?«
»Zum Beispiel.«
»Du spinnst ja. Nein, ich weiß nichts über seine Wünsche als Leiche. Tut mir leid. Aber hörst du? Der Xaver steht jetzt auf Wagner. Der liegt völlig regungslos in seinem Bettchen und fixiert das Mobile über ihm und macht kein Piep und keinen Papp! Ich wette, er wird mal Dirigent. Oder Pianist oder Stargeiger! Ich bin ja so stolz auf ihn.«
»Ja, warten wir es mal ab. Man weiß ja nie, was für Talente in den Kindern schlummern.«
»Wann wird die Beerdigung von Emil denn sein?«
»Paul muss das alles noch regeln. Aber vielleicht am Freitag. Mal sehen, wie schnell wir die Unterlagen alle bekommen und wie viel Geld Emil dafür zurückgelegt hat. Was sagt eigentlich Sarah dazu, dass in eurem Bad jemand gestorben ist?«
»Das habe ich ihr natürlich nicht erzählt! Ich bin froh, dass Paul das alles so hübsch weggeputzt hat. Man sieht wirklich nichts mehr, und was sollte ich da die Pferde scheu machen, oder? Na ja. Ich muss jetzt noch schnell meine Mails checken. Ich hab da schon wieder so einen netten Herrn, mit dem ich schreibe. Der kommt aus Breitengüßbach, ist gar nicht so weit weg. Den schau ich mir jetzt mal ein wenig näher an. Melde dich halt, Schwesterchen, wann der Emil beerdigt wird, ja?«
»Alles klar. Neuer Mann, neues Glück.«
»Ja, dieses Internet ist schon toll! Also dann, tschüss, bis die Tage!«
»Auf Wiederhören.«
Frau Meier schüttelte den Kopf und gab Paul eins zu eins wieder, was Marie gesagt hatte. Auch Paul glaubte es kaum,

aber seine Wolkenpillen ließen ihn trotzdem selig lächeln und sanftmütig die Schultern zucken.«

In diesem Moment kam eine SMS auf Frau Meiers Handy.

»Kommst du übrigens morgen auch zu meiner Dessous-Party? Marie«

Worauf Frau Meier ein herzliches »Gott bewahre« tippte.

25. SEXY HEXY

Marie war es am heutigen Mittwoch sehr wichtig, dass ihre Wohnung tipptopp aussah und alles perfekt war. Seit längerer Zeit schon hatte sie keine Dessous-Party mehr zu Hause bei sich gegeben, weil Xaver – und das sagte sie nicht gerne – nun mal doch leider irgendwie bei so was nichts zu suchen hatte. Aber Sarah hatte sich am Abend für einen Kurs zum Babyschwimmen angemeldet, und so hatte sie drei himmlische Stunden Zeit für Höschen, Push-ups und Mieder.

Vielleicht legte sie heute so viel Wert auf einen guten Eindruck, weil sich Hauptkommissarin Rothenfuß auch angesagt hatte. Die Dame hatte eine ganz schön kesse Lippe, wie Marie fand, aber irgendwie war ihr dieses hexenähnliche Wesen mit den rotblonden Haaren, der großen Charakternase und den spindeldürren Fingern dennoch sympathisch. Marie selbst hatte ja auch eine gewisse Vorliebe für Fettnäpfchen, obgleich sie immer nur versehentlich hineintappte, aber diese Rothenfuß, die hüpfte in wirklich jedes sich ihr bietende mit vollem Anlauf hinein. Dann stapfte sie genüsslich darin herum, und man konnte sich direkt vorstellen, wie es an ihren Füßen so richtig hübsch schmatzte. Das konnte nicht jeder!

Gegen 17 Uhr, draußen schneite es ein wenig, kamen die ersten Damen. Drei Ladies mit Dauerwelle und Stützstrumpfhosen, alle so um die 65. Dann Frau Mittermeier, die flotte Sportlehrerin aus der Nachbarschaft, Frau Lindner und Frau Heimbach, die sich gerade erst auf der Kur in Bad Staffelstein kennengelernt hatten, und schließlich Frau Hauptkommissarin Rothenfuß, der Marie bereits in der Tür steckte, dass sie nur ja nichts über den Todesfall in ihrem Badezimmer verlauten lassen sollte.

Als die Damen auf Maries Wohnlandschaft Platz genommen hatten, ließ sie den ersten Sektkorken knallen und schenkte reihum den prickelnden Muntermacher in die Gläser. »Auf einen schönen Abend, Mädels! Lasst's krachen, ihr Lieben!«

Die Damen gackerten wild durcheinander, fast ein wenig wie im Hühnerstall, und benahmen sich auch bald so, denn Marie packte ihr erstes rosa Köfferchen aus und ein »Ah« und »Oh« machte sich breit. Auch ein »Geil« und ein »Wow« war hier und da zu hören. Für Marie war es nun an der Zeit, wieder System und Ordnung in die Bude zu bringen, und so hob sie ihre Stimme und stellte das erste Modell, den BH »Love is in the Air« vor. Leider allerdings hatte es Marie noch nie so sehr mit den Fremdsprachen gehabt und mit dem Englischen ohnehin nicht, und so wurde aus »Love is in the Air« mal ganz flott »Lowe is in de Eier«, was zu einiger Belustigung beitrug, denn einen BH mit solch einem vielversprechenden Namen – wer würde den nicht gerne tragen wollen?

HK Rothenfuß jedenfalls wollte! Und wie sie wollte! Nicht nur die »Eierliebe« wollte sie, sondern auch noch die Serie »Down Under«, vier Hüftslips mit Spitzenbesatz und einen Body der, warum auch immer, den verruchten Namen »SOS« trug. Vielleicht, weil er binnen Sekunden den Bauch um die Hälfte zusammenquetschte und – laut Maries Angaben – mindestens eine Kleidergröße wegzauberte. Ganz schwach wurde die Kommissarin bei einem kleinen Nachthemdchen aus apricotfarbener Kunstseide. Knitterfrei und – wie schon erwähnt – sehr klein.

Die anderen Damen kauften ebenfalls, was das Zeug hielt, und Marie hatte wieder ihre berühmten Dollarzeichen in den Augen. Diese Dollarzeichen erhöhten seit jeher den Ausstoß an Glückshormonen bei ihr, und daher war es nur zu verständlich, dass sie noch einige weitere Flaschen Sekt für die Damen springen ließ.

Nach gut zwei Stunden hatte sich der Promillepegel der Ladies auf ein Maß gesteigert, das keine Autofahrt mehr zuließ, und so zückten die Damen ihre Handys und riefen die jeweiligen Gatten an, damit sie sie abholten. HK Rothenfuß blickte traurig, im wahrsten Sinne des Wortes, aus der Wäsche, denn sie hatte niemanden, den sie hätte anrufen können. Oder vielleicht doch? Sie fragte Marie, ob sie rasch im Telefonbuch die Nummer vom »Carlsturm« nachschlagen dürfte, doch Marie kannte diese auswendig und tippte sie auch schon in ihr Telefon.

»Carlsdurm, wer do?«

»Ähm, hier ist Rothenfuß, ob ich wohl mal bitte den Georg Hofmann sprechen dürfte?«

»Ja, wart a mol a wengala, ich muss nen rasch suchn! Bist du wohl die Kommissarin, von der er verzählt hat?«

»Ja, das stimmt.«

»Momentla«

HK Rothenfuß grinste und hielt die Muschel des Hörers zu. »Ich glaube, da war der Metzger dran. Der ist ja lustig. Und wie der spricht.«

Marie lächelte nur und freute sich auf den Moment, wenn die gute Frau den Gottlieb erst in natura sehen würde.

»Georg Hofmann?«

»Ah, Georg, grüße Sie, hier ist HK Rothenfuß.«

»Aber wir waren doch schon beim Du, meine Liebste, grüß dich, Bernadette, da freue ich mich aber, dass du dich meldest!«

»Georg, ich bin da in einer etwas unangenehmen Lage. Ich bin bei Frau Scharrenberger und ich vermute fast, ich hatte ein Glas Sekt zu viel. Jetzt kann ich nicht mehr Auto fahren. Ob Sie, ähm du, mich vielleicht, eventuell abholen und nach Hause bringen könntest?«

»Hm, das ist grad ein bisschen schwierig, die Olga hat eben das Essen auf den Tisch gestellt. Magst nicht einfach hier in die Wirtschaft kommen, das ist keine fünf Minuten von Marie entfernt. Wir essen einen Happen und dann bringe ich dich nach Hause? Wäre schade um das Essen. Es gibt Gulasch mit Semmelknödeln und Salat.«

»Oh, lecker! Da komme ich doch glatt. Ist das die Kneipe unten an der Kurve? Also einfach nur den Berg runter, ja?«

»Ja genau, du kannst es gar nicht verfehlen, Bernadette.«

»Tja, dann freue ich mich, bis gleich, Georg.«

»Tirili!«

Bernadette Rothenfuß strahlte und Marie ahnte, warum sie ausgerechnet die Schlüpferserie »Down Under« gekauft hatte. Bestimmt, weil Georg ja mal in Australien gelebt hatte. Was das Unterbewusstsein einem doch mitunter für nette kleine Streiche spielen konnte. Obwohl – »Down

Under« könnte ja auch noch eine ganze Menge anderer Bedeutungen haben, aber darüber wollte Marie jetzt gar nicht nachdenken. Sie freute sich auf den Kassensturz, sobald die letzte der Frauen die Tür hinter sich geschlossen hätte.

26. HEISS AUF EIS

Als HK Rothenfuß mit ihrer pinkfarbenen Tüte den Berg hinunterschwankte, fühlte sie sich fröhlich und glückselig. Sie hatte sich gerade etwas Wunderbares gegönnt und würde nun einen sehr charmanten Herrn treffen. Wer weiß, vielleicht würde sie ihm diese Prachtstücke ja irgendwann einmal sogar vorführen. Man sollte niemals nie sagen!

Unterdessen herrschte im »Carlsturm« große Aufregung. Gottlieb und Olga schimpften auf den armen Georg ein, dass diesem Hören und Sehen verging. Zu Recht, denn eine Kommissarin ins Haus zu holen, während in der Kühltruhe eine Leiche gelagert wurde, war schon ein echtes Spiel mit dem Feuer. Doch Georg sah die Sache sehr viel lockerer. Warum sollte die Polizistin in die Kühltruhe schauen? Welchen Grund sollte es dafür geben? Es sei seiner Ansicht nach besser, so meinte er sachlich, sich gut mit ihr zu stellen, denn man wüsste ja nicht, wann man ihre Hilfe möglicherweise noch einmal brauchen könnte.

Also trug Olga ein weiteres Gedeck auf, kippte noch ein wenig Sahne in den Topf mit dem Gulasch sowie einen guten Schluck Wein und harrte der Dinge, die da kommen mochten.

Und sie kamen – unweigerlich, denn Olga erschrak schon ein wenig, als die hochgewachsene Rotblonde plötzlich in der Tür stand. Sie war locker einen Kopf größer als sie selbst und obgleich sie recht dünn wirkte, konnte man durchaus davon ausgehen, dass HK Rothenfuß nicht weniger in der Lage war, ein halbes Schwein zu stemmen, als Georg oder Gottlieb. Sie war drahtig und sie hatte, wie Olga hinterher meinte, den bösen Blick. Jawohl, und zwar den ganz arg bösen.

Georg indes freute sich über seinen Besuch und balzte und scherzte wie ein Gockel auf Brautschau. Fehlte eigentlich nur noch, dass er gekräht hätte. Die angeschickerte Kommissarin benahm sich ebenfalls ein wenig seltsam – fast schrill – und Gottlieb betrachtete die Dinge mit äußerster Skepsis.

»Olga, ich darf doch Olga sagen«, setzte Frau Rothenfuß an, »Sie haben ganz wunderbar gekocht. In meinem ganzen Leben habe ich noch kein solch leckeres Gulasch gegessen! Da merkt man, dass Sie Paprika im Blut haben.«

»Danke. Ich kochen einfach gerne. Gottlieb und Georg immer gut essen, beide.«

»Hm«, schwärmte der Gast weiter, »und diese Semmelknödel. So locker und luftig. Wie kriegen Sie das nur hin? Ein echter Gaumenschmaus. Köstlich!« Dabei schob sie sich einen weiteren Brocken Knödel in den Mund und schmatzte dabei sogar ein wenig, so unsagbar lecker war das.

Als alles aufgegessen war, räumte Olga den Tisch ab und fragte, ob jemand ein Eis zum Nachtisch haben wollte. Doch kaum hatte sie die Worte ausgesprochen, biss sie sich auch schon heftig auf die Zunge, denn das Eis lag ja unter Igor, direkt neben den restlichen Schweinefüßen in der Gefriertruhe.

»Oh, ein Eis, das wär's jetzt!«, stieß HK Rothenfuß aus. »Soll ich eben helfen kommen?«

»Nein, nein, das mache ich schon«, sprang Georg auf und eilte hinter Olga in die Küche der Wirtsstube.

»Du bist verrückte!«, schimpfte Olga und zeigte Georg den Vogel. »Die Frau bringen nur Ungluck über uns alle.«

»Olga, jetzt reg dich doch nicht so auf. Du hast doch das Eis angeboten, nicht ich! Wir rutschen den Igor jetzt zur Seite und dann holen wir das Eis aus der Truhe, wo ist denn da das Problem?«

»Männer! Nix als Ärger mit die Männer!«, fluchte Olga, während sie hinter Georg die Kellertreppe hinabging, um Igor in seiner Totenruhe zu stören. Als sie den Deckel öffneten, musste Olga wieder ein paar Tränchen verdrücken, aber dann hob Georg Igor am Unterschenkel hoch und Olga fischte das Erdbeereis unter dessen Po hervor.

»Meinst du, Eis ist noch gut?«, fragte Olga.

»Warum denn nicht?«

»Weil Igor noch warm gewesen, als wir ihn in Truhe gelegen haben.«

»Hm, da könntest du richtigliegen. Da ist das Eis vielleicht angetaut gewesen.«

»Ach, ist jetzt egal. Wir essen keine Eis, nur Kommissarin soll haben.«

»Ja, ganz genau Olga, so machen wir das. Hast du noch Sahne und ein paar frische Erdbeeren, damit es ein ein bissl hübsch ausschaut?«

»In Küche. Mache ich gleich.«

Als Georg wieder in die Wirtsstube kam, tat sich Gottlieb offenbar ein wenig schwer damit, Konversation zu treiben, und die Stimmung schien irgendwie am Boden, doch kaum dass die Kommissarin Georg erblickte, gluckste sie wieder und klopfte ihm auf den Oberschenkel, als er sich neben sie setzte.

»Bernadette, dein Eis kommt gleich. Wir drei sind auf Diät, wir dürfen nicht, aber du lässt es dir schmecken, nicht wahr? Du kannst es ja gut vertragen.«

Gottlieb machte ein langes Gesicht. Hatte er sich doch so sehr auf sein Eis gefreut! Aber – und da vertraute er Georg blind – irgendeinen Grund würde sein Freund schon gehabt haben, genau so zu handeln.

Olga hatte in der Küche unterdessen gezaubert und brachte nun einen Eisbecher der Spitzenklasse ins Lokal. Auf dem Sahnehäubchen steckte ein buntes Schirmchen und die Kommissarin war zutiefst gerührt, weil sie so viel Mühe und Zuneigung beim besten Willen nicht gewohnt war.

»Oh, Olga, das sieht ja fantastisch aus! Ist das für mich? Danke! Sie sind ja ein wahrer Schatz. Ach, ist das schön, dass ich Euch alle kennengelernt habe!« Und dabei stand sie auf und drückte Olga, die gerade noch rechtzeitig den Eisbecher auf den Tisch stellen konnte, an ihre Brust und klopfte ihr dabei so stark auf den Rücken, dass Olga fast die Luft wegblieb.

27. HÜFTSCHWUNG

Im Hause Uhlbein ging mittlerweile alles wieder seinen gewohnten Gang. Paul hatte sich bei den beiden Familien, die am Montagmorgen Beerdigungen der etwas anderen Art erlebt hatten, schriftlich entschuldigt und der Floristin das Vertrauen – sprich die Aufträge – entzogen. Das war ein herber Schlag für den Blumenladen, doch das war Paul egal. So blöd konnte nicht mal ein Praktikant sein, ein Christrosensträußchen auf den Friedhof und ein Trauerbukett dafür ins Polizeipräsidium zu schicken! Ja, seit Paul seine Pillen nahm, konnte ihm so schnell gar nichts mehr etwas anhaben. Selbst das dritte Horn an seiner Stirn, dass er sich Montagnacht noch zugezogen hatte, belastete ihn nicht im Geringsten. Das Horn hatte er sich eingefangen, als er in sein Bett wollte und dabei an Frau Meiers Weihnachtsmann mit Bewegungsmelder vorbeimusste. Noch geblendet von den leuchtenden Schneemännern, die überall herumstanden, passierte er ahnungslos den lebensgroßen Weihnachtsmann, der daraufhin aus heiterem Himmel begonnen hatte, zu singen und ihm mit seinem Hüftschwung gegen den Po zu kicken, was dazu führte, dass Paul Uhlbein vor Schreck schnurstracks gegen die Wand lief. Aber – wie gesagt – dank der Pillen war alles nur noch halb so wild. Paul war vollkommen tiefenentspannt und das war eine willkommene Haltung so kurz vor dem Weihnachtsfest und dem Jahresende, wo normalerweise alles noch einmal so richtig hektisch und wuselig wurde.

Und weil Paul so ruhig war, färbte das auch ganz wunderbar auf Frau Meier ab, die mittlerweile damit begonnen hatte, Weihnachtsgeschenke im Internet zu ordern und erste

Weihnachtskarten zu schreiben. Sie hatte sich dieses Jahr ein besonders hübsches Motiv ausgesucht und gleich 100 Stück davon bestellt. Christrosen im Schneebett. So weiß, zart und rein. Einfach wunderschön!

Am Nachmittag rief überraschend Georg an und bedankte sich noch einmal dafür, dass Frau Meier ihn am Montag eingeladen hatte. Offenbar hatte es ihn voll erwischt, denn er schwärmte in den höchsten Tönen von seiner Bernadette, der Kommissarin. Dabei berichtete er auch davon, dass sie ihn im »Carlsturm« besucht habe und mit welchem Appetit sie sowohl das Gulasch als auch den Eisbecher vertilgt hätte. Was er natürlich auch noch erwähnte, war die Tatsache, dass das Eis möglicherweise durch den seinerzeit noch lauwarmen Igor schon ein wenig angetaut gewesen sein mochte, und spätestens da läuteten bei Frau Meier so ziemlich alle Alarmglocken, die man sich nur vorstellen konnte.

»Mensch, Georg, habt ihr das Eis etwa auch gegessen?«

»Nein, natürlich nicht.«

»Gut, aber dann weiß sie auch sofort, falls sie Bauchschmerzen bekommt, dass es am Eis gelegen haben könnte. Und erinnere dich nur an den letzten Polizisten, mit dem wir Bekanntschaft gemacht haben, dann steht euch womöglich das Gesundheitsamt ins Haus.«

»Und was schlägst du vor?«

»Was ich vorschlage? Na, du bist lustig! Igor raus aus der Truhe, Truhe sauber machen, frisches Eis kaufen, ein paar Löffel aus der Packung holen – damit sie angebrochen aussieht – und wieder zu die Truhe. Wie soll das sonst anders gehen? Das Gammeleis muss irgendwo entsorgt werden, wo es niemand mit euch in Verbindung bringt, und der Igor – keine Ahnung, der muss vielleicht ins Kühlhaus. Zwischen ein paar Schweinehälften.«

»Nee, im Kühlhaus ist es zu warm. Da taut er an und

stinkt, das geht nicht. Kannst du ihn nicht doch schon was früher holen? Hast du vielleicht eine Gefriertruhe zu Hause in deiner Wohnung, die leer ist?«

Frau Meier grübelte. Ihre Truhe war zwar leer, aber was, wenn Marie, die ja nun ihren Schlüssel hatte, nach ein paar Eiswürfeln suchte und dabei auf den eisigen Igor stieß? Nein, das war keine Lösung.

»Georg, ihr müsst ihn herbringen. Morgen Nacht. Früher geht nicht. Da führt kein Weg dran vorbei. Wir haben übermorgen eine Einäscherung ohne Aufbahrung, vielleicht können wir ihn da mit reinlegen. Ich werde sehen, was ich tun kann. Notfalls müssen wir Gina einweihen.«

»Gina? Warum das denn, das wäre mir aber sehr unangenehm.«

»Gina soll vielleicht das Institut übernehmen, wenn Paul in den Ruhestand geht. Sie könnte so tun, als würde sie sich darin üben, einen Sarg zuzunageln.«

»Das ist aber schon ein wenig riskant, oder?«

»Hm. Stimmt. Ist ein bisschen weit hergeholt. Vielleicht unser Lehrling? Nee, geht auch nicht! Paul ist im Moment etwas neben der Spur, da könnte es sein, dass ich die Chance habe, irgendwie an den Sarg zu kommen. Mal sehen. Ich lasse mir was einfallen! Halte dich bitte auf Abruf, ja? Es kann jetzt auch ganz schnell gehen. Und immer den Lieferwagen frei halten.«

»Ist gut. Bist die Beste, mein Mädchen.«

»Ja, ja. Ich hätte nie gedacht, dass ich auf meine alten Tage noch solche Dinge tun müsste.«

»Aber ist doch auch irgendwie spannend, oder findest du nicht?«

»Na, Georg, ich weiß nicht, andere gehen in Rente und wir verstecken Leichen in Gefriertruhen. Normal finde ich das nicht.«

»Ach, das Leben ist doch was Wunderbares, Mädchen, und wir werden das schon zusammen durchstehen.«

»Ja, Georg, wir stehen das durch! Mach's mal gut!«

»Du auch, adela.«

»Was werdet ihr durchstehen?«, fragte es hinter Frau Meier und Paul trat auf sie zu.

Frau Meier zuckte erschrocken zusammen. »Ach, das Weihnachtsfest, mein Schatz. Weißt du, es bedeutet uns allen wirklich sehr viel, und wir wollen uns so sehr bemühen, alles richtig zu machen, und dabei – na ja, das weißt du ja selbst, entsteht so eine innere Anspannung.«

»Willst du vielleicht mal eine von meinen Pillen probieren, Schnuppel? Ich verspreche dir, da hat man überhaupt keine Anspannung mehr. Absolut keine.«

»Vielleicht hast du recht, mein lieber guter Paul, Schatz, rück mal eine raus von den Zauberdingern.«

Paul griff in seine Jackettasche und förderte gleich einen Blisterstreifen mit vier Tabletten zutage. »Hier, mein Schnuppel. Für den Notfall.«

»Danke Paul, lieben Dank«, küsste Frau Meier ihn auf die Stirn und steckte die Pillen in ihre Hosentasche, aber ganz bestimmt nicht dafür, um sie sich selbst irgendwann einmal zu Gemüte zu führen.

28. HIGH

Im Prinzip lief die Sache wie am Schnürchen. Just am nächsten Tag waren einige der Angestellten an einem mysteriösen Magen-Darm-Virus erkrankt und so musste improvisiert werden im Hause Uhlbein.

Für den darauffolgenden Tag stand lediglich eine Einäscherung auf dem Programm, und zwar die des armen Emil Rasmussen. Wie Paul über dessen Anwalt inzwischen wusste, hatte dieser verfügt, dass man ihn anonym begraben sollte und dass er keinerlei Trauerfeierlichkeiten wünschte.

Emil lag nun seit zwei Tagen im Kühlfach des Instituts. Fritz, der Geselle, hatte ihn bereits gestern komplett für die Beerdigung vorbereitet, bevor auch er so plötzlich erkrankte.

Nun musste der arme Emil nur noch in den ebenfalls schon fix und fertig bereitstehenden Sarg gepackt, und dann am kommenden Morgen ins Krematorium gefahren werden.

Der total relaxte Paul fragte Frau Meier, ob sie nicht vielleicht – aufgrund des Personalmangels – Georg um Hilfe bitten könnte, damit man den Sarg zu zweit in den Wagen brächte, und somit war der erste Schritt bereits perfekt eingeleitet.

Am Morgen der Einäscherung lag Emil nahezu transportbereit in seinem Sarg. Das hatte Paul in aller Herrgottsfrühe noch selbst übernommen. Georg kam kurz vor neun im schwarzen Anzug und mit dem großen Metzgerlieferwagen. Darin wurde Igor hübsch auf minus 18 Grad gehalten. Gegen neun verabreichte Frau Meier dem armen Paul vier Beruhigungspillen, die sie in seinem Kaffee aufgelöst hatte, woraufhin dieser kurzzeitig komplett außer Gefecht gesetzt war. Währenddessen bekam Emil ganz heimlich, still und leise einen Sarggenossen, und Georg machte sich daran, die Kiefernkiste ganz genau so zuzunageln, wie Frau Meier es ihm geheißen hatte. Und das alles am helllichten Tag und höchst offiziell.

Als Nächstes wurde Paul mit Cola und eiskaltem Wasser wieder unter die halbwegs klar Denkenden geholt. Eigentlich sollte er gemeinsam mit Georg den Sarg – mit der Doppelbelegung darin – in den Leichenwagen hieven, wobei Paul allerdings, pillengeschwängert, wie er war, kläglich versagte. Also mussten die nicht erkrankten kaufmännischen Angestellten, die allesamt um 9 Uhr zum Dienst erschienen waren, mit Hand anlegen, und ehe man es sich versah, war es geschehen. Weil von den Büroangestellten tatsächlich niemand wusste, wie schwer so ein Sarg zu sein hatte, kamen zum Glück auch keine unangenehmen Fragen auf.

Da Paul nicht unbedingt als fahrtüchtig zu bezeichnen war, fuhr Georg, und Paul erledigte die Formalitäten im Krematorium – auf höchst verwunderliche Art und Weise, aber dennoch absolut routiniert und ohne dass auch nur irgendjemandem aufgefallen wäre, dass der arme Bestatter vollkommen high gewesen war. Paul wartete schließlich im Wagen, doch Georg wollte unbedingt dabei sein, wenn der Sarg in den Ofen geschoben wurde. Also faltete er – wie zum Gebet – die Hände und setzte eine sehr ernste Miene auf. So ein respektvolles Verhalten von Bestattern war keine Seltenheit und wunderte auch niemanden, denn Georg trug ja angemessenes Bestatter-Outfit und wurde selbstverständlich auch als solcher wahrgenommen. Doch Georgs Verhalten begründete sich nicht auf einer Art Wahrung der Pietät. Nein, er wollte lediglich unbedingt auf Nummer sicher gehen, dass der Igor nicht doch noch irgendwie abhandenkäme.

Als sich die Tür zum Hochofen öffnete und der Sarg wie von selbst hineinfuhr, wurde es Georg doch ein wenig mulmig. Auf dem Totenschein war das Gewicht vermerkt worden und als er nun so vor dem Ofen stand, wurde ihm schlagartig klar, warum. Nach dem Gewicht wurde der Ofen geschürt und nun lagen nicht nur locker 80 Kilo mehr darin, nein – diese waren auch noch gefroren!

Doch irgendwie schien alles noch halbwegs glatt zu gehen. Der Heizer musste wohl noch etwas heftiger aufgedreht haben und schließlich brannte es wie Zunder. So weit, so gut, hätten sich die beiden Leichen im Feuer nicht irgendwann plötzlich aufgebäumt und durch die Luke geschaut. Georg fuhr erschrocken zurück und sofort kam einer der Angestellten, um zu sehen, was los war. Doch da war der Spuk bereits vorbei, und es brannte lodernd im Inneren des Ofens, ohne dass zu erkennen gewesen wäre, wer oder was genau, gerade zum Opfer der Flammen wurde.

»Ist ganz schön gruselig, oder? Wenn die Leichen sich dann so ganz kurz aufrichten. Liegt am Wasser. Und der hier hatte wohl eine Menge davon. Das ist ihre erste Einäscherung, oder?«, fragte der Krematoriumsangestellte freundlich und Georg nickte. Wohlwissend, dass er diesen Anblick sein ganzes Leben lang nun nicht mehr aus dem Kopf bekäme. Nie wieder.

»Wie haben Sie gemerkt, dass ich mich erschrocken habe?«, fragte Georg und der Angestellte zeigte mit dem Finger in die linke Ecke des Raumes, wo eine kleine Kamera hing und rotleuchtend vor sich hin blinkte.

»Eigentlich logisch, dass Sie das alles im Auge haben müssen.«

»Ja, das ist wichtig, Sie glauben gar nicht, was uns hier schon alles passiert ist, Herr – wie war doch gleich der Name?«

»Hofmann. Georg Hofmann.«

»Schulze, angenehm. Wir sehen uns dann ja bestimmt noch öfter, oder? Sie geben doch zum Einstand bestimmt einen aus, gell?«

»Ähm, ich bin eigentlich nur vertretungsweise hier, aber ich werde sehen, was sich machen lässt.«

»Tja, dann«, verabschiedete sich Herr Schulze, »man sieht sich. Und den Kasten Bier nicht vergessen! Wir sind neun Leute hier! Und wir haben einen Vegetarier, nur zur Info.«

»Ist gut«, lachte Georg bemüht und machte sich auf den Weg nach draußen, wo Paul im Wagen eingeschlafen war.

Georg legte ihm seinen Mantel über die Beine, damit ihm nicht kalt wurde, und schaffte den Bestatter zurück zu Frau Meier, die schon angespannt im Haus auf und ab lief.

»Da seid ihr ja! Endlich! Ist alles gut gegangen?«

Georg zeigte auf Paul und Frau Meier nickte wissend. »Aha, hilf mal, wir schaffen ihn hoch in sein Zimmer. Der braucht eine Mütze Schlaf.«

Sie packten ihn gemeinsam unter den Achseln und zogen, oder besser schleiften ihn in den ersten Stock, vorbei an dem singenden Weihnachtsmann, in Pauls Schlafzimmer.

»Schlaft ihr gar nicht zusammen?«, fragte Georg, als er sah, dass es nur ein Kopfkissen gab.

»Nein, ich habe mein eigenes Schlafzimmer.«

»Und warum? Ich dachte, ihr zwei ...«, dabei machte Georg eine Bewegung mit den beiden Zeigefingern, »ihr zwei seid ein Paar?«

»Sind wir ja auch, aber ein enthaltsames.«

»Junge, Junge, mein Mädchen, ob das auf die Dauer gut

geht? Der Paul ist doch auch nur ein Mann, der hat doch Bedürfnisse.«

»Mag sein. Ich habe diese Bedürfnisse jedenfalls nicht.«

»Echt nicht? Wie kommt's?«

»Georg! Das werde ich wohl kaum jetzt und hier mit dir ausdiskutieren! Kümmere dich mal lieber um deine Angelegenheiten! Hast du schon rausgefunden, ob die Rothenfuß das Eis vertragen hat?«

»Gestern war sie nicht im Dienst, ich habe dort angerufen.«

»Habt ihr das mit dem neuen Eis so gemacht, wie ich es gesagt hatte?«

»Natürlich.«

»Na, dann ist ja gut. Und mit dem Igor ist alles glatt gegangen?«

»Ja, alles super, den sind wir los!«

In diesem Moment knurrte Paul in seinem Bett ein wenig, und Frau Meier bedeutete Georg, dass es nun Zeit wäre, das Zimmer zu verlassen und Paul seine wohlverdiente Ruhe zu gönnen.

In der Küche tranken sie gemeinsam noch ein Schnäpsla auf ihre erfolgreiche Leichenentsorgung, und dann fuhr Georg zurück in den »Carlsturm«, wo bereits eine Dame mit Hornbrille und Klemmbrett vor der Gefriertruhe im Keller stand und sowohl deren Inhalt als auch die Beschaffenheit einer angebrochenen Packung Erdbeereis begutachtete. Diese packte sie am Ende in eine Kühltasche mit mehreren Akkus und verabschiedete sich mit den Worten, dass dies hier alles nur reine Routine sei und dass man ihnen allen das Ergebnis sehr zeitnah mitteilen würde. Bis dahin allerdings sei in der Gaststätte der Verkauf von Speiseeis strengstens verboten! Salmonellen-Gefahr – es gäbe da einen anonymen Hinweis!

29. TRIMM-DICH

Paul schlief bis zum nächsten Morgen durch. Stand dann auf, duschte sich, betrachtete seine Hörner im Spiegel, schwang sich dann in seinen dunklen Anzug und wählte für diesen Tag Orange als Farbe für Krawatte und Einstecktuch. Heute brauchte er etwas Positives!

Beim Frühstück umgarnte Paul seine Frau Meier, die gar nicht wusste, wie ihr geschah, und deshalb extrem vorsichtig reagierte. Man konnte ja nicht wissen, was er gestern womöglich doch alles mitbekommen hatte. Aber es schien nichts Ungewöhnliches an ihm zu sein. Rein gar nichts. Er fragte nicht mal nach, wie Georg denn am Vortag mit allem zurechtgekommen wäre.

Nachdem er zwei Spiegeleier und drei Scheiben Speck verdrückt hatte, tupfte er sich mit der Serviette das Eigelb vom Bart und stemmte die Hände seitlich auf den Tisch.

»Schnuppel, wie wäre es, wenn wir zwei heute Nachmittag mal so richtig schön shoppen gehen würden? Was hältst du davon?«

»Prima, Paul, aber lass uns erst mal sehen, wie der Krankenstand heute im Institut ausschaut. Wenn es sich wie gestern verhält, dann sehe ich schwarz für unseren Einkaufsbummel.«

»Ja, gute Idee. Aber ich denke, das war bestimmt nur so ein kleiner Virus, mehr nicht. Die sind heute gewiss alle wieder einsatzbereit.«

»Na gut, dann lass uns gehen. Ich muss noch zwei, drei Anrufe erledigen und dann sehen wir weiter.«

»Prima, Schnuppel. Ach, ich würde mich so freuen! Ich

hab da was ganz Tolles für Ole im Sinn. Und für Mikka habe ich mir auch schon was ausgedacht. Das möchte ich dir gerne zeigen.«

»Ach, für die Kinder hast du dir was ausgedacht – und was ist mit mir? Bekomme ich denn kein Weihnachtsgeschenk?«

»Doch, Schnuppel, natürlich bekommst du das. Etwas, das dich noch begehrenswerter macht, als du es ohnehin schon bist!«

»Aber keine Dessous, Paul! Das will ich nicht!«

»Nein, keine Dessous. Etwas sehr Persönliches, nur für dich. Und es wird dich – wie schon erwähnt – noch hübscher machen, meine Liebe!«

»Ach, Paul, du bist so ein Schatz, komm her, bekommst ein Bussi von mir.«

»Danke, Liebste. Hier ist auch eines für dich.«

Der Krankenstand im Bestattungsstudio »Ruhe Sanft« hatte sich komplett aufgelöst. Alle waren wieder an Ort und Stelle und somit konnten sich Paul und Frau Meier für den Rest des Tages freinehmen.

»Was wollen wir denn eigentlich unternehmen, Paul?«, fragte Frau Meier neugierig, als sie in Pauls Wagen saß und sich anschnallte.

»Lass dich überraschen, Liebes. Wir fahren jetzt erst einmal nach Nürnberg und dann sehen wir weiter. Das wird ein richtig schöner Tag heute. Nur wir zwei – wir schlendern über den Christkindlmarkt und trinken einen Glühwein, vielleicht essen wir eine Kleinigkeit. Du wirst sehen, das wird ganz, ganz toll! Ein richtiger Urlaubstag – keine Leichen, nur du und ich!«

»Prima, dann lass ich mich jetzt wirklich von dir überraschen. Ich begebe mich in deine Hände, Paulchen. Pass auf, da vorne, da fährt einer vor dir raus. Bremsen, Paul, schnell!«

»Aber klar doch, Schnuppel, ganz ruhig. Schau, ich hab alles im Griff.«

Frau Meier beruhigte sich und kuschelte sich tiefer in den Autositz, um sich den Rücken von der Sitzheizung so richtig durchglühen zu lassen. Das tat ihr gut und es entspannte sie. Paul drehte den Klassiksender im Radio lauter, und es hätte alles so schön werden können. Hätte Paul nicht die großartige Idee gehabt, Frau Meier zu Weihnachten ausgerechnet ein Trimm-Dich-Rad zu schenken! Er hatte sie – kaum angekommen – sofort in das erstbeste Sportgeschäft geschleift, um ihr das Meisterwerk der Technik mit Puls- und Sauerstoffmessgerät in den höchsten Tönen anzupreisen.

Frau Meier stand davor und war fassungslos.

»Paul, was soll ich denn mit so was? Soll mich das etwa schöner und begehrenswerter machen, wenn ich schweißgebadet auf diesem Drahtesel herumstrample? Ist es das, was du von mir sehen willst? Blut, Schweiß und Tränen? Ja?«

»Aber, Schnuppel, so ein Rad hält doch fit und gesund. Ich dachte, du freust dich darüber, dass ich mir um deine Gesundheit Gedanken mache.«

»Nee, Paul, darüber kann ich mich nicht freuen. Das macht mich wütend. Ich arbeite fast den ganzen Tag für dich, dann koche ich, putze, und am Ende des Tages, wenn du wieder deine Haxen in dieses Wellness-Sprudel-Fußbad hängst und die »Tagesschau« schaust, soll ich mich auf diesem Ding da abrackern. Ich glaube, dir brennt der Kittel, Paul! Ich will hier jetzt raus aus dem Laden, sonst vergesse ich mich noch!«

Schnuppel brauchte eine ganze Weile und ein Gläschen Champagner, bis sie sich wieder beruhigt hatte, und Paul war traurig, weil seine brillante Idee so ein Reinfall war.

Das hätte er nie für möglich gehalten, war er doch so stolz auf seinen Einfall gewesen. Beim zweiten Glas Champagner traute sich Paul dann schließlich, Frau Meiers Hand zu nehmen und sie zu fragen, was sie sich denn nun wirklich zu Weihnachten wünschte.

»Paul, wenn du mich so fragst, dann hätte ich eigentlich ganz gerne passende Ohrringe für den wunderbaren Anhänger, den du mir letztes Jahr geschenkt hast. Die würden mich nämlich auch viel schöner und begehrenswerter machen.«

»Aber den haben wir doch in Sevilla gekauft. Ich weiß nicht, ob ich hier etwas finde, das dazu passt.«

»Na ja, dann sollten wir zwei vielleicht einfach mal wieder nach Sevilla fahren?«

»Nur wegen der Ohrringe?«

»Na ja, ist vielleicht ein wenig übertrieben. Aber schön wäre es schon! Vielleicht im Frühling, wenn es dort schon schön warm ist und man die Sonne genießen kann«, schwärmte Frau Meier verträumt und rollte dabei den Stiel ihres Champagnerglases zwischen Daumen und Zeigefinger hin und her.

»Ach, Schnuppel, ich sehe schon, du willst zu Weihnachten verwöhnt werden. Da lag ich ja wohl voll daneben mit dem Fitnessgerät.«

»Ja, Paul, noch mehr danebenliegen kann man beim besten Willen nicht.«

»Na schön, dann werde ich mir etwas überlegen, das dich glücklich macht, das verspreche ich dir.«

»Danke Paul. Und was wünschst du dir?«

»Ich wünsche mir – und das ist mein sehnlichster Gedanke – dass du vielleicht doch einmal den Weg in mein Schlafzimmer findest.«

Frau Meier rutschte unruhig auf ihrem Stuhl herum. »Ehrlich?«

»Ja, meine Liebste.«

»Na schön. Dann werde ich dich überraschen, wenn es dir gelingt, mich zu überraschen. Wäre das ein Deal?«

»Oh lala! Schnuppel, Schnuppel, dann muss ich mich wohl so richtig ins Zeug legen!«

»Ja, Paul, jetzt hängt alles von dir und deiner Kreativität ab.«

30. NIKOLAUSI

Heute war Samstag und Nikolaustag. Mikka und Ole hatten brav am Vorabend ihre Stiefel geputzt. Wobei »putzen« vielleicht übertrieben war. Sie hatten ein bisschen daran herumgeschrubbt und fertig waren sie. Die Lehmbatzen, die noch vom letzten Hainspaziergang an den Sohlen klebten, waren ihnen nicht wirklich aufgefallen und der Nikolaus war ein alter Mann, der bestimmt auch nicht mehr so gut gucken konnte.

Gina hatte noch am Abend die Stiefel gefüllt und auch für Tom ein paar alte Turnschuhe vor die Schlafzimmertür gestellt und mit Süßigkeiten und diversen kleinen Überraschungen bestückt. Danach war sie zu Bett gegangen, denn die Woche hatte es auch für sie absolut in sich gehabt. Termin mit Mikkas Lehrerin, weil der Junge gar so schusselig war, Termin im Kindergarten, weil Ole von einigen anderen Kindern Salamibrote ins Haar geschmiert bekommen hatte, Steuernachzahlung, Ölrechnung und Ärger mit dem Nachbarn, der auf ein paar Schneeflocken beinahe ausgerutscht war, und das ausgerechnet vor ihrem Haus.

Gegen 1 Uhr nachts kam Tom aus München nach Hause und legte sich neben sie. Gina rutschte ein Stück näher, wollte ein bisschen Wärme und einen Gute-Nacht-Kuss, aber da schnarchte Tom bereits in voller Lautstärke, sodass Gina sich die Ohren zuhalten musste, um überhaupt noch irgendwie in den Schlaf zu finden. Gefühlte drei Minuten, nachdem sie dann endlich eingeschlafen war, polterte es im Erdgeschoss und Freudenschreie tönten durch das Haus. Es war kurz vor fünf und die Kinder hatten beschlossen, dass die Nacht genau jetzt vorbei war, weil der Nikolaus ja schon da gewesen sei.

Gina schlich die Treppe hinunter und fand Mikka und Ole vor ihren Stiefeln. Sie rissen Geschenkpapier von den Päckchen und hatten verschmierte Schnuten, weil der Weihnachtsmann aus Schokolade bereits den Kopf verloren hatte. Sie musste lachen, und die zwei Kleinen kamen auf sie zu gerannt und umarmten ihre Mama.

»Schau mal, Mama, da ist ein Legoauto!«, jauchzte Ole.

»Und da, guck mal, ein Buch über das Universum!«, jubelte Mikka.

»Hm«, lachte Gina, »und jede Menge Kartoffeln!«.

Das mit den Kartoffeln war nämlich so. Wenn die Jungs das Jahr über nicht ganz so brav waren, wie sie sein sollten, dann brachte der Nikolaus bei Svensons keine Rute, sondern Kartoffeln. Süßes natürlich auch, aber an den Kartoffeln konnte man ziemlich genau ablesen, wer sich mehr Blödsinn geleistet hatte. Mikka oder Ole. Dieses Jahr hatte Ole die große Schüssel bekommen. Das mit den Kartoffeln war schon ganz in Ordnung, denn so gab es am Nikolausabend nämlich traditionell Raclette, damit die Erdäpfel auch rasch aufkamen.

»Mama, der Ole hat dieses Mal viel, viel mehr Kartoffeln als ich.«

»Ja, Mikka, das sehe ich. Ich glaube, der Ole muss ein bisschen artiger werden, oder was meinst du?«

Ole blickte schuldbewusst zu seiner Mutter, aber dann lachte er und meinte, weil er so viele Kartoffeln bekommen hätte, würden sie am Abend wenigstens alle ordentlich satt werden und die Oma und der Paul auch.

»Was meint ihr, Jungs, wollen wir noch eine Runde schlafen, es ist ja noch fast Nacht.«

»Ach nee, Mama, ich will jetzt mit den neuen Sachen spielen«, murrte Mikka und Ole nickte zustimmend. »Geh du ruhig ins Bett, wir sind ganz lieb.«

»Aber wirklich lieb sein, ja? Ich lasse die Tür auf und wenn irgendetwas sein sollte, dann kommt ihr hoch, okay?«

»Klar, Mama«, kam es wie aus einem Munde.

Gina stieg also wieder hinauf in den ersten Stock und versuchte ein zweites Mal, sich an ihren Tom zu kuscheln, doch der grunzte und schmatzte nur kurz im Schlaf und drehte sich zur anderen Seite. Also streckte sie ihre Füße unter seine Decke, damit sie sich wenigstens an seinen Waden ein wenig aufwärmen konnte, und schon war sie wieder eingeschlafen.

Als sie gegen halb acht aufwachte, hörte sie es unten klappern, und der Geruch, der nach oben stieg, hatte etwas Alarmierendes an sich. Sie sprang aus dem Bett und rannte die Treppe hinunter.

In der Küche standen Mikka und Ole und waren offenbar dabei, ein Nikolausfrühstück der besonderen Art zu zaubern. Auf dem rotglühenden Ceranfeld lagen ein paar Kaffeebohnen und kokelten vor sich hin, auf dem Fußbo-

den waren ein paar zertretene Scheiben Toastbrot und der Wursteller befand sich ebenfalls auf dem Küchenboden.
»Du meine Güte, was habt ihr zwei denn vor?«, fragte Gina erschrocken.
»Frühstück machen, aber das mit dem doofen ollen Kaffee geht irgendwie nicht«, meinte Ole.
»Wieso?«
»Wegen dem Röstaroma. Das klappt nicht!«, jammerte Mikka. Die Bohnen wollen kein Wasser abgeben.«
»Wie wolltet ihr den Kaffee denn kochen?«
»Na, Röstaromabohnen machen und dann Wasser drauf.«
»Oh Gott, Mikka!«, mit diesen Worten drehte sie die Hitze am Herd ab und betrachtete die zwei mit lauwarmem Wasser gefüllten Kaffeebecher, die neben der Röststelle standen. »Kaffee kochen geht ein bisschen anders. Und was ist mit dem Toast und der Wurst passiert?«
»Das hat alles der Ole runtergehauen. Der wollte nicht hören! Ich habe ihm ja gleich gesagt, dass er noch viel zu klein ist, um an das obere Fach im Kühlschrank zu kommen.«
»Na, dann lasst uns jetzt mal zusammenhelfen, und dann werden wir bestimmt noch ein tolles Frühstück zaubern, oder?«
Seufzend trat sie ein Stück zurück, um den Wurstteller aufzuheben, und tappte mit ihrem nackten Fuß genau auf einen Legostein. Die Vierersteine waren die schlimmsten und das hier war definitiv ein Vierer, da brauchte sie gar nicht erst hinzusehen, so sehr schmerzte es. Auf einem Bein humpelte sie zum Küchensofa und legte sich kurz hin, um den Stein behutsam aus der Sohle zu pulen. Was für ein Morgen!

Als Tom sich irgendwann aus dem Bett gequält hatte, gab es tatsächlich einen Traum von einem Nikolausfrühstück, und die schlimmsten Spuren der vergangenen Stunden waren im Haus auch bereits beseitigt. Tom kratzte sich kurz am Po, ließ sich auf einen Stuhl fallen und griff zur Kaffeekanne. »Guten Morgen, allerseits«, strahlte er, »ist hoffentlich nicht schlimm, dass ich noch im Schlafanzug bin, oder? Und, Jungs? Was hat der Nikolaus euch gebracht? Nur Kartoffeln, oder war auch was Vernünftiges dabei? So alte Männer wie der Nikolaus, ich weiß echt nicht, ob die überhaupt wissen, was kleine Jungs sich eigentlich wünschen?«

»Doch, klar weiß der das! Super Geschenke!«, meinte Ole, und Mikka nickte strahlend. »Alles voll knorke!«

»Na dann«, meinte Tom und blickte seine blasse Gina an. »Morgen, mein Schatz, gut geschlafen?«

Die Frage klang wie Hohn, aber dennoch rang sich Gina ein müdes Lächeln ab und reichte ihm den Brotkorb über den Tisch. »Magst du auch Orangensaft?«

»Ja, bitte. Und was machen wir heute Schönes?«

»Oma und Paul kommen am Abend zum Raclette-Essen«, antwortete Gina.

»Oh weh. Na, das kann ja heiter werden.«

Und es wurde heiter! Aber im positiven Sinne, denn Frau Meier hatte so viel damit zu tun, all die Lego- und Playmobilfiguren zusammenzubauen, die der Nikolaus gebracht hatte, dass sie gar keine Zeit für Sticheleien hatte, und Paul – nun, Paul war an diesem Abend extrem schweigsam und nickte immer wieder am Tisch ein, was man so gar nicht von ihm kannte und was die Gastgeberin fast ein wenig beleidigte.

31. DIEB IN DUNKLER NACHT

Das Raclette lag Frau Meier schwer im Magen und so wälzte sie sich von einer Seite auf die andere und konnte beim besten Willen nicht einschlafen. Käse am Abend, das war einfach nix, wenn man keine Gallenblase mehr hatte. Gegen halb zwei hielt sie es in ihrem Bett nicht mehr aus und ging hinunter in die Küche, um sich ein paar »Rennie« zu genehmigen, damit dieses Völlegefühl endlich ein Ende hatte.

Während sie im Dunkeln in der Küche stand und auf den Tabletten herumkaute, entdeckte sie, dass sich vorm Haus der Nachbarn etwas tat. Eine Gestalt huschte durch den winterkargen Vorgarten der Dotterweichs, und durch die kahlen Büsche konnte man erkennen, dass dieser Schatten sich zielstrebig auf die nachbarliche Haustür zubewegte. Frau Meier hielt den Atem an und trat ein wenig zur Seite, damit man ihre Konturen hinter dem Fenster nicht erkennen konnte. Die Gestalt hatte eine Art Rucksack bei sich und machte sich nun am Türschloss zu schaffen.

Frau Meier griff zum Telefon. 110 – Polizei. Sie gab Namen und Adresse an und schilderte aufgeregt, was sich in Nachbars Garten gerade zutrug. Die dunkle Gestalt fingerte immer noch an der Haustür herum und hatte nun sogar den Rucksack abgestellt, um beide Hände frei zu haben. Frau Meier blieb auf ihrem Posten und hielt die Stellung, bis kurz darauf das Heulen der Polizeisirene die Nacht durchschnitt. Die Gestalt an Dotterweichs Haustür horchte kurz auf und drückte sich ganz nah an die Hauswand. Als die Sirene immer lauter wurde, ließ sie den Rucksack zurück und sprang über die Mauer in den Garten der Villa Uhlbein.

Frau Meier konnte es kaum fassen, der Fremde rannte über die Wiese – Pauls Wiese – vorbei an dem großen Schwimmteich und hockte nun hinter der großen Buchsbaumkugel, keine zehn Meter von ihr entfernt.

Draußen quietschten die Reifen der Polizeistreife und einige Beamte sprangen aus dem Wagen und spurteten auf das falsche Grundstück. Die Gestalt indes kauerte immer noch hinter dem Busch, als Frau Meier nahezu geräuschlos die Terrassentür öffnete und sich – bewaffnet mit Pauls gusseiserner Bratpfanne – heimlich von hinten an den Einbrecher heranschlich. Dieser fixierte die Polizisten und versuchte, so wenig wie möglich zu atmen, um nur ja keine Aufmerksamkeit auf sich zu lenken. Frau Meier schlich weiter, und just in dem Moment, als der Unbekannte bemerkte, dass hinter ihm jemand lauerte und er sich langsam umdrehte, schlug sie zu. Mitten auf die zwölf! Die Gestalt sackte schwer zu Boden und Frau Meier rief lautstark nach den Beamten: »Hier, hier ist er! Er ist nun auf unserem Grundstück! Sie müssen über den Zaun kommen.«

Nur Sekunden später knieten drei Polizisten um den Eindringling, der zwar noch lebte, aber das Bewusstsein verloren hatte. Auf seiner Stirn klaffte eine gewaltige Platzwunde, die blutete wie nichts Gutes.

»Ich hole schnell ein sauberes Tuch zum Abbinden und den Verbandskasten«, rief Frau Meier und machte bereits kehrt, um in ihre Küche zurückzueilen. Kaum war sie wieder da, musste sie den Beamten Rede und Antwort stehen, wie es dazu kam, dass sie den Mann k. o. geschlagen hatte, obwohl nebenan doch bereits Rettung und Hilfe eingetroffen war.

Frau Meier fiel es schwer – sehr schwer – den Polizisten höflich und möglichst schonend zu erklären, dass sie nicht allzu großes Vertrauen in die Streife gehabt hatte, die – anstatt sich um den entflohenen Einbrecher zu kümmern –

lediglich dessen vor der Haustür der Nachbarn zurückgelassenen Rucksack untersucht hätte.

»Sie wissen schon, was in dem Rucksack war, oder?«, fragte einer der Uniformierten.

»Nein, ich nehme an, jede Menge Diebesgut. Das war sicher nicht der erste Einbruch in dieser Nacht.«

»Leider voll daneben, gute Frau. Es waren Geschenke in dem Sack. In Weihnachtspapier gewickelt. Und Apfel, Nuss und Mandelkern! Na, dämmert es Ihnen langsam, Gnädigste?«

Frau Meier war sprachlos, und der Polizist, der gerade dabei war, den Verletzten medizinisch zu versorgen, machte sich daran, ihm vorsichtig die Kapuze vom Kopf zu ziehen. Der Anblick schockierte Frau Meier zutiefst, denn vor ihr lag Papa Dotterweich, und das Blut sickerte langsam durch seinen Verband. Erschrocken schnappte sie nach Luft.

»Oh Gott, das habe ich nicht gewollt, warum in aller Welt will der in sein eigenes Haus einbrechen und wieso hockt er hinter unserer Buchsbaumkugel?«

»Sie wissen schon, dass heute Nacht der Nikolaus kommt, Frau Meier?«

»Nein, der Nikolaus kommt vom fünften auf den sechsten Dezember und nicht auf den siebten. Und wieso kommt der denn nachts um diese Uhrzeit?«

»So, wie der Mann ausschaut, könnte es sein, dass er Schichtarbeiter ist. Latzhose, Arbeitsschuhe, Kapuzenpulli. Vielleicht hatte er gerade Schichtende und wollte seine Kinder und seine Frau überraschen.«

Frau Meier sackte auf die eiskalte Gartenbank und wimmerte vor sich hin. »Das habe ich nicht gewollt. Wirklich nicht, das müssen Sie mir glauben. Ich dachte, ich helfe Ihnen, den Dieb zu fangen, indem ich ihm ein wenig mit der Pfanne auf den Kopf tippe.«

»Also, wie ›tippen‹ schaut das aber nicht aus. Na bitte, da kommt schon der Krankenwagen, den mein Kollege gerufen hat. Wenn die Sannis da sind, dann wissen wir mehr.«

Die Sanitäter und der Notarzt sprangen locker über das Gartentürchen und rannten auf den verletzen Papa Dotterweich zu.

»Hat er sich übergeben?«, fragte der Notarzt, während er ihm mit einer kleinen Taschenlampe in die Augen leuchtete.

»Nein«, antwortete einer der Polizisten.

»Gut, wir nehmen ihn mit, aber allzu schlimm schaut es auf den ersten Blick nicht aus. Wir müssen ihn röntgen, um mehr sagen zu können. Ach, schauen Sie da, er wacht ja schon wieder auf.«

In diesem Moment kam Mama Dotterweich im Nachthemd an den Gartenzaun und fragte neugierig, was denn los sei. Ein Polizist wandte sich zu ihr und berichtete in Kurzform. Daraufhin brach sie in wildes Heulen aus und die drei Kinder, die in ihren Morgenmänteln und Hausschuhen in der Tür standen, blickten sich verständnislos an.

Frau Dotterweich tobte und fuchtelte mit den Händen in Richtung ihres verletzten Mannes und Frau Meier, die wiederum von einem Streifenbeamten gebeten wurde, sich etwas anzuziehen und direkt mit auf das Präsidium zu kommen. Es könnte sein, dass sie eine Anzeige wegen gefährlicher Körperverletzung zu erwarten habe.

Frau Meier war verzweifelt, wagte es aber nicht, Paul zu wecken, um ihn um Hilfe zu bitten. Stattdessen legte sie ihm einen Zettel in die Küche:

Bin verhaftet worden – bitte Anwalt auf das Polizeipräsidium schicken,

Dein Schnuppel

»In Handschellen führen Sie mich jetzt aber bitte nicht ab, oder?«, fragte sie kleinlaut.

»Wenn Sie sich anständig benehmen, dann verzichten wir darauf.«

»Ich gehe mit, ganz ohne einen Aufstand zu machen. Aber bitte, bitte nicht in Handschellen und bitte nicht am Arm anfassen, so, wie die das im Krimi immer tun.«

»Nein. Also, dann gehen Sie mal brav voraus, der Wagen parkt vor dem Nachbarhaus. Sie steigen hinten ein und alles ist gut.«

»Und auch bitte nicht auf den Kopf langen, ja? Das sehe ich auch immer im Fernsehen, das will ich nicht.«

»Nein, ist gut. Aber passen Sie auf, dass Sie sich nicht stoßen.«

»Vielen Dank«, mit diesen Worten stieg Frau Meier, unter den Augen einiger neugieriger Nachbarn in Wintermänteln über den Schlafanzügen, in den Streifenwagen, und das Auto fuhr mit quietschenden Reifen, blau blinkend und mit heulendem Martinshorn an.

32. UND WENN DAS ZWEITE LICHTLEIN BRENNT ...

Als Frau Meier in das Vernehmungszimmer gebracht wurde, staunte sie nicht schlecht, als Hauptkommissarin Rothenfuß schon auf sie wartete.

»Frau Rothenfuß, warum Sie? Sie sind doch bei der Mordkommission, oder? Ist Herr Dotterweich etwa tot? Oh Gott, habe ich ihn umgebracht? Bin ich eine Mörderin?« Frau Meier wurde panisch und ein Polizist in Zivil drückte sie unsanft auf den harten Stuhl, vor dem, auf einem schäbigen Tisch, ein Mikrofon aufgebaut war.

HK Rothenfuß setzte eine ernste Miene auf. »Ich bin nicht nur in der Mordkommission, sondern auch bei der Abteilung »Körperdelikte«. Sie haben offenbar einen Mann krankenhausreif geschlagen. Können Sie mir sagen, warum Sie das gemacht haben?«

Mit diesen Worten knipste sie das Mikro an und winkte einer verspiegelten Glasscheibe zu, worauf in zwei der Ecken des Zimmers Kameras zu blinken begannen.

»Frau Hauptkommissarin, das war folgendermaßen ...« Frau Meier erzählte alles haargenau so, wie sie es erlebt und gesehen hatte, von der Einnahme der Tabletten gegen Völlegefühl bis hin zu dem Moment, wo Mutter Dotterweich über den Gartenzaun gedroht hatte. »Es war alles ein einziges Missverständnis, aber warum in aller Welt ist dieser Dotterweich denn in unseren Garten gesprungen und hat sich hinter dem Busch versteckt, ich meine, das ist doch auch nicht normal, oder? Wenn er wirklich nur den Nikolaus spielen wollte, dann ist er nicht nur einen Tag zu spät, sondern auch noch ziemlich wunderlich drauf, finden Sie nicht?«

»Nein, eigentlich nicht«, erwiderte die Hauptkommissarin und sah noch immer fürchterlich streng drein. »Sie wollen uns also weismachen, dass Sie Herrn Dotterweich für einen Einbrecher gehalten haben und ihn dingfest machen wollten.«

»Genau so war es. Mit wenigen Worten erklärt, ja.«

»Gut, dann fertigen wir jetzt das Protokoll, und beten Sie zu Gott, Frau Meier, dass dem Dotterweich nichts Schlimmes passiert ist. Eine Platzwunde ist noch ein minderes Delikt, aber alles, das weitergeht, könnte kritisch für Sie ausgehen.«

»Bitte helfen Sie mir doch, Frau Rothenfuß, ich dachte, ich mache alles richtig und helfe der Polizei sogar noch.«

»Tja, Frau Meier, das Denken sollte man den Pferden überlassen, die haben einen größeren Kopf.« Mit diesen Worten verließ HK Rothenfuß den Vernehmungsraum, und während Frau Meier, von wilder Angst erfasst, wartete, starrten hinter der Scheibe vier Menschen auf sie und überlegten, ob sie auch tatsächlich die Wahrheit sagte.

»Ich denke, sie ist ehrlich«, meinte der Staatsanwalt. »Weiß jemand, wie es dem Verletzten geht?«

»Ja«, erwiderte eine junge Beamtin, »er hat eine leichte Gehirnerschütterung und muss heute Nacht zur Beobachtung im Klinikum bleiben. Auf dem Röntgenbild ist auch nichts zu erkennen. Die Platzwunde scheint das Schlimmste zu sein, die haben sie mit sechs Stichen genäht. Morgen kann er wieder in den Schoß seiner Familie zurückkehren.«

»Na, vielleicht sollten wir das Tantchen da drinnen auch nach Hause gehen lassen. Ich glaube, die ist ziemlich harmlos«, meinte der Staatsanwalt. »Ihr vernehmt morgen den Dotterweich und dann sehen wir weiter, was wir unternehmen. Ist ja noch mal alles gut gegangen.«

»Sie können jetzt gehen, Frau Meier!«, donnerte Kommissarin Rothenfuß ohne jeden Anflug von Freundlichkeit, als sie die Tür derart ruckartig öffnete, dass Frau Meier beinahe einen Herzinfarkt bekommen hätte.

»Ehrlich? Danke, Frau Rothenfuß. Ich habe wirklich ...«

»Schon gut, sparen Sie sich das für den Staatsanwalt und halten Sie sich zu unserer Verfügung. Sie haben den Nikolaus niedergeschlagen, Frau Meier, alle Kinder dieser Erde werden Sie ab morgen hassen. Wenn das publik wird, dann bekommen Sie in dieser Stadt keinen Fuß mehr auf den Boden. Und jetzt gehen Sie! Ein Kollege bringt Sie nach Hause und ich komme morgen zu weiteren Vernehmungen bei Ihnen vorbei.«

Als Frau Meier mit dem Streifenwagen nach Hause gebracht wurde, hatte sich in der Straße alles wieder beruhigt und die Anwohner waren in ihre Betten zurückgekehrt. Frau Meier huschte ins Haus und war froh, dass Paul noch schlief und von all der Aufregung nichts mitbekommen hatte. Seine Pillen waren vermutlich tatsächlich das goldene Tor zur Glückseligkeit.

Sie ging ins Bad, duschte heiß und bereitete anschließend das Frühstück in der Küche vor, denn beim Verlassen des Badezimmers hatte sie gehört, dass Paul offenbar inzwischen ebenfalls wach war. Sie warf die Kaffeemaschine an und stellte die Backröhre auf 180 Grad, um ein paar Brötchen aufzubacken. Dann zündete sie das zweite Kerzlein auf dem Adventsgesteck an und wartete.

Paul war tadellos gekleidet. Anstelle des werktags üblichen Jacketts hatte er eine Strickjacke übergezogen, aber auf seine Krawatte hatte er auch heute nicht verzichtet.

»Guten Morgen, Liebes, na, hast du gut geschlafen?«, begrüßte er Frau Meier, die ihm ein winziges Küsschen gestattete.

»Frage nicht, Paul, frage nicht!«

»Wieso, was war denn? Hattest du Albträume?«

»Na, einen Albtraum hatte ich schon, allerdings leider einen sehr realen«, und so erzählte sie ihm die ganze Geschichte.

»Schnuppel, ja sag mal, du kannst doch nicht einfach auf irgendwelche Männer in unserem Garten mit Bratpfan-

nen einschlagen! Da hätte ja sonst was passieren können!«
Paul schüttelte den Kopf, stand auf und ging zum Küchenfenster. »Und da hinten, hinter dem Busch ist es passiert?«

»Ja, Paul«, gab Frau Meier sehr kleinlaut von sich.

»Junge, Junge, du machst Sachen. Und jetzt? Was geschieht jetzt?«

»Na ja, die Kommissarin kommt heute noch einmal vorbei, nachdem sie den Dotterweich vernommen hat.«

»Der Dotterweich. Hm, du sag mal, war da nicht neulich was? Ich dachte, der wäre ausgezogen, oder etwa nicht? Da war doch der Möbelwagen und die Frau hat so wild geschimpft.«

»Davon weiß ich nichts.«

»Doch, Schnuppel. Ich glaube, der Dotterweich wollte tatsächlich einbrechen. Ich rufe mal schnell den Fritz an, der weiß bei so was immer Bescheid.«

Mit diesen Worten nahm Paul den Hörer in die Hand und wählte die Nummer des Gesellen.

»Fritz? Guten Morgen, Uhlbein hier.«

»Hä, heute ist Sonntag, Chef.«

»Schon gut, Sie können gleich weiterschlafen. Sagen Sie, Sie haben doch neulich auch mitbekommen, dass es Ehekrach bei Dotterweichs gab. Was war denn da genau los?«

»Der Dotterweich hat seine Frau und die Kids vertrimmt und dann hat die sich eine Anwältin genommen, die gerichtlich bewirkt hat, dass der Dotterweich sich seinem Haus, seiner Frau und auch den Kindern nur noch auf 250 Meter nähern darf.«

»Ach, wirklich?«

»Ja, echt.«

»Dann war's das schon, Fritz, schlafen Sie ruhig weiter. Gute Nacht.«

»Nacht, Chef!«

Just in diesem Moment klingelte es auch schon an der Haustür, und Frau Meier hob die linke Augenbraue. »Ich ahne was, was du nicht ahnst.«

»Oh doch, Schnuppel, wir ahnen das Gleiche! Kommissarin Rothenfuß! Hol doch schon mal eine dritte Tasse raus und einen Teller. Und Schnuppel, pack den Kaviar weg, sonst ist der schneller aufgefuttert, als wir bis drei zählen können.«

Paul öffnete die Tür und die kesse Rotblonde stand tatsächlich davor.

»Frau Hauptkommissarin Rothenfuß, welch eine Überraschung! Treten Sie ein!«

Hexe, dachte sich Frau Meier, als sie ihre Stimme aus dem Flur dröhnen hörte. Schuldbewusst drehte sie sich zu ihr um, als die Kommissarin die Küche betreten hatte, und traute ihren Augen nicht, als diese mit ausgebreiteten Armen auf sie zukam und sie ordentlich drückte und an sich quetschte.

»Liebe Frau Meier, Sie sind mir doch hoffentlich nicht böse, dass ich heute auf dem Präsidium so schrecklich grob zu Ihnen war. Aber das war alles nur Tarnung. Ich hätte den Fall sonst abgeben müssen, wenn die Kollegen gemerkt hätten, dass wir uns kennen und ja – sogar auch noch mögen.«

»Aha.«

»Ach, Sie machen gerade Frühstück? Gibt es wieder diese köstlichen kleinen Fischeier?«

»Nein, aber Erdbeermarmelade. Hat Gina gemacht.«

»Ah, sehr schön, dann probiere ich die doch mal. Gibt es auch Kaffee?«

Frau Meier war bereits dabei, den dritten Kaffeebecher randvoll zu füllen, und setzte sich dann wieder an ihren Platz.

»Also, Frau Meier, wir haben die Sache jetzt geklärt. Sie haben eigentlich nichts mehr zu befürchten. Der Dotterweich hat selbst Schuld. Gut, Sie hätten vielleicht lieber eine Alupfanne anstelle der gusseisernen nehmen sollen, aber ansonsten ist Ihnen im Prinzip kein großer Vorwurf zu machen. Dem Dotterweich geht es so weit gut und er verzichtet auf eine Anzeige, wenn seine Frau ihn wiederum auch nicht anzeigen sollte. Stellen Sie sich das einmal vor, der wollte nämlich wirklich einbrechen. Ein paar Sachen holen und Nikolausgeschenke für die Kinder dort lassen. Ist aber auch echt Scheiße, wenn man die eigenen Kinder nicht mehr sehen darf, oder?«

»Nun«, meinte Paul, »dann hätte er vielleicht nicht handgreiflich werden dürfen, oder? Ich finde ja, dass jemand, der Frauen und Kinder schlägt, eine heftigere Strafe verdient hätte.«

»Ich bin nicht das Gesetz, Herr Uhlbein«, zuckte HK Rothenfuß mit den Schultern und biss dabei in ihr Marmeladenbrötchen. »Frau Meier, gibt es auch Saft? Ich brauche dringend ein paar Vitamine nach dieser Nacht.«

»Aber natürlich, meine Liebe. Hier wäre Orangen-Mango-Saft. Findet das Ihre Zustimmung?«

»Sicher, sehr gerne, Frau Meier. Da würde sich ein Schlückchen Sekt auch gut drin machen, finden Sie nicht?«

Frau Meier stand erneut auf, holte einen Piccolo aus dem Kühlschrank und stellte ihn der Kommissarin vor die Nase, die sich sofort einen ordentlichen Schluck ins Glas kippte.

»Gibt es heute Nachmittag eigentlich auch wieder Kaffee und Kuchen?«, fragte sie, während sie das Glas anhob.

»Nein, leider nicht. Wir wollen heute Nachmittag noch ein wenig arbeiten. Jahresabschluss – die Steuer, verstehen Sie?«, erklärte Paul geistesgegenwärtig.

»Ach, schade, na, dann nächsten Sonntag. Sie wissen ja,

da habe ich Geburtstag und Gina wollte mir doch diesen wunderbaren Gewürzkuchen backen!«

»Oh, danke für die Einladung«, lächelte Frau Meier.

»Ach, wissen Sie, ich dachte eigentlich, wir könnten hier bei Ihnen ... Sehen Sie, meine Wohnung ist sehr klein und da bekomme ich ja gar nicht alle unter. Übrigens köstlich, diese Marmelade, die schmeckt total nach Sommer.«

33. LET IT SNOW

Über Nacht war der Winter hereingebrochen und blechernes Kratzen auf hartem Asphalt erfüllte die ansonsten morgendliche Stille Bambergs auf ohrenbetäubende Art und Weise.

Auch Gina beteiligte sich, nachdem die Kinder aus dem Haus waren, eifrig an diesem Konzert und schippte die Schneemassen vor ihrem Gartenzaun fein säuberlich zur Seite. Heute gab sie sich besonders viel Mühe, und jedes winzige Flöckchen wurde vom Gehsteig verbannt, damit der böse Nachbar Lipprecht nur ja nicht wieder schimpfen und meckern konnte. Dieser Lipprecht hatte es aber auch wirklich in sich. Seines Zeichens Oberstudienrat a. D., schien es seine zweite Berufung zu sein, im Viertel den Blockwart zu spielen. Es verging kaum ein Tag, an dem er nicht irgendeinem Nachbarn einen Vorwurf machte. Sei es, dass jemand seine Mülltonne nicht im 90-Grad-Winkel zur Fahrbahn ausgerichtet hatte oder dass ein Kind es wagte, in der Stillen Zeit, zwischen 13 und 15 Uhr, zu lachen oder gar vor Freude zu kreischen. Nein, so etwas gab es im Blumenviertel nicht. Nicht, solange Oswald Lipprecht hier das Regiment führte! Aber wie das bei solchen Menschen nun mal grundsätzlich der Fall ist, gelten die selbst verfassten Regeln immer nur für die anderen, denn Oswald Lipprechts Köter Waldemar durfte Krach machen. Tag und Nacht kläffte der Vierbeiner, was das Zeug hielt, und wehe, man beschwerte sich. Diese Revanche wollte man nicht öfter als einmal erleben. Dann stand er nämlich den ganzen Tag hinter der Gardine und schrieb Protokolle. Ganze Bücher musste er mit dem Zeug schon gefüllt haben, und im Moment stand Gina auf seiner Abschussliste. Doch Gina kannte sich ziemlich gut aus mit diesem Typus Mensch. Ihr verstorbener Gatte Jan gehörte der gleichen Spezies an und auch er war durch sein Verhalten irgendwann zu Fall gekommen. Jan fiel seinerzeit ja kurzerhand die Kellertreppe hinunter, und Herr Lipprecht sollte heute noch eine nähere Bekanntschaft mit dem blanken Asphaltabschnitt vor Ginas Haus machen.

Als Gina fertig geschippt hatte, holte sie ihre Kamera und machte ein Bild von ihrem Haus. Eines, das den freien Gehweg zeigte, aber ebenso die winterliche Pracht und die hübsch geschmückte Eingangspforte.

Schließlich wartete sie, bis alle anderen Nachbarn aus dem Haus und zur Arbeit gegangen waren. Anschließend kippte sie schwungvoll zwei Eimer heißes Wischwasser auf den Gehweg und legte sich auf die Lauer.

Pünktlich um viertel vor neun machte sich Oberstudienrat Lipprecht mit seinem Spitz Waldemar auf den Weg und bog an der eigenen Gartenpforte nach rechts ab, also genau in die entgegengesetzte Richtung. Nun hatte Gina locker eine halbe Stunde lang Zeit und wollte solange die Betten machen. Sie konnte dabei allerdings nur beten, dass in der Zwischenzeit nicht womöglich die arme Postbotin käme und sich das Genick bräche. Als sie sich erneut hinter dem Vorhang in Stellung begab, konnte man von oben den Gehweg bereits wunderschön glitzern sehen. Es herrschte grandioser Bodenfrost und es waren mindestens zehn Grad minus, was ihrem Plan absolut in die Hände spielte.

Von Weitem sah sie ihn schon kommen. Den Notizblock in der Hand und eifrig schreibend, wer im Blumenviertel denn nicht ordentlich Schnee geschoben hatte. Vorsichtig eierte er um einige Schneereste vor Kaisers Haus herum und notierte sich einfach alles. Schließlich kam er zu Ginas Stück und hatte keinen Grund, den Stift zu zücken. Dafür lächelte er böse, fast so, als dächte er sich: Na, der Kleinen habe ich aber ganz schön Angst eingejagt ...

Waldemar tappte auf seinen vier Pfoten über den himmlisch sauber geräumten Straßenabschnitt und freute sich offenbar, dass seine empfindlichen Sohlen kein Salz spürten. Herr Lipprecht betrat ebenfalls mit hoch erhobenem Kopf das Parkett. Der Asphalt, der die Welt bedeutete, dachte sich Gina schadenfroh und genoss es sichtlich, wie der Oberstudienrat a. D. ins Schlingern geriet und dabei wild an Waldemars Leine riss. Das fand der Spitz natürlich wenig lustig und stob mit aller Kraft in die andere Richtung.

Es war ein absoluter Hochgenuss, den fiesen Pensionär im Zeitlupentempo fallen zu sehen. Das ging tatsächlich ganz langsam, damit man auch wirklich alles gut beobachten konnte. Gina griff zu ihrer Kaffeetasse und nahm einen großen Schluck. Großartig war das! Der Spitz hatte sich losgerissen und kläffte nun vor der Lipprecht'schen Wohnungstür. Direkt vor Ginas Küchenfenster lag der Blockwart wie ein Käfer auf dem Rücken und hielt sich schmerzverzerrt die Hüfte und den Oberschenkel.

Gina sah auf die Uhr. So drei, vier Minuten Leid wollte sie ihm schon noch gönnen und erst dann ging sie – sehr langsam und bedächtig – mit ihrem Mülleimer in der Hand nach draußen und tat mächtig überrascht darüber, dass vor ihrer Tür ein Unfall geschehen war. Wo sie doch wirklich alles, aber auch alles so fein säuberlich weggeschippt hatte.

»Rufen Sie den Krankenwagen!«, brüllte der Oberstudienrat a. D.

»Ja, mache ich«, brüllte Gina zurück und ließ sich auch dabei hübsch viel Zeit. Dann kam sie, mit einer Decke bewaffnet, die Stufen zur Straße hinunter und half dem Mann auf, was jedoch äußerst schwierig war, denn der Gute hatte offenbar mehr als ein paar Kilo zu viel.

Er konnte sein Bein nicht bewegen, und so schaffte sie es nicht, ihn ins Haus zu bringen, sondern legte die Decke auf die Stufen und drückte ihn vorsichtig darauf.

»Ich verstehe das gar nicht, ich habe alles geräumt und gestreut habe ich doch auch!«

»Das sehe ich! Trotzdem bin ich ausgerutscht!«

»Dafür kann ich jetzt aber wirklich nichts, das müssen Sie zugeben, Herr Lipprecht. Ich streue mal schnell noch ein wenig Sand über den Gehweg, nicht dass noch mehr geschieht.« Mit diesen Worten hatte sie auch schon den Eimer in der Hand und streute derart großzügig, dass man meinen konnte, es entstünde hier ein neuer Kinderspielplatz.

Kurz darauf kam der Krankenwagen und der Blockwart wurde auf die Bahre geladen. Vor seiner Tür bellte Waldemar sich die Seele aus dem Leib und Gina legte besorgt ihre Hand auf Lipprechts Arm, als dieser auf der Trage in den Transporter geschoben wurde.

»Was wird jetzt mit Waldemar, Herr Lipprecht?«

Der Mann überlegte kurz, ließ sich dann helfen, seinen Haustürschlüssel aus der Jacke zu ziehen, und reichte ihn Gina. »Können Sie auf ihn aufpassen? Mindestens fünfmal am Tag muss er Gassi gehen, er hat eine wirklich empfindliche Blase.«

»Oh, Herr Lipprecht, das geht nicht, ich habe eine schlimme Hundehaarallergie, da kann ich nicht weiterhelfen, aber ich könnte Waldemar von Tom später ins Tierheim bringen lassen, bis sie wieder aus dem Krankenhaus kommen. Wäre das eine Lösung?«

»Ja, bitte, aber Waldemar braucht seine Spielzeugmaus, die liegt neben der Garderobe im Körbchen, die müssen sie ihm mitgeben, Frau Svenson. Aber nicht schnüffeln im Haus, das merke ich das! Nur in den Flur gehen!«

»Aber sicher doch, lieber Herr Lipprecht, das mache ich gerne für Sie und Waldemar, und natürlich gehe ich auch nicht schnüffeln. Falls ich sonst noch etwas tun kann, dann rufen Sie uns einfach an, in Ordnung?«

»In Ordnung, Frau Svenson, besten Dank. Und das da auf der Straße, das war wohl in der Tat meine Schuld, Sie hatten alles perfekt geräumt.«

»Alles Gute, Herr Lipprecht, ich kümmere mich um Waldemar. Soll ich Blumen gießen?«

»Nein! Auf gar keinen Fall! Das brauchen Sie nicht, ich bin ja bestimmt bald wieder zu Hause. Und ja nichts anfassen! Die Zimmer sind für Sie tabu!«

»Selbstverständlich. Tschüss, und gute Besserung!«, winkte Gina noch, als die Türen geschlossen wurden und der Rettungswagen davonbrauste.

Gina betrachtete den Haustürschlüssel, an dessen Anhänger ein Knochen baumelte, und schritt zur Tat. Sie öffnete die Haustür des Oberstudienrats und ein miefiger Geruch wehte ihr entgegen. Es roch nach altem Mann und Hundefutter in einem sehr unausgewogenen Verhältnis. Hier und da schien auch ein Hauch von Waldmars – oder Herrn Lipprechts – schwacher Blase in der Luft zu liegen. Gina sah sich um. Es war einfach schrecklich in diesem Haus. Düster, dunkel und überall meterhohe Zeitungsstapel.

Im Flur fand sie Waldemars Körbchen und auch den Fressnapf, aber keine Maus. Nirgends. Die musste irgendwo anders sein. Als sie mit schlechtem Gewissen die Wohnzimmertür öffnete, um die Spielzeugmaus für den Hund zu suchen, erschrak sie so heftig, dass Sie einen kurzen spitzen Schrei ausstieß. Die Wände waren über und über mit Fotos tapeziert, die sämtliche Nachbarn in allen möglichen und unmöglichen Lebenslagen zeigten. Auch Fotos von ihr, Tom und den Kindern gab es. Sogar Nacktfotos, denn offenbar konnte man von Herrn Lipprechts Haus aus trotz Gardine ins Badezimmer der Svensons schauen. Eines der Bilder zeigte sie selbst, wie sie sich gerade die Beine rasierte. Nackt. Sie war entsetzt. Ihr Bauch war ja derart aus der Form geraten!

Dann zückte sie ihr Handy und wählte die Nummer von Hauptkommissarin Rothenfuß, die für solche Delikte zwar gewiss nicht zuständig war, ihr aber ganz sicherlich weiterhelfen konnte.

»HK Rothenfuß, guten Tag!«

»Hallo, hier ist Gina. Gina Svenson, der Gewürzkuchen, Sie erinnern sich?«

»Ja, Gina, hallo, wie geht es Ihnen? Schön, dass Sie anrufen. Gerade erst gestern habe ich mit ihrer Mutter gesprochen und die war so freundlich, anzubieten, meinen Geburtstag in Herrn Uhlbeins Haus zu feiern. Ist das nicht toll? Sie wollten gewiss fragen, wohin Sie den Kuchen bringen sollen, nicht wahr?«

»Nein, eigentlich nicht. Ich habe da ein ganz anderes Problem.«

»Na, dann schießen Sie mal los, Gina.«

»Also, ich stehe hier in der Wohnung eines Nachbarn. Der ist vor dem Haus ausgerutscht und mit dem Krankenwagen ins Klinikum gebracht worden. Da ich seinen Hund beaufsichtigen soll, hat er mir seinen Wohnungsschlüssel gegeben. Tja, und als ich nach der Spielzeugmaus für diesen blöden Köter suche, komme ich ins Wohnzimmer und entdecke, dass er alle Wände mit Fotos von der gesamten Nachbarschaft vollgepinnt hat. Er hat mich sogar nackt im Badezimmer fotografiert, stellen Sie sich das mal vor! Und Notizen überall. Tagesabläufe aller Familien hier in der Straße. Darf der so was?«

»Nein! Natürlich nicht! Wo sind Sie denn genau?«

»Tulpenweg 12, bei Lipprecht.«

»Das verstößt gegen § 201a StGB und wird mit Freiheitsstrafe von bis zu zwei Jahren geahndet. Hat er auch Kinder fotografiert? Womöglich in Badesachen, oder beim Planschen im Schwimmbecken?«

»Ja, sogar meine eigenen. Wie sie sich auf der Terrasse mit dem Gartenschlauch gegenseitig abspritzen.«

»Tja, dann hätten wir auch noch einen weiteren, schwerwiegenden Straftatbestand – Kinderpornografie! Und Sie sagen, die Bilder hängen an der Wohnzimmerwand?«

»Na, nicht nur an einer, sie sind flächendeckend über alle Wände tapeziert.«

»Bleiben Sie, wo Sie sind. Er hat Ihnen den Schlüssel doch freiwillig gegeben, oder?«

»Ja, sicher, wegen Waldemar, das ist sein Spitz.«

»Gut, wir sind schon unterwegs. Ich schicke die Kollegen, aber ich komme nach. Und nichts anfassen, verstanden?«

»Ja, verstanden. Darf ich mich ein wenig umsehen – ganz ohne Hände?«

»Meinetwegen, aber vorsichtig. Und Finger weg, auch wenn Sie neugierig sind! Wir kommen gleich, okay?«

»Ja, bis gleich.«

34. TATÜTATA

Mit drei Streifenwagen rückte die Polizei an. Es kamen Beamte mit Kisten und Kartons, ein paar trugen derart seltsame Anzüge, als seien Sie unterwegs zum Mond, und einer hatte sogar eine richtige Filmausrüstung dabei.

»Sie sind Frau Svenson?«, fragte ein junger Mann in Uniform.

»Ja, richtig. Ich habe Frau HK Rothenfuß angerufen und das hier gemeldet.«

»Gut, Sie sind die Nachbarin, oder? Sie wohnen links oder rechts von diesem Haus?«

»Links. Gleich da drüben«, deutete Gina.

»Okay, halten Sie sich dort bitte für ein paar Fragen bereit.«

»Und was ist mit Waldemar?«

»Wer ist denn Waldemar?

»Der Hund dieses – wie soll ich sagen – dieses Monsters!«

»Um den kümmern wir uns. Wir bringen ihn ins Tierheim. Haben Sie einen Schlüssel für das Haus hier?«

»Ja, aber ich weiß nicht, ob ich Ihnen den so geben darf?«

»Das müssen Sie sogar. Das hier ist nämlich kein Kavaliersdelikt. Der gute Mann hat echt eine Menge zu erwarten. Wo ist er eigentlich?«

»Im Klinikum. Er hat sich wohl das Bein oder die Hüfte vor meinem Haus gebrochen.«

»Wie das denn, da ist doch alles lupenrein geräumt und Sand gestreut haben Sie auch.«

»Vielleicht aus Versehen, vielleicht aber auch vorsätzlich, Herr Wachtmeister, der Mann ist durch und durch böse, aber schauen Sie sich das Wohnzimmer ruhig selbst erst einmal an, dann wissen Sie, wovon ich spreche.«

»Wir werden alles genau untersuchen. Wenn ich Sie jetzt bitten dürfte, drüben in Ihrem Haus auf uns zu warten.«

»Klar, kein Problem. Und Sie kümmern sich wirklich um Waldemar? Nicht, dass Herr Lipprecht mich noch anzeigt oder so was. Und Waldemar braucht seine Spielzeugmaus. Sorgen Sie dafür, dass er sie bekommt?«

»Versprochen. Wir regeln das alles. Seien Sie ganz beruhigt.«

Als Gina aus dem Haus trat, hatte sich eine kleine Menschentraube auf der Straße versammelt.

»Was ist denn da los?«, wollte Frau Brosig wissen und blickte neugierig auf Gina. »Ist er tot, der alte Tyrann?«

»Nein, er ist vor meinem Haus ausgerutscht und liegt jetzt in der Klinik. Wegen Waldemar hat er mir seinen Schlüssel gegeben und ich habe drinnen entdeckt, dass er uns alle hier ausspioniert und fotografiert hat. Die Wände sind voll mit Notizen und Bildern von uns. Auch weniger vorteilhaften Bildern. Nackt. Auf der Toilette, im Bett.«

»Um Himmels willen, dieses perverse Schwein!«, stieß Frau Müller aus und ließ ihre Einkaufstasche auf den Boden fallen. »Den kauf ich mir!«

»Frau Müller«, sagte Gina beruhigend, »den kauft sich schon die Polizei. Ihm blüht dafür vermutlich sogar das Gefängnis.«

»Ja, aber Frau Svenson, wie können Sie das so locker sehen! Was, wenn diese Bilder an die Öffentlichkeit geraten? Was, wenn wir vor Gericht aussagen müssen und der Richter hat ein Bild von Ihnen in der Akte, wo Sie gerade auf dem Klo sitzen. Das geht doch nicht.«

»Doch, ich glaube schon, dass das geht. So ein Richter hat bestimmt wesentlich Schlimmeres gesehen als mich und – na ja, lassen wir das. Ich glaube, der gute Herr Lipprecht ist jetzt erst mal genug gestraft. Vermutlich ein Knochenbruch, polizeiliche Ermittlungen, und Waldemar kommt ins Tierheim. Da wird er hart dran zu knabbern haben.«

»Ich verstehe nicht, wie Sie das so leicht hinnehmen, Frau Svenson. Das begreife ich einfach nicht!«, stieß Frau Müller wutentbrannt hervor.

»Hm, ich glaube einfach daran, dass jeder irgendwann seine gerechte Strafe bekommt, und wenn das Schicksal mal gar zu großherzig sein sollte, dann muss man halt irgendwie ein bisschen nachhelfen, oder sieht mein Straßenabschnitt etwa so aus, als könnte man darauf ausrutschen?«

Die Nachbarn schüttelten gemeinschaftlich den Kopf und Frau Müller bekam ganz leuchtende Augen. »Jetzt verstehe ich, Frau Svenson, Sie sind eine von der ganz ausgeschlafenen Sorte, was?«

»Dazu sage ich nichts ohne meinen Anwalt«, lächelte Gina herzlich, drehte sich um und lief die paar Schritte zu ihrem Haus, vor dem sie auf der Straße noch ein wenig mit den Füßen hin und her rutschte, um zu zeigen, dass es auch wirklich nicht glatt war.

»Ein Teufelsweib!«, hauchte Frau Brosig und tat es Gina nach. »Tatsächlich, hier ist alles okay, überhaupt nicht glatt, jede Menge Sand! Wie hat sie das nur gemacht?«

35. AUF EIN WORT

Etwa eine halbe Stunde später klingelte es bei Gina an der Haustür. HK Rothenfuß war gekommen.

»Gina, auf ein Wort, ja?«

»Aber klar, Frau Hauptkommissarin, kommen Sie rein. Möchten Sie ein Stück Bratapfelkuchen und Kaffee?«

In HK Rothenfuß' Kopf ratterte es, aber schließlich konnte sie doch nicht widerstehen und schaufelte sich ein großes Stück Kuchen von der Platte auf den Teller.

»Also, Gina. Ich habe langsam ein Problem. Seit ich in Bamberg bin, ist kaum ein Tag vergangen, an dem ich während meiner Arbeit nicht über den einen oder anderen aus Ihrer Familie gestolpert bin. Erst der Tote in der Dusche, dann schlägt Ihre Mutter gestern den Nachbarn mit der Bratpfanne halb tot, und heute rufen Sie mich zu einer derartigen Fundstelle. Kann es sein, liebe Gina, dass Sie sich allesamt einbilden, dem ›Tatort‹ entsprungen zu sein? Ich habe mir vorhin mal ein paar Akten kommen lassen. In den letzten eineinhalb Jahren stoße ich immer wieder auf Sie, Ihre Mutter, Ihre Tante, oder Herrn Uhlbein. Das kann doch wohl unmöglich alles mit rechten Dingen zugehen!«

»Doch, natürlich. Warum denn nicht? Wir sind allesamt mit dem Bestattungsinstitut von Paul verbandelt, da sind Leichen an der Tagesordnung. Da kommt kein Lebender freiwillig und legt sich auf den Tisch.«

»Ja, aber Ihr Mann, Gina.«

»Das war ein Unfall. Mehr nicht. Ist die Kellertreppe runtergefallen.«

»Und dann verschwindet dieser Polizist, mit dem Sie befreundet waren.«

»Ach, ist der nicht mehr aufgetaucht? Da habe ich gar nichts mehr gehört. Dieser Typ hat die Jungs und mich einfach sitzen gelassen. Ich weiß bis heute nicht, warum!«

»Gut und schön, liebe Gina. Ich habe eine ziemlich große Nase und ich bin es gewohnt, die überall reinzustecken, und genau das werde ich ab sofort tun.«

»Aber was hat das denn alles mit dem Herr Lipprecht von nebenan zu tun?«

»Nun, Gina. Wir werden sein Material sichten und dann weitersehen. Ich rate Ihnen aber, mischen Sie und Ihre Familie sich nicht in jedes große oder kleine Verbrechen in dieser Stadt! Das ist jetzt mein Revier und ich mag es nicht, wenn jemand besser ist als ich.«

»Okay. Aber ich weiß immer noch nicht, was Sie mir eigentlich sagen wollen?«

»Ich will Ihnen sagen, dass ich euch im Auge habe, und zwar euch alle.«

»Wissen Sie was, Frau Hauptkommissarin, nehmen Sie doch noch ein Stück Kuchen, ich glaube, Sie sind irgendwie im Unterzucker.«

»Ah, gut, danke. Der ist ja auch ganz lecker. Würden Sie mir den am Sonntag denn auch backen?«

»Wie jetzt? Zwei Kuchen?«

»Na ja, eigentlich drei, denn diese Eierlikörtorte, die geht mir auch gar nicht mehr aus dem Sinn.«

»Schön, aber dann gibt es kein anderes Geschenk mehr. Drei Kuchen, da stehe ich ja ewig in der Küche!«

»Ach, Gina, das ist lieb von Ihnen. Aber wie gesagt«, und dabei deutete sie mit Zeige- und Mittelfinger erst auf ihre und dann auf Ginas Augen, »ich habe euch im Blick!«

»Ist gut, aber ich verspreche Ihnen jetzt schon, Sie werden nichts sehen«, lachte Gina.

»Na, dann passt ja alles. So, jetzt zu dem Spanner von Nachbar, was ist das denn eigentlich für einer?«

Gina begann zu berichten, wie er vom Tag ihres Einzuges an immer wieder versucht hatte, Streit anzufangen, und dass es den anderen Nachbarn ebenso erging. Sie erzählte von dem kläffenden Köter und von Hundehaufen auf dem Gehweg, davon, dass er den Kindern nicht gestattete, fröhlich zu sein, und schließlich davon, was heute Morgen geschehen war.«

»Haben Sie nachgeholfen bei dem Sturz?«

»Nein! Wie kommen Sie nur darauf? Fragen Sie ihn doch selbst!«

»Ich bin mir ziemlich sicher, was so ein Mensch sagen wird, wenn er erfährt, dass Sie ihm die Polizei auf den Hals gehetzt haben.«

Gina wurde blass. »Stimmt, das kann gut sein. Vielleicht sollte man ihn zuerst wegen des Sturzes befragen und dann erst wegen der Bilder.«

»Sie denken wie eine Polizistin – oder wie eine Kriminelle!«

»Jetzt ist aber gut, Frau Rothenfuß, ich habe vorhin ohnehin gemerkt, dass Sie nur ein wenig auf den Busch klopfen wollten. Ehrlich, bei uns ist alles in Butter, wir sind ganz brave Witwen, meine Mutter, meine Tante und ich. Das einzig Auffällige ist, dass wir häufiger mal mit der Polizei zu tun haben. Aber immer nur als Zeugen!«

»Sie haben mich durchschaut, Gina. Wollen wir hoffen, dass das auch so bleibt.«

»Ganz bestimmt, wir sind nämlich die von der guten Sorte. Noch ein Schlückchen Kaffee vielleicht?«

»Och, da sage ich nicht nein!«

»Und vielleicht einen kleinen Likör? Als Vorgeschmack auf die Eierlikörtorte?«

»Das wäre ja ganz wunderbar!«

»Tja, dann Prost, Frau Hauptkommissarin!«

»Stößchen!«

36. BLUT- UND LEBERWÖRSCHT

Am Dienstag traf der Bescheid vom Gesundheitsamt per Post im »Carlsturm« ein. Eine Gefahr für die Gesundheit sei nicht festzustellen gewesen.

Georg atmete erleichtert auf, als Gottlieb den Brief vorlas. »Na, Gott sei Dank, stell dir mal vor, Gottlieb, die hätten uns jetzt wegen Salmonellen im Eis drangekriegt. Das wäre ja nicht auszudenken gewesen.«

»Na, do hast fei recht, mei Gutster. Des wär nix g'wen. Ich wüsst gar net, was ich dann hätt machn solln.«

»Tja, nix. Salmonellen sind Salmonellen, da ist der Laden dicht. Aber wie gesagt, ist ja alles noch mal gut gegangen. Meinst du, Gottlieb, die Kommissarin hat uns angeschwärzt? Die war ja krank am Tag nach dem Eis.«

»Kann scho sein. Aber du sollt'st se dir fei doch a weng warm haltn, ma weiß ja nie!«

»Stimmt, Gottlieb. Ich ruf sie mal an. Dann kann ich sie ja ganz direkt danach fragen. Die ist ja auch immer so geradeaus, das wird sie schon verkraften – gib mir mal das Telefon.«

»HK Rothenfuß?«

»Bernadette, hier ist der Georg, grüß dich!«

»Ah, der Georg. Was ist denn?«

»Ich wollte dir nur sagen, dass wir keine Salmonellen haben. Das warst doch du, die uns da beim Gesundheitsamt angezeigt hat, oder?«

»Ach, Georg, ich habe euch doch nicht angezeigt. Ich musste beim Betriebsarzt eine Stuhlprobe abgeben, weil ich Durchfall hatte, und die wollten sofort wissen, was und wo ich gegessen habe. Na ja, und so musste ich ja wohl die Wahrheit sagen.«

»Hast du dich deshalb nicht mehr gemeldet, Bernadette? Hat dich das schlechte Gewissen gedrückt?«

»Ja, Georg, wenn du mich so fragst, dann ist das tatsächlich so gewesen. Ich kam mir ganz schlimm vor. Und dabei mag ich dich doch so gerne und es war am Ende einfach nur so ein blöder Virus, den hatten wohl ganz viele Leute.«

»Na, jetzt haben wir darüber geredet und alles ist wieder gut, Bernadette, alles in bester Ordnung. Wollen wir zwei uns nicht bald einmal wiedersehen?«

»Gerne, ich wollte euch ohnehin einladen. Ich habe am Sonntag Geburtstag und feiere bei Paul Uhlbein in der Villa.

Um drei zum Kaffee? Der Gottlieb und die Olga dürfen natürlich auch kommen.«

»Super, ich freu mich auf dich, Bernadette! Aber was sagt denn die Frau Meier dazu?«

»Die meinte, das ginge in Ordnung. Ich habe das als Einladung aufgefasst.«

»Aha. Und vor Sonntag hast du keine Zeit mehr für mich?«

»Mal sehen, Georg, ich stecke bis über beide Ohren in Ermittlungen fest. Ich melde mich bei dir, wenn ich Luft habe, okay?«

»Na schön, Bernadette, bis spätestens Sonntag.«

»Bis Sonntag, lieber Georg, ich freue mich wirklich ganz besonders auf dich!«

Gottlieb Carl blickte Georg fragend an.

»Und, wos ist jetzatla mit dera Kommissarin?«

»Sie hat uns eingeladen. Sonntagnachmittag zum Geburtstag. Sie feiert in Pauls Villa.«

»Wos?! Na, was sacht denn unner Madla da dazu?«

»Die hat sie sogar dazu eingeladen. Meinst du, Gottlieb, da liegt was im Argen? Glaubst du, die Meierin baut irgendwie vor, damit die Bernadette nichts von dem Igor spannt?«

Georg kratzte sich nachdenklich am Kinn und Gottlieb tat es ihm nach.

»Des is fei a ganz schö's Risiko, was mir da eigehn. Net, dass des schiefgehn dud.«

»Kopf hoch, Gottlieb, wir werden das Kind schon schaukeln! Aber mal eine ganz andere Frage, was wollen wir der Rothenfuß denn als Geschenk mitbringen? Ich meine, wir kennen sie doch eigentlich noch gar nicht so wirklich.«

»Na, du hast doch gsacht, die däd gern a weng Schlachtschüss ess, dann dun mer'ra vielleicht a paar Blut- und

Leberwörscht nei a bissla Babier backn und dun a weng a Schleifla drum. Dann hätt' mer's doch a scho.«

»Spitzenidee. Blut- und Leberwürste zum Geburtstag, da würd ich mich auch drüber freuen. Da liegen wir bestimmt richtig damit. Und dann könnten wir ihr noch drei, vier so Sauerkrautwürste mitbringen. Weißt schon, Gottlieb, wo das Sauerkraut in der Folie ausschaut wie eine Wurst.

»Klor! Des mach 'mer. Ölla, die wo ich kenn, mögn Blut- und Leberwörscht, da kannst fei echt nix falsch machn damit.«

»Und sollten wir ihr dann noch einen Schnaps mit dazu schenken? Vielleicht einen Willy oder Schlehe?«

»Des is a gude Idee, so mach 'mer des. A weng a Schlehe däd gut zu 'rer pass. Ich schau gleich ma nein Kella.«

37. DIE INNUNG TANZT

»Sag mal, Schnuppel«, fragte der durch und durch in sich ruhende Paul beim morgendlichen Frühstück, »magst du heute nicht vielleicht mitkommen nach Bayreuth, zur Weihnachtsfeier der Bestatter-Innung? Tut mir leid, dass ich dich nicht schon viel früher gefragt habe, aber ich hatte da gar nicht dran gedacht, dass auch die Damen dazu geladen sind. Dass wir zu zweit kommen, geht bestimmt noch, soll ich mal anrufen?«

»Ach, Paul, das wäre schön! Da gibt es doch ein tolles Essen und getanzt wird im Anschluss auch immer noch, oder?«

»Ja, das stimmt, aber vorher gibt es endlose langweilige Reden, Schnuppel.«

»Hm, egal, Paul, ich komme gerne mit, das ist mal eine schöne Abwechslung. Ich muss mal raus hier und wir beide haben seit dem Urlaub auf dem Schiff nicht mehr getanzt.«

»Gut, dann rufe ich da jetzt mal an und frage, ob das überhaupt noch ginge.«

Wenige Minuten später kam Paul freudestrahlend aus seinem Arbeitszimmer zurück und verkündete, dass alles kein Problem gewesen sei und man sich bei den Kollegen schon sehr auf seine nette Begleitung freue.

»Oh, Paul, das wird gut. Was soll ich denn da zum Anziehen einpacken? Vielleicht das dunkelblaue Seidenkleid mit der Brosche? Oder brauche ich ein langes Abendkleid?«

»Ja, das Blaue wäre gut. Lang muss es nicht sein. Sag mir nur einfach, was du tragen wirst, damit ich die passende Krawatte mitnehmen kann. Soll doch jeder sehen, dass du zu mir gehörst, mein Schnuppelchen!«

»Paul?«

»Was ist denn?«

»Kannst du nicht mit diesem Schnuppel-Zeugs aufhören?«

»Ist gut, Schnuppel, mache ich.«

Während Frau Meier oben in ihrem Zimmer bereits damit begann, für die eine Übernachtung ihren großen Koffer zu packen, klingelte unten im Arbeitszimmer das Telefon. Kurz darauf hörte sie Paul mit jemandem sprechen und lachen.

»Wer war das denn, Paul?«, rief sie die Treppe hinunter.

»Deine Schwester, sie hat gefragt, ob es in Ordnung ginge, dass sie eine Nacht in deiner Wohnung schläft.«
»Und? Was hast du ihr gesagt?«
»Dass es okay wäre.«
»Paul, hast du sie gefragt, ob sie dort alleine schlafen will oder ob sie Besuch mitbringt?«
»Nein, wen sollte sie denn mitbringen?«
»Bei Marie weiß man nie!«, brummte Frau Meier und war sich ziemlich sicher, dass Marie schon wieder eine neue Internetbekanntschaft aufgetan hatte. Bei dem Gedanken daran, was da wohl in ihrer Wohnung passieren würde, geriet sie völlig in Panik und malte sich so ziemlich das Allerschlimmste in den allerfiesesten Farbtönen aus. Es war gruselig! Alleine die Vorstellung! Aber Frau Meier wollte erwachsen sein. Wie Marie es gesagt hatte. Und außerdem wollte sie sich die Vorfreude auf den Bestatter-Weihnachtsball nicht vermiesen lassen. Nein, sie wollte positiv denken, sich auf das Schöne konzentrieren und den Herrgott einen guten Mann sein lassen. Wenigstens für den heutigen Abend.

Als sie in Bayreuth im Hotel ankamen, erlebte Frau Meier eine Überraschung, denn Paul hatte lediglich ein Doppelzimmer bestellt, was bedeutete, sie würde eine ganze Nacht neben ihm liegen müssen, was in der Tat noch nie zuvor der Fall gewesen war. Man konnte beim besten Willen nicht behaupten, dass ihr dieser Gedanke sonderlich gefiel, aber sie wollte an der Rezeption dieses Luxusschuppens nun auch nicht auf die Barrikaden gehen. Damit hätte sie Paul und seinem Ruf geschadet und so viel Geschäftsfrau war sie schon auch, dass sie wusste, dass man Derartiges auf gar keinen Fall in aller Öffentlichkeit bringen konnte.
Als Paul die Anmeldung unterschrieb, kam auch schon

der erste Innungsgenosse auf ihn zu und haute ihm von hinten dermaßen kräftig auf die Schulter, dass Paul mit der Nase auf den Anmeldebogen tatzte.

»Na, alter Junge, wie geht's, wie steht's?«, stieß der kräftige Mann mit dem Silberblick und dem gewaltigen Wohlstandsbauch hervor. »Was haben wir uns lange nicht gesehen, Paulchen, alter Totengräber!«

»Ui, Ludwig, nett, dich hier zu sehen. Wusste gar nicht, dass du auch da bist. Wo hast du deine Sybille denn gelassen?«

»Sybille? Frag lieber nicht. Die alte Schlampe ist mit dem Friedhofsgärtner durchgebrannt. Die lebt jetzt auf Teneriffa.«

»Das tut mir aber leid, Ludwig. Darf ich dir meine Bekannte vorstellen? Schnuppel, das ist Ludwig Gröbelmeister; Ludwig, das ist Frau Meier.«

»Hat Frau Meier keinen Vornamen? Wir sind hier doch alle per du!«

»Nein«, entgegnete Frau Meier, »die Frau Meier würde gerne die Frau Meier bleiben. Nicht einmal Paul nennt mich bei meinem Vornamen.«

»Na gut, dann nenn ich Sie halt auch einfach Schnuppel! Schnuppel Meier, es ist mir sehr angenehm, Sie kennenzulernen. Küss die Hand. Wir sehen uns noch, heben Sie mir ein Tänzchen für heute Abend auf, Sie Schnuppel, Sie!«, zwinkerte Ludwig Gröbelmeister und tätschelte ihr dabei noch flott den Po.

Wer Frau Meier kennt, der weiß, dass dies in ihren Augen ein absolutes No-go ist, und somit dauerte es auch nur den Bruchteil einer Sekunde, bis Ludwig Gröbelmeister fünf deutlich sichtbare rote Finger auf seiner linken Backe sein eigen nennen durfte. Und wie wunderbar es dabei geklatscht hatte. Mit Echo sogar!

»Paul, bist du fertig, können wir dann auf unser Zimmer?«

»Aber sicher doch, Schnuppel«, entgegnete der überraschte Paul und verschwand mit Frau Meier am Arm in Richtung Fahrstuhl. Dem fassungslosen Ludwig Gröbelmeister blieb nicht mehr, als ihnen beiden sprachlos hinterherzusehen.

»Ein grandioser Auftritt, gnädige Frau«, raunte ihr eine ältere Dame mit einem winzigen Stich Lila auf dem dauergewellten Kopf zu, als sie mit dem Rücken zur Halle auf den Lift warteten. »Stellen Sie sich vor, der hat sogar bei mir schon am Knie herumgegrabscht. Das ist ein fürchterlicher Mensch, aber Sie, Sie haben es ihm gleich so richtig gezeigt. Chapeau, meine Liebe, Chapeau!«

Frau Meier lächelte milde und wuchs dabei um gefühlte fünf Zentimeter.

Im Zimmer fragte Paul, was denn eigentlich los gewesen wäre, und war entsetzt darüber, dass er nicht einmal mitbekommen hatte, wie sich Ludwig an Frau Meiers Po zu schaffen gemacht hatte. »Liebes, ich habe das nicht gesehen, ich hätte mich doch sofort auf ihn geworfen!«

»Ach, Paul, mach nicht so einen Wind deswegen. Ich glaube, von einer Frau in der Öffentlichkeit eine Ohrfeige zu bekommen, hatte mehr Effekt, als wenn du dich auf diesen Ochsen von einem Kerl geworfen hättest. Nicht, dass ich an dir zweifeln würde, aber Paul, der wiegt locker 120 Kilo, den hättest du im Leben nicht bezwungen.«

»Aber du, mein Schnuppel! Ich bin stolz auf dich. Wirklich!«

»Ich auch auf dich, Paul. Weißt du, dass das jetzt unsere erste gemeinsame Nacht wird?«

»Aber sicher.«

»Du weißt aber auch, dass noch nicht Weihnachten ist, oder?«

»Wieso Weihnachten?«

»Na, Paul wir hatten doch gesagt, wenn du mich zu Weihnachten überraschst, dann würde auch ich dich freudig überraschen.«

»Aber von Weihnachten war nie die Rede, Liebste, nur von einer Überraschung!«

»Doch Paul, es ging um eine Weihnachtsüberraschung.«

»Und was machen wir jetzt, Schnuppel?«

»Ganz einfach, Paul, ich schlafe im Bett und du dort drüben auf dem Sofa. Erst will ich meine Überraschung. Außerdem weißt du doch – Vorfreude ist einfach die schönste Freude!«

Die Weihnachtsfeier, die im großen Saal des Hotels stattfand, gefiel Frau Meier sehr. Es waren an die 300 Gäste. Alles Bestatter und ihre Gattinnen. Zwar waren die Reden mehr als unprofessionell und auch das Essen schmeckte ein wenig fad, aber die Band spielte einen Gassenhauer ihrer Jugend nach dem anderen und so musste Paul ran an die Frau und tanzen, bis ihm die Sohlen qualmten und er sich hinsetzen musste, weil ihm der Ballsaal vor den Augen zu schlingern schien.

Frau Meier erntete viele lieb gemeinte Komplimente zu ihrer Heldentat vom Nachmittag und war überhaupt der Star des Abends, besonders als sie mit dem Oberinnungsmeister einen Tango der Extraklasse aufs Parkett legte, dessen Ausdruck und Grazie jedes andere Paar von der Tanzfläche verdrängte. Paul traute seinen Augen nicht, wie biegsam Frau Meier war und wie rassig und zackig sie ihren Tanzpartner erst lockte und ihm dann die kalte Schulter zeigte. Was für eine Frau sie doch war, sein Schnuppelchen, ja, was für eine Frau!

Ach, es hätte alles in allem ein so wunderschönes Fest werden können! Etwas, woran man noch sehr lange gerne zurückgedacht hätte. Wäre da nicht um Mitternacht – unter tosendem Beifall – diese gigantische Torte mit Hunderten von Wunderkerzen in den Saal geschoben worden, und wäre dieser verdammten Torte nicht ausgerechnet Marie – in ihrem äußerst gewagten Dessous-Bestseller »Sterbender Schwan« entsprungen!

38. ÜBERRASCHUNG!

Aber nicht genug! Gesetzt den Fall, die Torte wäre bereits alles gewesen, dann hätte Frau Meier unter Umständen dem Ganzen doch noch einen winzigen Hauch von Humor abgewinnen können, aber nein! Marie schoss den Vogel auch noch damit ab, dass sie sich ausgerechnet von Ludwig Gröbelmeister aus dem Torteninneren heben – nun, sagen wir besser »wuchten« – ließ und mit ihm gemeinsam »Erwin, der dicke Schneemann« anstimmte.

Frau Meier sah Paul prüfend an, der neben ihr stand, schunkelte, mitklatschte und sich dabei freute wie ein kleines Kind. »Tolle Überraschung, nicht wahr, Schnuppel! Damit hättest du im Traum nicht gerechnet, oder? Glaubst du, nach dieser Überraschung habe ich mir meinen Platz an deiner Seite heute Nacht verdient?«

»Oh Gott, Paul, das ist doch wohl nicht etwa auf deinem Mist gewachsen? Kennst du das Wort ›fremdschämen‹? Genau das ist es, was ich gerade tue. Ich schäme mich für Marie! Wie konntest du nur! Wieso hast du ihr das nicht ausgeredet?«

»Wieso ausgeredet? Das war doch meine Idee!«

»Nicht wahr, oder?«

»Doch Schnuppel! Ja, freust du dich denn gar nicht? Das ist doch superlustig und die Marie, die kann einen ganzen Saal zum Toben bringen. Schau doch mal, was die Leute alle für einen Spaß haben! Das ist viel besser als der komische Pinguin mit seinen Gedichten, den sie letztes Jahr aufgefahren haben. Der war überhaupt nicht lustig.«

»Paul! Ich kann das wirklich nicht glauben! Wie peinlich!«

»Nö, das ist überhaupt nicht peinlich. Das ist grandios, guck doch mal. Die singen alle mit und da hinten bildet sich eine Polonaise! Komm, lass uns mitmachen, Schnuppel, ich will ein bisschen Spaß haben, bevor es heute Nacht ernst wird!«

»Träum weiter, Paul! Ich gehe jetzt vor an die Rezeption und buche mir ein Einzelzimmer. Du hast doch einen Vogel! Jawohl, und was für einen!«

Mit diesen Worten stiefelte Frau Meier aus dem Ballsaal schnurstracks auf die Rezeption zu, wo sie bedauerlicherweise erfahren musste, dass es kein einziges Zimmer mehr gab und das Haus komplett ausgebucht war.

Sie hatte keine andere Wahl. Irgendwo musste sie ja schließlich übernachten und so fragte sie den Empfangschef nach der Zimmernummer ihrer Schwester Marie Scharrenberger.

»Tut mir leid, eine Frau Scharrenberger ist hier nicht gemeldet. Vielleicht hat das Zimmer jemand anders für sie gebucht?«

»Schauen Sie mal unter Uhlbein. Gibt es da zwei Zimmer?«

»Sekunde, die Dame. Uhlbein, Uhlbein, nein, da ist nur eines.«

»Hm«, Frau Meier dämmerte es so langsam. »Sagen Sie, guter Mann, Gröbelmeister – ist da ein Doppel- oder ein Einzelzimmer gebucht?«

»Augenblick. Gröbelmeister, hier haben wir es. Ein Doppel. Herr Gröbelmeister ist in Begleitung angereist!«

Jetzt war alles klar! Gröbelmeister und Marie – das war ja unerhört. Ohne sich zu bedanken, machte sie auf dem Absatz kehrt und steuerte die Hotelbar und den charmanten Barkeeper an.

»Was darf's denn sein, die Dame?«

»Einen doppelten Fernet Branca, bitte.«

»Ui, haben Sie das Essen nicht vertragen?«

»Fast – mir liegt diese scheiß Torte schwer im Magen.«

»Oh, na dann wohl bekomm's.«

»Danke. Schreiben Sie das bitte auf Zimmer 214, Uhlbein.«

»Wird erledigt. Möchten Sie noch einen, gnädige Frau?«

»Nein, danke, ich habe heute Nacht noch etwas vor, da brauche ich einen klaren Kopf dazu.«

Als Frau Meier in den Saal zurückkam, brannten lediglich die Kerzen auf den runden Tischen. Das Hauptlicht war ausgeschalten. Marie hatte sich offenbar in der Zwischenzeit in einen seidenen Kimono geworfen und saß mit übergeschlagenen Beinen auf einem Barhocker inmitten der Tanzfläche. Um sie herum hatten sich die Ballgäste im Kreis versammelt und ihre Feuerzeuge und Handytaschenlampen in die Höhe gereckt. Für einen Moment herrschte gespenstische Stille und dann schmetterte Marie, beinahe so sexy wie einst Marlene Dietrich: »Ich bin von Kopf bis

Fuß auf Liebe eingestellt, ja, das ist meine Welt – und sonst gar nichts«.

Frau Meier blickte sich um. Die Gäste hingen an Maries Lippen. Vor allem die vorwiegend schon etwas betagteren Bestatter und der Oberinnungsmeister schienen vor lauter Rührung auch glatt noch ein Tränchen zu verdrücken. Vielleicht war das aber auch nur eine optische Täuschung. Selbst Paul stand in der ersten Reihe und hatte die Hände vor dem Brustkorb – wie zum katholischen Gebet – aneinander gedrückt und schmachtete schier dahin.

Der Beifall war tosend. Das Geschrei ohrenbetäubend. Ein Bestatter aus Hof zerrupfte eines der Tischgestecke, riss sämtliche Rosen heraus und warf sie Marie zu.

Es war ja nicht so, dass ihre Schwester nicht hätte singen können, nein, nein, Marie hatte eine wirklich hübsche Stimmlage, und so kräftig. Fast wie bei Xaver – das lag wohl in der Familie – aber dieses Outfit! Sich mit 60 derart zu produzieren! Ohne jedes Gefühl von Scham und Etikette.

Als die Menge wie ein Mob nach einer Zugabe brüllte und schier nicht mehr zu bremsen war, breitete Marie ihre Hände aus, um für Ruhe zu sorgen. Dann nahm sie das Mikrofon in die Hand und räusperte sich.

»Also, meine Lieben. Sie werden sich sicher gewundert haben, warum ich hier so einen Auftritt hinlege. Nun, das hat seine Gründe. Zum einen habe ich die nette Bekanntschaft von Herrn Gröbelmeister gemacht – Ludwig, du Schwerenöter – zum anderen ist meine Schwester seit über einem Jahr nun mit Herrn Paul Uhlbein liiert, was für den guten Paul bestimmt nicht immer einfach ist. Gut, ich will zum Punkt kommen. Das nun folgende Lied ist ausschließlich für meine Schwester bestimmt. Von Paul, für dich, von mir – weil Paul nicht singen kann – ich habe den Text ein wenig abgewandelt – Musik bitte!

Für dich soll's rote Rosen regnen, dir der Paul fortan ständig begegnen, dich fern von allem Schlechten halten und mit di-ir das Leben gestalten ...«

Mit diesen gesungenen Worten trat Paul Uhlbein in die Mitte des Kreises. Eine eifrige Hotelangestellte reichte ihm einen gewaltigen Strauß roter Rosen und er ergriff das Mikro. »Schnuppel, wo bist du denn? Ach da, Schnuppel, seit mehr als einem Jahr bist du nun die Sonne meines Lebens. Wir haben schon einiges miteinander durchgestanden, und deine Familie«, dabei zeigte er auf Marie, »deine Familie ist nun auch meine Familie! Was ich eigentlich sagen will ist: Schnuppel, Liebes, willst du meine Frau werden?«

Alle Augen richteten sich auf Frau Meier, die wie ein begossener Pudel am Rande der Menge stand und schrecklich rot wurde. Am liebsten wäre sie davongerannt, aber das wollte sie Paul vor all seinen Kollegen beim besten Willen nicht antun. Also ging sie zu ihm, küsste ihn sanft auf die Wange und hauchte dann ein zaghaftes »Vielleicht« in das Mikro.

Der Saal tobte, die Band stimmte »Hoch soll'n Sie leben« an und alles gröhlte mit, bis Marie den Finger in Richtung Kapelle hob und diese auf ihr Kommando hin »Marmor, Stein und Eisen bricht«, spielte. Jetzt gab es kein Halten mehr, denn die Totengräber gerieten völlig außer Rand und Band und rockten dazu, als gäbe es kein Morgen mehr.

39. WITWENBLUT

»Na, mein Schnuppelchen, das war vielleicht ein Abend, was? Habe ich dich nun ausreichend überrascht?«, fragte Paul, als beide wieder auf ihrem Zimmer waren und sich Frau Meier zuvor mit einigen schnellen Gläsern Sekt die Situation noch rasch schön getrunken hatte.

»Paul, so war das mit der Überraschung echt nicht gemeint, du weißt doch genau, wie ich zum Thema Ehe stehe. Ich verliere meine Witwenrente, sobald ich mit dir verheiratet bin. Und wie soll das mit dem Grab gehen? Ich wollte immer neben Hans in unserem Familiengrab liegen. Wie soll ich das denn jetzt machen? Ich kann mich doch nicht einfach zwischen euch legen?«

»Warum denn nicht? Dein Schwager liegt doch eh schon drin und deine Schwester soll doch auch da rein. Wäre doch lustig, oder?«

»Paul! Ich habe meinen Mann geliebt! War 35 Jahre an seiner Seite. Tag und Nacht! Wir zwei hatten noch nicht einmal eine einzige Nacht!«

»Ach, Schnuppel, das wird sich heute ja ändern, nicht wahr?«

Frau Meier fühlte sich bedrängt. »Paul, ich weiß nicht. In meinen Adern fließt Witwenblut. Ich habe dich lieb, ich schätze dich, aber ich käme mir vor wie eine Verräterin. Irgendwie kann ich das unmöglich bringen. Was würden denn die Leute sagen!«

»Ach, die Leute würden sich vermutlich freuen, warum denn auch nicht? Und Gina, die adoptiere ich dann noch gleich. Das ist nämlich besser wegen der Erbschaftsteuer, wenn sie den Laden mal erbt.«

»Oh Gott, Paul! Du hast das ja alles schon geplant! Und heimlich mit Marie ausklabüstert. Wie kam das überhaupt zustande?«

»Marie hat mich diese Woche angerufen und nach Ludwig Gröbelmeister gefragt. Sie hatte ihn über das Internet kennengelernt und irgendwie sind wir dann auf diesen Ball zu sprechen gekommen und dass es lustig wäre, wenn sie mitkäme. Tja, und nachdem du dich über das Trimm-Dich-Rad nicht freuen wolltest und nur lauthals nach einer Überraschung verlangt hast, sind wir auf diese Idee gekommen.«

»Weiß Gina darüber Bescheid?«

»Nein.«

»Und Marie? Wohnt die in dem Zimmer von diesem Lustmolch Gröbelmeister?«

»Das hat sie selbst so haben wollen.«

»Oh nein, das ist ja widerlich.«

»Ach, lass sie doch. Sie ist alt genug. Du musst dich nicht für deine kleine Schwester verantwortlich fühlen. So, ich gehe jetzt ins Bad. Oder willst du zuerst, Schnuppelchen?«

»Geh du ruhig, Paul. Ich brauche noch ein paar Minuten.«

»Gut so, mein Herzchen. Bis gleich.«

Als Paul im gestreiften Pyjama und in eine After-Shave-Wolke eingehüllt wieder ins Zimmer kam, saß Frau Meier noch immer stocksteif da und stierte auf die gemusterte Auslegware.

»Schnuppel, komm, musst doch keine Angst haben. Bin doch nur ich. Wir müssen ja auch gar nicht – na, du weißt schon – einfach nur ein wenig aneinanderkuscheln. Wäre das ein Vorschlag?«

»Ja, Paul, ich bin halt irgendwie – aus der Übung. Mit dem Thema war ich schon total durch. Ich weiß überhaupt nicht, wie ich mich da verhalten soll.«

»Ach, das kommt von ganz alleine. Jetzt geh ins Bad, mein Herz, ich werde einfach nur brav neben dir liegen. Hauptsache, wir sind zusammen.«

»Gut, Paul. Dann gehe ich jetzt mal.«

Frau Meier brauchte derart lange, dass Paul glaubte, draußen würde es schon Tag, bis sie endlich wieder auftauchte, die Bettdecke schüchtern hob und sich neben ihn legte. Wobei, so direkt neben ihm lag sie gar nicht. Eher auf der alleräußersten Kante, sodass sie drohte, bei der kleinsten Bewegung der Matratze auf den Boden zu plumpsen.

»Komm her, mein Schatz, ich halte dich im Arm und alles ist gut.«

Zaghaft rutschte sie ein wenig näher und Paul schloss sie in seine Arme. Das fühlte sich irgendwie gut an, sosehr sie zuerst auch zögerte. Schließlich rückte sie noch ein wenig näher und am Ende lag sie so dicht an ihm, dass kein Blatt Papier mehr zwischen sie gepasst hätte, und genoss es, wie er ihren Arm streichelte und ihr leicht die Wangen küsste. Sein Bart kribbelte gar so schön.

Genau in dem Moment, als sie sich zu ihm umdrehen wollte, um ihn vielleicht auch ein wenig zu umarmen, klopfte es zaghaft an ihre Zimmertür. Frau Meier schrak hoch.

»Pscht, nicht!«, hauchte Paul, »wir hören nichts, wir schlafen schon! Ganz ruhig. Kuschel dich bei mir ein.«

Doch es blieb keine Zeit, sich wieder zu entspannen. Das Klopfen schwoll nun zu einem wilden Gehämmer an und jemand rüttelte energisch am Türknauf.

»Schwester, Paul, macht auf, lasst mich rein, bitte, schnell!«

Paul war sofort aus dem Bett gesprungen und öffnete die Tür einen Spalt breit.

»Marie, wir sind schon zu Bett!«

Doch das war Marie, die nun in einem kurzen Nachthemdchen, barfuß und mit all ihrem Gepäck, auf dem Gang stand, reichlich egal. Sie stieß die Tür mit einem Ruck auf, preschte hindurch und knallte sie sofort vehement von innen wieder zu. Schließlich lehnte sie sich mit dem Rücken dagegen und ballte wutentbrannt die Fäuste.

»Der ist ja total irre, der Typ! Kann ich heute Nacht bei euch bleiben? Dieser Ludwig, der ist ja vollkommen gestört! Mein Gott, also so was habe ich auch noch nie erlebt!«

Frau Meier setzte sich im Bett auf und zog die Decke bis unter das Kinn.

»Rede schon, was ist passiert, Marie!«

»Wir hatten ein Zweibettzimmer gebucht, was anderes gab es nicht mehr. Mit getrennten Betten. Ich gehe ja schließlich nicht mit jedem gleich in die Kiste! Jedenfalls – ich bin gerade eingeschlafen – da kommt dieser Typ und legt sich doch glatt neben mich in mein Bett und grabscht an meinem Bauch herum! Ja, sag mal, wo sind wir denn hier?«

»Und jetzt?«, wollte Paul Uhlbein wissen.

»Ja, jetzt bleibe ich hier bei euch! Mich bringen keine zehn Pferde mehr in die Nähe dieses Lüstlings. Und ich dachte, der wäre einfach nur nett und zuvorkommend. Da habe ich mich wohl getäuscht, was?«

»Tja«, sagte Frau Meier. »Dort drüben ist das Sofa, Marie.«

»Nee, da kann ich nicht schlafen! Das geht mit meinem Rücken beim besten Willen nicht. Da komme ich morgen ja überhaupt nicht mehr hoch! Rutsch mal ein Stückl.«

»Ach nein, oder?«

»Ja, Schwester. Das wird schon mal eine Nacht gehen. Stell dich nicht so an! Du darfst auch neben Paul liegen!«

Sprach's, krabbelte unter die Decke und ward auch schon eingeschlafen.

»Das war wohl ein Satz mit X, nicht wahr?«, meinte Paul traurig, holte sich eine Ersatzdecke aus dem Zimmerschrank und quetschte sich frustriert auf das winzige Sofa, denn eine ganze Nacht mit zwei Frauen im Bett, das war ihm – trotz seiner Glückspillen – doch tatsächlich ein bisschen zu viel des Guten.

40. VERLIEBT, VERLOBT ...

Die Rückfahrt nach Bamberg verlief ruhig und schweigsam. Marie saß auf der Rückbank und checkte ihre Mails auf einem funkelnagelneuen Tablet. Es war unfassbar, dass sie bis vor Kurzem noch nicht die leiseste Ahnung davon hatte, was man mit diesem Internet so alles anstellen konnte. Und welch unglaubliche Möglichkeiten es bot!

Paul und Frau Meier waren müde. Sehr müde, denn Maries Schnarchen hatte etwas äußerst Befremdliches gehabt und diente nicht unbedingt dazu, dass sich erholsamer Schlaf einstellte. Paul wäre innerlich beinahe die Wände hochgegangen und Frau Meier war einfach nur genervt.

Als sie Marie zu Hause bei sich vor dem Haus absetzten, sprang diese fröhlich aus dem Wagen und winkte nach oben, wo bereits Sarah, mit dem kleinen Xaver auf dem Arm, am

Fenster stand. Sarah konnte die Ankunft ihrer Mutter kaum erwarten, denn Xaver brauchte dringend neuen Klassik-Nachschub, und deshalb musste sie unbedingt in die Stadt fahren, um neue CDs zu kaufen.

Zurück im Bestattungsinstitut »Ruhe Sanft«, warteten die Angestellten bereits mit Hochspannung auf die Ankunft von Paul Uhlbein und Frau Meier. Die frohe Kunde, was sich am gestrigen Abend ereignet hatte, war bereits durchgesickert, und so hatten die Angestellten in aller Eile ein wenig Geld gesammelt und dem glücklichen Paar einen Gutschein für ein Essen bei deren Lieblingsitaliener, dem »Rigatoni«, besorgt.

Frau Meier war ein wenig beschämt, aber Paul freute sich sichtlich und gab sofort eine Runde Sekt für alle aus. Erneut ließ man das Paar hochleben und Frau Meier bekam mit jeder Sekunde mehr Beklemmungen in der Herzgegend.

»Ich freue mich sehr über all Ihre guten Wünsche«, setzte sie deshalb an, »aber – wie Sie alle wissen – bin ich noch nicht allzu lange Zeit Witwe. Ich brauche noch ein wenig, um über meinen ersten Mann hinwegzukommen, aber wenn es so weit ist, dann lassen wir es Sie wissen. Es werden also nicht sofort die Hochzeitsglocken läuten, aber ich bin durchaus bereit, mich als verlobt zu betrachten!«

Paul strahlte. Das war doch endlich mal eine Aussage. Er war verlobt! Mit Schnuppel! »Meine Verlobte«, das klang wahrlich schon ganz anders, als »meine Bekannte«. Ja, doch, das war nun endlich eine Basis, auf der man etwas aufbauen konnte, und ein klares »Nein« war es schon dreimal nicht! Immerhin!

Nach diesem netten kleinen Empfang im Bestattungsinstitut hatte Frau Meier das dringende Bedürfnis, ihre Tochter anzurufen, was sie auch direkt tat, noch bevor sie ihren Koffer auspackte.

»Svenson?«

»Hallo, hier ist deine Mutter!«

»Mama, hallo, na wie geht's?«

»Ich muss dir was erzählen. Hast du Zeit?«

»Nicht wirklich, die haben gerade eben angerufen, ich muss Ole vom Kindergarten holen, er hat sich wohl gerade übergeben.«

»Hm, na dann, rufe ich eben später noch mal an.«

»Okay, Mama, danke. Ich muss jetzt erst mal sehen, was mit dem Zwerg los ist. Vielleicht fahre ich sofort mit ihm zum Arzt.«

»Mach das, tschüss.«

»Bis später, Mama!«

Frau Meier fragte sich, was all die jungen Mütter früher gemacht hatten. Als es noch kein Handy gab und fast jede Frau den ganzen Tag lang arbeiten gegangen war. Sie selbst hatte Gina nicht ein einziges Mal früher aus dem Kindergarten holen müssen. So was gab es seinerzeit gar nicht! Die Kinder wurden heutzutage völlig verweichlicht. Es war eine Schande. Was sollte nur aus diesem Land werden, wenn man lauter Weicheier heranzüchtete?

Frau Meier fühlte sich seltsam einsam, so gerne hätte sie mit jemandem gesprochen, der ihren inneren Konflikt verstand. Oder es zumindest versuchen wollte. So kam es ihr gerade recht, dass das Telefon klingelte.

»Meier bei Uhlbein, guten Tag?«

»Hallihallo, hier ist Rothenfuß!«

»Ah, hallo! Schön, Sie zu hören. Sie rufen bestimmt wegen Sonntag an, oder?«

»Nun, eigentlich nicht. Ich rufe aus einem ganz anderen Grund an, der leider nicht so erfreulich ist wie mein Geburtstag. Wobei, in dem Alter ist ein Geburtstag ja auch irgendwie das Letzte, worauf man sich freuen sollte. Egal –

Frau Meier, ich habe soeben einen Anruf von den Kollegen in Bayreuth bekommen, die um Amtshilfe gebeten haben.«

»Aus Bayreuth, welch ein Zufall, da kommen wir gerade her!«

»Kein Zufall! Es geht um Sie!«

»Um mich? Ja, warum das denn? Darf man sich denn nicht einmal mehr verloben, ohne dass es schon ein Verbrechen ist?«

»Oh, Verlobung! Davon wusste ich nichts, meine besten Glückwünsche für Sie und für Ihren lieben Verlobten. Wer ist denn der Glückliche?«

»Natürlich Herr Uhlbein, was dachten Sie denn?«

»Ach so, ja, selbstverständlich. Das Gute liegt ja so nah. Hups.«

»Also, Frau Hauptkommissarin. Was wollen Sie eigentlich von mir?«

»Uns wurde durchgegeben, dass es gestern zu Handgreiflichkeiten zwischen Ihnen und einem gewissen Ludwig Gröbelmeister gekommen sei. Und zwar in der Hotelhalle. Sie sollen ihn brutal geschlagen haben.«

»Was? Er hat mir an den Po gelangt und da ist mir die Hand ausgerutscht. Dafür gibt es jede Menge Zeugen.«

»Ja, die Zeugen sagen aus, Sie hätten den Mann brutal ins Gesicht geschlagen.«

»Also, das ist ja unerhört! Dieser Mann hat mich unsittlich angefasst – im Beisein von Herrn Uhlbein!«

»Verstehe. Und was ist sonst noch an diesem Tag geschehen?«

»Wieso? Wir waren auf der Weihnachtsfeier der Bestatter-Innung, haben getanzt, uns verlobt und sind dann ins Bett gegangen.«

»Aha. Und Herr Gröbelmeister?«

»Na, der war nicht in unserem Bett!«

»Hatten Sie noch weitere Auseinandersetzungen mit diesem Mann?«

»Warum fragen Sie das alles? Hat dieser schlimme Finger mich wohl wegen dieser harmlosen Watschen angezeigt? Meiner Schwester wollte er auch an die Wäsche. Den sollte man anzeigen, nicht mich!«

»Ach, Ihre Schwester war auch dabei?«

»In Bayreuth? Ja, aber nicht bei der Ohrfeige.«

»Kann es sein, dass Ihre Schwester den Mann ebenfalls kannte?«

»Ja, klar. Sie kennt ihn. Aber nachdem er auch sie ziemlich dreist betatscht hat, will sie nichts mehr mit ihm zu tun haben. Ist doch auch nachvollziehbar!«

»Verstehe. Das ist ja sehr interessant. Frau Meier, ich muss Sie bitten, hierher auf das Polizeipräsidium zu kommen, wir müssen da ein Protokoll für die Kollegen in Bayreuth aufnehmen. Ihre Schwester werde ich auch gleich noch anrufen.«

»Also, hat der mich jetzt angezeigt oder nicht, dieser Lüstling, dieser alte?«

»Frau Meier, alles zu seiner Zeit. Wir klären das hier bei uns. Bis gleich.«

»Bis gleich.«

41. MORDSGAUDI

Frau Meier und Marie trafen zeitgleich im Präsidium ein. Paul war ebenfalls dabei, weil Schnuppel vor lauter Aufregung nicht einmal mehr selbst Auto fahren konnte, so sehr zitterte sie vor Wut. Frau Meier war auf Krawall gebürstet. Falls dieser elende Lüstling sie tatsächlich angezeigt haben sollte, dann gnade ihm Gott!

Die Kommissarin wartete – wie auch schon beim letzten Mal – im Vernehmungszimmer. Das Spielchen hier kannte Frau Meier ja bereits. Marie musste sich einstweilen draußen gedulden und war erst nach ihr an der Reihe.

»Also, Frau Meier, jetzt schildern Sie uns einmal ganz genau, was am gestrigen Tag in Bayreuth in dieser Hotelhalle passiert ist. Wir müssen das übrigens aufzeichnen und an die Kollegen dort überspielen. Das geht in Ordnung, oder?«

»Sicher. Aber kann ich vielleicht erst einmal erfahren, was eigentlich los ist? Ich denke, da habe ich schon ein Anrecht darauf?«

»Sie sind im Moment Zeugin – nicht mehr und nicht weniger.«

Frau Meier gab sich mit dieser Aussage zufrieden und schilderte den gesamten gestrigen Tag, seit der Ankunft im Hotel, einschließlich der Verlobung und Maries Besuch mitten in der Nacht.

»Sie, Ihre Schwester und Herr Uhlbein haben also Ihre Verlobungsnacht zu dritt im Bett verbracht? Tun Sie das öfter? Ich meine, das ist doch schon ein wenig seltsam, finden Sie nicht, Frau Meier? Ist das so eine Art Ménage-àtrois zwischen Ihnen?«, und dabei verzog HK Rothenfuß angewidert das Gesicht.

»Niemals! Paul war doch auf dem Sofa!«

»Verstehe ich das richtig, Herr Uhlbein saß auf dem Sofa und Sie haben derweil mit Ihrer Schwester …?«

»Igitt, nein! Ich sagte doch bereits, dass Marie vor diesem lüsternen Gröbelmeister geflohen ist. Sie musste doch irgendwo hin in ihrer Not!«

»Aber sie war sich doch vorher offenbar im Klaren darüber, dass sie sich mit Herrn Gröbelmeister ein Zimmer teilen würde, oder etwa nicht?«

»Ach, fragen Sie sie doch bitte selbst. Mir geht das jetzt hier echt zu weit! Und bevor Sie mir nicht endlich gesagt haben, was eigentlich gespielt wird, sage ich kein Wort mehr. Ende der Durchsage.«

»Gut, Frau Meier. Dann wäre ich erst einmal fertig mit Ihnen. Sie können vorerst wieder nach Hause gehen. Ich melde mich bei Ihnen. Bleiben Sie in der Stadt und halten Sie sich zu unserer Verfügung. So, und jetzt schicken Sie mir bitte ihre Schwester rein, und danach brauchen wir auch noch die Aussage von Herrn Uhlbein.«

»Oh, solange muss ich dann auch noch hierbleiben. Herr Uhlbein und ich sind mit einem Auto gekommen.«

»Na schön, vielleicht ist das ganz gut so.«

Als nach über zwei Stunden auch Marie und Paul ihre Aussagen gemacht hatten, rief man sie zu dritt in ein anderes Zimmer.

HK Rothenfuß lief dort auf und ab und hatte die Hände in die Gesäßtaschen ihrer Hose gesteckt.

»Also, Herrschaften, es ist an der Zeit, Ihnen zu sagen, was hier tatsächlich los ist. Ihre Aussagen decken sich. Das ist schon mal positiv. Sie decken sich auch mit denen der Bayreuther Kollegen. Wir haben von allen Zeugen aus dem Hotel gehört, dass Sie und die gesamte Innung eine Mordsgaudi gestern hatten. Darin stimmen alle Befragten geschlossen überein. Auch, dass Frau Scharrenberger offensichtlich einen Faible für Herrn Gröbelmeister hatte. So, und nun kommen wir zum Punkt: Gröbelmeister ist tot! Ermordet. Sieben Messerstiche. Zwei ins Herz, der Rest hauptsächlich im Genitalbereich. Passiert ist es zwischen halb vier und vier, also während Sie angeblich die Nacht zu dritt verbracht haben wollen. Die Frage ist jetzt nur – stimmt das, oder haben die zwei Schwestern vielleicht gemeinsame Sache gemacht und den Lustmolch abgestochen, während Sie, Herr Uhlbein friedlich geschlafen haben? Oder wollten Sie vielleicht Ihre beiden Gespielinnen hier nicht mit dem – offensichtlich stark interessierten – Herrn Gröbelmeister teilen und haben ihn deshalb höchstpersönlich ins Jenseits befördert, Herr Uhlbein?«

In diesem Moment schaltete sich ein junger Kollege ein, der die ganze Zeit nur stumm in der Ecke gestanden hatte. »So, dann kommen Sie jetzt erst einmal alle mit, wir nehmen ein paar Fingerabdrücke, die schicken wir direkt rüber nach Bayreuth und wenn Sie so freundlich wären, dann hätten wir eventuell auch noch gerne eine Speichelprobe. Danach warten wir erst einmal auf die Kollegen dort. Vielleicht passen die Abdrücke ja auch gar nicht.«

Die drei zeigten sich kooperativ und der junge Beamte versprach ihnen, dass sich dies durchaus positiv auf das Strafmaß auswirken könne.

»Welches Strafmaß? Wir waren das nicht. Alle drei nicht! Mein Verlobter und ich haben versucht zu schlafen, während meine Schwester geschnarcht hat wie ein Bär!«, antwortete Frau Meier auf diese Ungeheuerlichkeit. Was bildete dieser junge Hüpfer sich eigentlich ein?

Nach weiteren zwei Stunden, die sie auf einem Gang verbringen mussten, spazierte Kommissarin Rothenfuß freudestrahlend an ihnen vorüber und flüsterte, sie habe gute, ja, sehr gute Nachrichten, aber sie brauche noch einen Moment Zeit.

Dann verging wieder eine Stunde, bis schließlich ein Uniformierter alle drei kommentarlos und vollkommen unspektakulär nach Hause schickte.

Xaver plärrte. Es roch nach vollen Windeln, und Sarah war wutentbrannt, als Marie völlig fertig die Wohnungstür aufschloss und sich wie ein Stein auf die Couch fallen ließ.

»Mann, Mama, wo bist du nur so lange gewesen, du weißt doch ganz genau, dass ich heute Abend ausgehen wollte! Ich habe eine Verabredung und wegen dir musste ich die jetzt absagen! Auf dich ist überhaupt kein Verlass! Du bist so eine richtige Egoistin! Ich dachte, du liebst den Xaver und dabei bist du jetzt schon den zweiten Abend einfach weggeblieben! Ich glaube, du machst das absichtlich. Damit ich nichts mehr von meinem Leben habe. Immer geht es nur um dich! Du bist ja so gemein!«

Marie schüttelte verwirrt den Kopf, stand auf, legte den guten alten Smetana vorsichtig in das CD-Deck und stellte auf volle Lautstärke. Xaver war sofort ruhig und Sarah – ach, sollte sie doch machen was sie wollte, auf derartige Spielchen hatte Marie heute, bei aller Liebe, keine Lust.

42. MARIES GLÜCK

Heute war Freitag und der gestrige Nachmittag auf der Polizei steckte Frau Meier noch in den Knochen. Sie hatte ja – weiß Gott – schon eine ganze Menge Leichen im Keller, aber dass man sie und ihre Lieben nun ausgerechnet wegen eines Mordes drankriegen wollte, den sie sich noch nicht einmal herbeigewünscht, geschweige denn selbst begangen hatte, nein, das war ja wohl das Allerhöchste. Und aus dieser Rothenfuß, der alten Hexe, wurde sie auch nicht mehr schlau. Frau Meiers Ansicht nach legte die Hauptkommissarin ein durch und durch schizophrenes Verhalten an den Tag. Sie war nett, lud sich selbst ein, heulte wegen ein paar Schweinefüßen, und im nächsten Moment verdächtigte sie die gesamte Familie des Mordes! Oder, was ja noch viel schlimmer war: der Durchführung absolut geschmackloser Sexorgien! Was für eine schmutzige Fantasie diese Frau hatte, pfui auch!

Frau Meier saß an ihrem Schreibtisch und kam mit der Abrechnung von Emils Einäscherung überhaupt nicht klar, so wild kreisten die Gedanken in ihrem Kopf umher. Was, wenn die Kommissarin wirklich einen psychischen Defekt hatte? So, wie sie sich verhielt, konnte man das ja fast glauben. Andererseits war sie vielleicht einfach nur wahnsinnig clever und listig. Frau Meier kam zu keiner eindeutigen Diagnose und beschloss, für heute Feierabend zu machen und Paul ebenfalls von der Arbeit abzuhalten. In solchen Zeiten gab es Wichtigeres als das Alltagsgeschäft.

Sie klopfte an Pauls Bürotür und fand ihn ebenfalls grübelnd am Schreibtisch. »Paul, ich krieg den Kopf nicht frei heute, komm, wir zwei machen jetzt Schluss mit der Arbeit und gönnen uns mal was Nettes. Wollen wir vielleicht den Gutschein für das ›Rigatoni‹ einlösen? Mal einen Abend lang alles hinter uns lassen? Nur du und ich, Liebster? Und vorher vielleicht oben ein wenig ausruhen?«

»Das klingt gut, mein Schnuppelchen. Richtig gut. Weißt du, über was ich überhaupt nicht hinwegkomme? Darüber, dass die Rothenfuß glaubt, ich würde mit zwei Frauen gleichzeitig ins Bett gehen, dabei tue ich das noch nicht einmal mit einer! Ich frage dich, Schnuppel, was haben wir für eine Außenwirkung? Ist sie die einzige, die so denkt, oder haben alle Menschen so perverse Vorstellungen?«

»Paul, Schatz, die wollte ein wenig provozieren. Mehr nicht. Niemand glaubt bei deinem Anblick an solche Dinge. Wirklich nicht. Die Frau versucht, ihren Job zu machen, so gut es geht. Aber ehrlich, ich frage mich auch, wie man nur auf solche Ideen kommen kann. Ist schon ziemlich geschmacklos.«

»Ach, Schnuppel, egal. Wir machen jetzt Feierabend. Luigi wird uns mit einem guten Essen schon wieder auf andere Gedanken bringen.«

Als die beiden oben im Haus waren, kochte Frau Meier erst einmal einen wunderbaren Cappuccino und stellte ein paar von Ginas selbst gebackenen Plätzchen auf den Tisch. Paul sorgte für stimmungsvolle Weihnachtsmusik und die Kerzen am Adventskranz zündete er ebenfalls an.

»Schnuppel, sag mal, wie wird das denn jetzt am Sonntag? Kommt die Rothenfuß dann wirklich hierher und feiert, oder ist das jetzt passé, nachdem wir alle offenbar mordverdächtig sind? Ich meine, die wird sich doch wohl nicht an einen Tisch mit potenziellen Verbrechern setzen, oder?«

»Och, du, der Frau traue ich alles zu. Vielleicht hat sie ja gar keinen Geburtstag, sondern will sich einfach hier nur wie ein Kuckuck ins Nest setzen, um uns möglicherweise auszuspionieren. Man weiß es nicht. Vielleicht gibt es ja tatsächlich schon so eine Art Akte von uns auf der Polizeiwache. Ich meine, es gab schon recht viele seltsame Todesumstände in unserem näheren Umfeld, oder?«

»Also, ich habe niemanden umgebracht, das weiß ich genau«, meinte Paul dazu, »und du doch bestimmt auch nicht, oder?«

»Hm, na ja, umgebracht so direkt nicht, aber ...«

»Wie – aber?«

»Nun, böse Menschen könnten glauben, dass es schon verdächtig sei, wenn man in der Nähe einer Leiche war, oder irgendetwas mit dem Getöteten zu tun hatte?«

»Das verstehe ich nicht. Mit welcher Leiche hattest du denn zu tun?«

»Na ja, nicht unmittelbar, Paul, aber schau, Gina ist Witwe, Marie ist Witwe, Olga ist Witwe, da könnte man auf dumme Ideen kommen.«

»Auf was denn für Ideen, Schnuppel? Ich verstehe nur Bahnhof.«

»Na ja, offensichtlich haben wir alle kein sehr gutes Händchen für unsere Ehemänner gehabt.«

»Schnuppel? Willst du mir jetzt auf sanfte Art klarmachen, dass wir besser doch nicht heiraten sollten, damit ich nicht – als dein Ehemann – schon sehr bald tot bin?«

»Quatsch, aber das wäre schon auch ein Argument, das für eine sehr lange Verlobungszeit spräche, Paulchen.«

»Sag mal, du hast deinen Hans aber nicht zufällig um die Ecke gebracht?«

»Nein, Hans hatte Krebs. Das weißt du doch. Es war wirklich elend, mitanzusehen, wie er dahingesiecht ist, das kann ich dir sagen. Und wenn ich gekonnt hätte, dann hätte ich ihn erlöst. Aber er hat bis zum bitteren Ende durchgehalten und gekämpft. Ich hätte ihm gerne Einiges erspart. Habe ich aber nicht.«

»Und Gina und Marie? Haben die etwa nachgeholfen?«

»Nicht, dass ich wüsste. Das waren doch beides dumme und unglückliche Unfälle. Mehr nicht. Dennoch, für einen Außenstehenden könnte das vielleicht verdächtig wirken.«

»Na ja, mag sein, dass du recht hast. Die Rothenfuß macht ja wirklich nur ihren Job. Trotzdem. Ich finde sie dreist. Erst fand ich sie ja ganz super, so patent, aber mittlerweile – ich weiß nicht – sie ist so aufdringlich und vermittelt einem am Ende, dass man selbst dran schuld sei. Sehr seltsam. Sag, Schnuppel, kannst du mir noch so einen leckeren Cappuccino machen? Der Milchschaum ist zart wie ein Kuss.«

In diesem Moment klingelte das Telefon und HK Rothenfuß flötete durch den Hörer: »Hallo, meine liebe Frau Meier, wie geht es Ihnen denn heute? Alles klar im Hause Uhlbein?«

»Sicher, und bei Ihnen?«

»Ja, auch alles klar. Ich wollte nur noch einmal kurz sagen, dass am Sonntag alles wie vereinbart bleibt und dass wir insgesamt – mit Ihnen – so circa 13 Personen sein werden. Ist das okay für Sie, Frau Meier?«

»Ja, doch. So war es ja ausgemacht. Aber, Frau Rothenfuß, jetzt mal ehrlich. Können Sie das denn mit Ihrem Job und Ihrem Gewissen vereinbaren? Gestern haben Sie uns noch für Mörder und für pervers gehalten. Nicht, dass Sie da in eine Art inneren Konflikt geraten.«

»Ach nein, ich doch nicht! Pflicht ist Pflicht und Schnaps ist Schnaps.«

»Schön, aber haben Sie sich schon mal gefragt, wie wir das sehen? Immerhin haben Sie uns gestern ganz schön in die Mangel genommen.«

»Wohl wahr, aber ich weiß doch auch, dass Sie eine kluge Frau sind, der klar ist, dass man in manchen Situationen das Gesicht wahren muss. Genau das habe ich gestern getan. Ich kann Ihnen keinen Vorteil verschaffen, sonst bin ich die Ermittlungen los und das wollen wir doch alle nicht, oder?«

»Mir wäre das egal, ich habe mit all dem nämlich nichts zu tun und Paul und meine Schwester ebenfalls nicht.«

»Na, warten wir es ab, Frau Meier, die Kollegen in Bayreuth sind ein ganz gutes Stück weitergekommen. Sie haben die Frau des Ermordeten verhaftet.«

»Die Frau? Die soll doch auf Teneriffa leben.«

»Nein, wie kommen Sie denn darauf? Die Frau durfte nicht mit zum Ball, weil der Tote seine Gespielin, also ihre Schwester, mitnehmen wollte.«

»Was? Uns hat er gesagt, die Ehefrau – ich glaube, er nannte sie Sybille – sei mit dem Friedhofsgärtner nach Teneriffa durchgebrannt!«

»Da hat er wohl gelogen. Die betrogene Ehefrau war erst brav zu Hause und später dann im Hotel. Im Prinzip hat ihre Schwester irrsinniges Glück gehabt, denn wäre sie noch im Zimmer von Herrn Gröbelmeister gewesen, dann wäre sie jetzt wohl auch tot.«

»Um Himmels willen!«

»Sie sagen es, Frau Meier, Sie sagen es! Aber eigentlich dürfte ich mit Ihnen gar nicht darüber reden. Die Ermittlungen sind ja noch nicht abgeschlossen.«

»Ich werde es für mich behalten. Versprochen, Frau Rothenfuß. Und danke, dass Sie es mir trotzdem gesagt haben.«

»Keine Ursache. Bis Sonntag um drei, Frau Meier, ich freue mich so! Und danke noch mal.«

»Gerne. Bis Sonntag. Ach, noch eine Frage! Was wünschen Sie sich denn eigentlich zum Geburtstag?«

»Oh, da lasse ich mich überraschen! Auf Wiedersehen, Frau Meier.«

»Tschüss.«

43. FROSCHBRAUSE

In der Villa Uhlbein herrschte seit Stunden reges Treiben. Gina war schon gegen zwölf gekommen, um ihrer Mutter bei den Vorbereitungen für HK Rothenfuß' Geburtstag zu helfen. Sie hatte fünf Kuchen gebacken und schlug gerade in der Küche die Sahne, als es draußen an der Haustür klingelte.

»Ah«, stieß Frau Meier hervor, »das wird der Eilbote sein. Ich gehe nur rasch zur Tür.«

Frau Meier war erleichtert, als sie die Quittung für das gewaltige Paket unterschrieb. Sie hatte schon befürchtet, das Geschenk für die Kommissarin würde womöglich nicht mehr rechtzeitig ankommen und sie stünde am Nachmittag mit leeren Händen da. Das wäre ihr sehr peinlich gewesen.

Sie schob das Paket über den Fliesenboden in die Küche, wo Gina mit großen Augen auf das Monstrum blickte.

»Halleluja, was ist denn da drin? Ist das etwa das Geschenk für die Hexe?«

»Jawohl, genauso ist es!«
»Und was ist da drin? Verrätst du es mir?«
»Noch nicht. Später. Es soll ja eine Überraschung sein.«
»Ach, Mama, komm, sei doch nicht so gemein, ich bin total neugierig!«
»Also gut, Gina. Aber du musst dichthalten, okay?«
»Ehrensache.«
»In dem Paket ist der Prinz Charles.«
»Was? Prinz Charles?«
»Ja, in 57 Einzelteilen. Den gab es beim Teleshopping-Sender. Toll, oder? Den kann sie sich selbst zusammenbauen und er ist lebensgroß. Weißt du, das ist die Kopie dieser Wachsfigur, wie sie bei ›Madame Tussauds‹ steht. Natürlich aus Plastik und nicht aus Wachs. Elvis, den Schwarzenegger und Robert Redford hätte es auch noch gegeben, aber ich wollte einfach einen Mann, der so richtig gut zu ihr passt. Verstehst du, was ich meine? Also, stell dir die Rothenfuß mal neben Elvis vor. Das passt doch einfach absolut nicht. Aber mit dem Charles, das könnte klappen. Er hat die Ohren und sie die Nase. Das nenne ich perfekt! Ein Traum von einem Paar!«

Gina kicherte. »Mama, Mama. Ist das dein Ernst, oder willst du die Rothenfuß verarschen?«

»Wie verarschen? Natürlich ist das mein Ernst. Du, die ist total alleine in einer fremden Stadt. Und Single ist sie auch noch. Wenn du mich fragst, dann ist die Frau einsam ohne Ende. Und wenn sie jetzt nach Hause kommt, dann ist der Prinz Charles da und wartet auf sie. Dem kann sie dann erzählen, wie ihr Tag war, und der widerspricht auch gar nicht. Außerdem ist er von Adel. Das ist doch ein Kompliment an sie. Den Schwarzenegger zum Beispiel, den hätte ich als Beleidigung empfunden. Was will die Frau denn mit so einem Ösi, so einem Schluchtenscheißer? Und der Redford ist über 70. So alt schaut sie nun auch wieder nicht aus. Also, ich finde mein Geschenk super. Und das fand der Mann in dem Teleshopping-Kanal auch. Normalerweise kostet der Charles ja auch viel mehr als die anderen, aber das war so eine Sonderaktion. Die ersten 100 Anrufer haben ihn billiger bekommen. Und ich war eine von den Allererersten, da kannst du Gift drauf nehmen.«

»Na schön, Mama, da bin ich ja mal gespannt. Du, sag mal, kommt Sarah heute auch? Und das Schreikind?«

»Ich weiß es nicht so genau. Ich denke, wir sollten für sie mit eindecken, aber so, dass man notfalls schnell das Gedeck wegräumen kann. Hast du an das Tannengrün für die Tischdeko gedacht, Gina?«

»Klar, ich habe doch gesagt, ich kümmere mich darum. Moos habe ich auch dabei und Sterne aus Birkenrinde. Ich fange gleich im Esszimmer an, ich will nur rasch noch die Sahne in den Kühlschrank stellen. Hast du genug Sekt im Haus, Mama?«

»Meinst du, die bringt gar keinen mit?«

»Nö, so, wie ich sie einschätze, nicht. Die verlässt sich da voll und ganz auf euch. Also, hast du genug da, oder nicht?«

»Nein, offen gesagt, nicht. Es ist noch eine Flasche im Keller, das war's. Was machen wir denn da jetzt, Gina?«

»Bowle! Mama, hast du Dosenpfirsiche und Weißwein? Oder Mandarinen? Ananas?«

»Schau mal im Keller. Vielleicht findest du da was.«

Als Gina im Kellerregal nach Dosenobst Ausschau hielt, stolperte sie über eine Kiste, die randvoll mit Spirituosen war. Offenbar Geschenke, die man Paul einmal als Dankeschön für eine gelungene Beerdigung überreicht hatte, denn es hingen noch überall kleine Kärtchen daran. Also schnappte sich Gina eine Buddel Grand Marnier und eine Flasche Zwetschgenwasser. Ein Boxbeutel mit einer Spätlese fiel ihr ebenfalls noch in die Hände, und so setzte sie oben einen wahren Zaubertrank für die Hexe von Kommissarin an.

»Lass mal kosten«, sagte Frau Meier und füllte sich ein wenig in ein Glas. »Boah, holla die Waldfee! Schmecken tut es ja, aber Gina, da kann man doch im Leben kein ganzes Glas davon trinken, ohne sturzbetrunken zu werden. Das haut ja den stärksten Kerl um.«

»Ach, halb so wild. Da ist doch so viel Obst drin, da kann man gar nicht betrunken werden. Wir können zum Verdünnen ja noch ein wenig Blue Curacao dazukippen. Dann wird es grün, schaut bestimmt super aus!« Und ehe Frau Meier es sich versah, hatte es Gina auch schon wahr gemacht. Es sah wirklich klasse aus. Wie Froschbrause!

»Lass jetzt noch mal testen, Gina. Hm, lecker. Nimm auch mal einen Schluck!«

»Okay, einen winzigen. Hm, da fehlt noch was. Ich glaube, von dem Zwetschgenwasser muss noch was rein.«

»Halt, nicht so viel. Mal sehen, ob es jetzt gut ist, Gina. Ja, doch, es taugt, probier aber selbst bitte noch mal. Ich bin mir nicht ganz sicher.«

»Mmmh, ja, noch ein Schuss von der Spätlese. Magst du das mal eben schnell machen, Mama? Stopp! Nicht so viel! Jetzt fehlt wieder Blue Curacao. Nur einen winzigen Schluck. Genau. Und jetzt noch einen Ticken von dem Grand Marnier. Exakt. Gut, noch mal schnell testen. Hm, mach du auch mal, Mama.«

»Ja, so passt es jetzt, Gina. Ganz fein. Das wird ein Fest!«

44. TISCHLEIN DECK DICH

Als Paul ins Esszimmer kam, traute er seinen Augen nicht. Gina stand mit ihrem kurzen Rock und geringelten Wollsocken auf der großen Tafel; direkt auf dem weißen Damasttischtuch, das seine verstorbene Frau so unendlich geliebt hatte, und streute von oben herab Sterne aus Birkenrinde auf ein Labyrinth aus Moosflechten und Tannengrün. Nicht, dass das irgendwie hässlich ausgesehen hätte, nein, vielleicht eher ein wenig befremdlich, und dazu sang sie mit rauchiger Stimme »You can leave your hat on« von Joe Cocker. Sehr keck schwenkte sie dabei das Tütchen, in dem sich die Sterne befanden ungefähr auf Hüfthöhe. Vor der Tafel kniete Frau Meier und begutachtete die ganze Sache aus einer etwas anderen Perspektive, wobei sie Gina mal in diese und mal in jene Ecke des Tisches dirigierte, weil hier und dort vermeintlich noch deutlich zu wenig Sterne lagen.

»Ja, sagt mal, was ist mit euch denn passiert, meine Damen?«

Frau Meier kicherte nur. »Wir machen's hübsch, mein Pauli-Schnuppelchen!«, gluckste sie und Gina hielt wie versteinert inne.

»Paul, du bist so klein! Warst du schon immer so klein? Und da ist so eine Stelle auf deinem Kopf, die habe ich noch nie gesehen!« Gina war ganz erschrocken.

»Gina, ich bin so klein, weil du auf dem Tisch stehst. Komm runter da, was soll das denn?«, schimpfte Paul.

»Ist gut, aber ich habe Angst, Paul, ich glaube – ich habe eigentlich Höhenangst, also du musst mich jetzt mal irgendwie festhalten oder so.«

Frau Meier kicherte wieder. »Jawohl Pauli-Schnuppel, jetzt halte mal meine Tochter fest, weil die sonst nicht vom Tisch runterkommt. Das wäre ja blöd, weil die Torten dann keinen Platz mehr hätten.«

»Meine Lieben, was ist denn nur mit euch los? Was habt ihr zwei denn gemacht, ihr seid doch stockbesoffen!«

»Wir haben nur Bowle probiert«, schnurrte Gina und hielt Paul ihre Hand hin, damit er ihr herunterhalf. »Die war noch nicht gut genug und deshalb haben wir ganz viel probieren müssen. Willst du auch mal, Paul?«

»Zeigt mal her das Zeug, herrje, das kann doch alles gar nicht wahr sein.«

Paul kostete die giftgrüne Bowle und schüttelte den Kopf. »Nee, Mädels, das kann unmöglich die Bowle sein. Die ist total harmlos. Schaut, ich kann ein ganzes Glas davon trinken«, dabei kippte er die Froschbrause hinunter wie Wasser, »und es passiert überhaupt gar nichts. Habt ihr zwei irgendwelche Haschkekse geknabbert oder so?«

»Paul! Wo denkst du hin, das würden wir nie tun!«, wetterte Frau Meier. »Wir haben wirklich nur die Bowle gekostet.«

»So ein Blödsinn, ihr zwei wollt mich hopsnehmen, oder? Schaut, ich kann noch ein Glas trinken und nichts passiert. Ich kann sogar das Obst essen. Hm, lecker, Pfirsich, Ananas und Mandarinen. Köstlich.«

»Paul, du solltest das Zeug vielleicht lieber nicht trinken, das ist zwar grün, aber es macht total blau!«, lallte Gina, doch Paul winkte nur ab und nahm noch einen kräftigen Zug aus dem Glas.

»Die Bowle ist schön grün, da wird der HK was blühn!«, prustete Paul plötzlich los und musste ein kleines bisschen aufstoßen. »Hups!«

»Da siehst du es, Paul, ich habe es dir doch gesagt, jetzt

bist du auch betrunken!«, lachte Frau Meier und klopfte sich auf die Schenkel. »Der Pauli ist schön blau und ich werd seine Frau!«

»Was wirst du, Mama?«

»Ich werd die Frau vom Paul – schön blau!«

»Das ist doch ein Scherz, Mama, oder?«, fragte Gina, die plötzlich wieder vollkommen nüchtern war. »Du wirst doch nicht wirklich noch mal heiraten? Du hast doch gesagt, das würdest du niemals tun, wegen Papa!«

»Gina«, räusperte sich Paul, »darf ich bei dir um die Hand deiner Mutter anhalten? Ich würde sie gerne heiraten. Aber die ziert sich so arg.«

»Und ich soll da jetzt meinen Segen dazu geben?«

»Ja«, schielte Frau Meier ihre Tochter ein wenig von der Seite an, »mach das mal, Gina, dann ist deine alte Mutter irgendwie wieder aufgeräumt.«

»Da muss ich erst mal drüber nachdenken. Ich gehe jetzt wieder in die Küche, und ihr zwei solltet euch oben mal eben ein wenig frisch machen. Kalte Dusche oder so was, schlage ich vor!«

»Gina«, tadelte Frau Meier ihre Tochter und hob dabei den rechten Zeigefinger, »Gina, du bist eine alte Spaßbremse. Das wollte ich dir nur mal sagen. Der Paul und ich – wir gehen jetzt duschen. Das mit dem Tisch decken, das machst du schnell, oder? Wir sind gleich wieder da.«

Während Gina sich im Erdgeschoss um einen halbwegs aufrechten Gang bemühte und sich mit der Ausrichtung jeder einzelnen Kaffeetasse besonders viel Mühe gab, sang Frau Meier oben in ihrer begehbaren XXL-Dusche ziemlich laut »O sole mio«, und Paul schrubbte ihr dabei mit der großen Badebürste den Rücken.

45. HAPPY BIRTHDAY

Dieser Pfarrer Kneipp hatte schon irgendwie sehr recht, seinerzeit. So ein kalter Guss konnte einen wirklich ganz schön munter machen. Jedenfalls vermochte er das bei Frau Meier, die, als sie den Duschkopf auf sich richtete, plötzlich feststellen musste, dass sie ja gar nicht alleine, sondern mit Paul unter der Dusche stand. Sie quiekte ein wenig und aus Sympathie tat Paul das auch.

»Oh Gott, Paul, ich habe mich total vergessen. Was machst du unter der Dusche und wieso hast du diese Wurzelbürste in der Hand? Paul! Raus hier!«

»Aber, Schnuppel, es war doch grad so schön mit uns zwei!«

»RAUS! PAUL!«

Nun war auch er wieder hellwach. Paul trollte sich und fand das alles in allem gar nicht gut. Hätte sie doch um Himmels willen das kalte Wasser nicht angeschaltet – ausgerechnet jetzt, wo sie sich schon einmal so unendlich nahe waren! Noch nie zuvor hatte er mehr als 20 Quadratzentimeter nackte Haut von Frau Meier zu sehen bekommen, und eben sogar – völlig unerwartet – die ganze Frau, wie Gott sie schuf! Von oben bis unten! Ein kurzes Vergnügen war das gewesen, ein sehr kurzes.

Als er tropfnass mit seinen Kleidern vor dem Bauch in sein Zimmer huschen wollte, hörte er unten bereits Stimmen. Das Geburtstagskind war eingetroffen und Tom schien mit den Kindern ebenfalls da zu sein. Jetzt klingelte es schon wieder, und für Paul wurde es langsam höchste Zeit, sich in seinen Anzug zu schwingen.

HK Rothenfuß trug ein äußerst gewagtes Outfit. Nicht etwa, dass es zu offenherzig gewesen wäre, nein, es war schlicht und ergreifend einfach nur äußerst bunt und leicht disharmonisch, aber das war wohl beabsichtigt.

Georg allerdings fand es offenbar sehr hübsch, denn er umarmte die Kommissarin zur Begrüßung und küsste ihr die Hand. Dann sprudelten Komplimente aus seinem Mund, die niemand dort je vermutet hätte, und somit war er bei HK Rothenfuß heute natürlich äußerst beliebt und durfte neben ihr sitzen. Olga und Gottlieb waren etwas zurückhaltender, aber sie bedankten sich beide sehr höflich für die Einladung und nahmen am anderen Ende der Tafel Platz. Das Geburtstagsgeschenk der drei, die Blut- und Leberwürste, verstaute Tom kurzerhand in Pauls Kühlschrank. Gina bemühte sich in der Küche weiterhin um Haltung und setzte die nächste Kanne Kaffee auf.

»Gina, wo ist denn Ihre Mutter und wo ist Herr Uhlbein?«, fragte das Geburtstagskind, als Gina wieder ins Esszimmer kam.

»Die sind nur rasch nach oben gegangen, um sich etwas anderes anzuziehen. Wir hatten da einen kleinen Zwischenfall in der Küche. Kann ja mal passieren. Aber sie sind bestimmt gleich hier, um Ihnen zu gratulieren.«

In diesem Moment kamen die beiden zeitgleich die große Treppe herunter und hielten sich beim Betreten des Esszimmers an den Händen. Hauptsächlich, um auf diese Art zu verbergen, dass die Bowle zu leichten Gleichgewichtsstörungen geführt hatte. Sie gratulierten HK Rothenfuß von Herzen und kündigten an, dass das Geschenk als besondere Überraschung nach dem Kaffeetrinken gedacht war.

Nachdem Marie, als letzter Gast des Tages, schließlich auch endlich da eingetroffen war und der Kommissarin mit einem Augenzwinkern eine kleine pinkfarbene Schachtel überreichte, konnte die Tortenschlacht endlich beginnen. Nun ja, fast, denn natürlich musste erst einmal ziemlich laut und auch reichlich schräg »Happy Birthday to you« gesungen werden, dann noch »Hoch soll sie leben« und Mikka und Ole stimmten vor lauter Übereifer noch »Wie schön, dass du geboren bist« an, was sie dann allerdings alleine vortragen mussten, weil der Text den anderen nicht wirklich geläufig war. HK Rothenfuß war sehr gerührt und irgendwie tat sie einem schon fast leid mit ihrem grellen Kleidchen, ihren leuchtenden Haaren und dieser endlos langen Nase. Wie sie da so saß und feuchte Augen bekam und man den weichen Kern erahnen konnte, der in dieser wahrlich harten Nuss steckte.

Natürlich bekam das Geburtstagskind das erste Stück Torte. Gina hatte ein Herz aus Erdbeeren, Schokolade und Sahne gezaubert, das fast zu schön war, um es anzuschneiden. Und natürlich die Eierlikörtorte, den Bratapfelkuchen, den Gewürzkuchen und schließlich noch eine Schwarzwälder Kirschtorte. HK Rothenfuß nahm von allem und das nicht zu knapp. Man fragte sich ernsthaft, wohin diese Frau all die Massen brachte, die sie tagtäglich verputzte. Die weiblichen Mitglieder in Frau Meiers Familie kannten das allesamt nicht. Da fielen die Kalorien förmlich bei jedem Öffnen der Kühlschranktür direkt auf die Hüften und weigerten sich danach strikt, dort auch nur einen Millimeter von der Stelle zu weichen. Ach, die Welt war schon ungerecht.

Irgendwie wurde die anfangs doch recht angespannte Atmosphäre schließlich noch recht locker. Georg legte den Arm um Bernadette Rothenfuß und schob ihr ein Löffelchen Sahne in den Mund. Paul hatte es geschafft, einigermaßen gerade auf dem Stuhl sitzen zu bleiben, und Tom tat sein Bestes, die Stimmung durch Münchner Geschichten aufzuheitern, während Gina sich um Nachschub an allen Fronten der Kaffeetafel bemühte. Nur Gottlieb Carl war das alles noch immer sehr suspekt. Seit er keinen Alkohol mehr trank, hatte er einen ziemlich klaren Durchblick, und sein Metzgerinstinkt sagte ihm, dass man dieser Kommissarin nicht trauen konnte. Unter gar keinen Umständen. Auch Olga schien bereits von dem Virus des Misstrauens infiziert zu sein, und so war es kein Wunder, dass sich die beiden wegen einer anderen Einladung direkt nach dem Kaffeetrinken verabschiedeten.

Die Kommissarin schnappte sich Gottlieb und drückte ihn fest an ihre Brust, um sich für die Blut- und Leberwürste zu bedanken, und schaffte es doch glatt, sich selbst zur Weihnachtsschlachtschüssel am 23. Dezember im »Carlsturm« einzuladen. Diese Frau hatte unendliches Talent in diesen Dingen.

In der Küche wickelten unterdessen Gina und Frau Meier den Karton mit Prinz Charles darin in Geschenkpapier und banden eine royalblaue Schleife darum. Das war ein ziemlicher Akt, denn dieser Karton hatte die Größe einer Waschmaschine. Vielleicht hatte der Prinz sein Schloss ja bereits selbst mitgebracht.

Dann kam der große Augenblick. Der Kaffeetisch war abgeräumt, die Bowle in die Mitte der Tafel gestellt, und nun kam endlich das angekündigte Geburtstagsgeschenk.

Frau Meier räusperte sich kurz und setzte dann zu einer kleinen Rede an.

»Liebe Frau Rothenfuß, wir freuen uns sehr, Sie heute in unserer Mitte zu haben. Weihnachten und der Advent, das sind Zeiten der Besinnung, der Liebe, der Familie und der Barmherzigkeit. So, wie es aussieht, haben Sie keine Familie, und mit der Liebe – nun ja, in unserem Alter ist das ja ein wenig schwierig. Jedenfalls dachten wir, nachdem Sie uns ja in letzter Zeit recht häufig besucht haben, dass es möglicherweise angehen könnte, dass Sie ein wenig einsam sind. Und dem wollten wir gerne Abhilfe schaffen. Wir alle haben eine bestimmte Vorstellung von unserem Traummann. Lieb soll er sein, gebildet, und er sollte gut zuhören können. Das ist ein entscheidendes Kriterium. Und vertrauen sollte man ihm können. Kurz und gut, wir haben den idealen Partner für Sie gefunden. Leider – und das liegt wohl an unserer mörderischen Ader – hat er nicht in einem Stück in den Karton gepasst, und so mussten wir ihn in seine Einzelteile zerlegen. Egal, liebe Frau Kommissarin. Sehen Sie selbst. Hier ist Ihr Geschenk! Herzlichen Glückwunsch, alles Gute und viel Freude mit unserer kleinen Aufmerksamkeit!«

Die Kommissarin sah ein wenig verwundert drein. »Was in aller Welt ist da drin, Frau Meier?«

»Überraschung, Frau Rothenfuß. Brauchen Sie ein Messer, um das Paket zu öffnen?«

»Ja, das wäre prima.«

»Hier, bitte«, reichte Frau Meier ihr das Brotmesser, »aber denken Sie an das Lied, wo der Mann sich selbst seiner Freundin in einem Packerl schickt. Also ganz vorsichtig, man weiß nie, was einen erwartet.«

»Sie haben mir aber jetzt nicht irgendein Haustier in den Karton gepackt, oder? Eine Schlange oder ein paar Hausratten?«

»Nein, wo denken Sie nur hin, das würden wir nie tun, aber – wenn ich ehrlich bin – dann hätte ich gerne eine Boa gekauft, die war mir aber dann doch ein wenig zu teuer«, lachte Frau Meier und freute sich diebisch über die vorsichtige Art, mit der die Kommissarin an dem Paket herumzupfte. Fast so, als erwarte sie eine überdimensionale Briefbombe.«

»Was ist denn da drin?«, wollte Marie von ihrer Schwester wissen, doch die legte nur den Finger auf den Mund und bedeutete Marie, genau hinzusehen.

Es dauerte ewig, bis endlich ein Arm ans Tageslicht befördert wurde, dann ein Bein. HK Rothenfuß grübelte, was es wohl mit den Körperfragmenten aus Plastik auf sich haben könnte. Unterdessen war es Marie zu langweilig geworden, weshalb sie an alle Bowle ausschenkte und selbst einen kräftigen Schluck nahm. Georg ebenfalls und HK Rothenfuß leerte das Glas in einem Zug, als wolle sie sich Mut antrinken.

Es dauerte dann noch etwa drei Gläser lang, bis der Kopf von Prinz Charles am Boden des Paketes auftauchte. Seine Augenhöhlen waren leer, denn die Augäpfel aus Glas waren zusätzlich, zur Sicherheit, noch in Luftkissenfolie verpackt und durften erst als allerletzter Arbeitsschritt eingesetzt werden. So stand es in der Gebrauchsanweisung, die zwar in Chinesisch geschrieben war, aber recht übersichtliche Skizzen enthielt. Man brauchte nicht einmal eine Zange für die Augäpfel, man musste sie einfach nur in die vorgesehenen Löcher drücken, vorausgesetzt, man fand die kleinen runden Frecker am Ende in all dem Verpackungswust überhaupt noch.

46. KÜCHENGESPRÄCHE

»Schnuppel, meinst du, die Kommissarin hat sich über den Prinz Charles gefreut?«, fragte Paul, während er die Spülmaschine einräumte und Frau Meier die Gläser abwusch.

»Keine Ahnung, ich glaube aber schon. Schau, sonst hätte sie ihn nicht so liebevoll in ihr Auto gesetzt und auch noch angeschnallt. Ich finde wirklich, dass das ein gutes Geschenk war. Und sie hat es doch auch gleich zusammengebaut. Also, ich hatte das Gefühl, dass sie den Charles nach jedem Glas Bowle ein bisschen lieber hatte. Du nicht auch?«

»Nein, Schnuppel, ich finde, dass sie mit jedem Glas den Georg ein bisschen lieber hatte, nicht den Charles. In wessen Armen lag sie denn zum Schluss?«

»Ja, Moment Paul, in Charles' Armen konnte sie ja gar nicht liegen, weil wir den linken mit dem rechten vertauscht haben. So was geht ja gar nicht.«

»Und geküsst hat sie auch den Georg und nicht den Charles.«

»Ach Quatsch, die hätte den Charles auch geküsst, wenn wir die Augen noch gefunden hätten.«

»Schnuppel, meinst du, der Georg ist verliebt in die Bernadette?«

»Bernadette. Wie das schon klingt. Fast so furchtbar wie meine Vornamen. Mit diesem Namen würde ich mich genauso nur Frau Meier nennen lassen. Bernadette! Na, egal. Aber ja, ich glaube schon, dass Georg einen Narren an ihr gefressen hat. Na ja, ist halt auch nur ein Mann. Seit er zurück in Deutschland ist, hat er noch keine Bekannte gehabt und das ist jetzt immerhin schon fast zwei Jahre her. Ich finde, das wurde einfach mal Zeit.«

»Aber ausgerechnet die Kommissarin! Gibt es denn weit und breit keine andere Frau? Ich habe die Befürchtung, dass wir die ab sofort praktisch gar nicht mehr losbekommen, Schnuppel. Was soll denn dann aus unserem schönen Heiligen Abend werden? Da wird Georg sie bestimmt auch mitbringen wollen. Ich mag gar nicht daran denken! Diese Frau könnte mir die ganze Weihnachtsstimmung kaputtmachen, fürchte ich. Ich wollte doch mit meiner Familie ein ganz besinnliches und altdeutsches Weihnachten feiern. Und nun das!«

»Ach, Paul, wer weiß, vielleicht will Georg dann in der Heiligen Nacht lieber mit ihr alleine sein. Das wäre doch auch möglich. Und Georg – ich bitte dich – der gehört doch auch nicht zu deiner Familie! Nicht mal zu meiner!«

»Aber er ist ein Freund des Hauses.«

»Schön, und jetzt haben wir eben noch eine Freundin des Hauses. Wo ist das Problem, Liebling? Kann es sein, dass du deine Tabletten abgesetzt hast? Ich finde, du bist schon wieder ein wenig kompliziert, Paul.«

»Oh, stimmt, die habe ich heute vergessen, richtig! Danke, Schnuppel.«

»Ich finde ja, der Charles hat es irgendwie nicht verdient, da draußen so alleine im Wagen von der Kommissarin zu sitzen. Meiner Ansicht nach hätten Georg und sie ihn im Taxi mitnehmen sollen.«

»Um Himmels willen, Schnuppel, du weißt aber schon, dass die Kommissarin mit dem Georg in den ›Carlsturm‹ gefahren ist. Und was die da machen, das brauche ich dir wohl nicht zu erzählen. Was sollte der Charles denn da jetzt mittendrin? Mit zwei verdrehten Armen und ohne Augen.

Das wäre ja was! Mann, Mann, Schnuppel. Das wäre jetzt aber wirklich pervers.«

»Na gut, Paul. Ich bin jedenfalls froh, dass alle weg sind. Ist schon ziemlich anstrengend. Und ich denke den Rest dieser Bowle, die sollten wir in den Ausguss schütten, bevor noch mehr passiert. Das Zeug hat ja eine verheerende Wirkung. Ich habe Marie gar nicht wiedererkannt. Das ist vielleicht ein Teufelszeug, ein elendes.«

»Ja, aber weißt du, deine Schwester tut auch ohne Bowle mitunter Dinge, die ich nicht immer nachvollziehen kann. Ich glaube, sie hat eine ganz eigene Welt, in der sie lebt. Schon interessant, wie unterschiedlich ihr beide seid.«

»Paul?«

»Ja, Schnuppel?«

»Du, das unter der Dusche heute Nachmittag, das war ein Versehen, nur damit wir uns richtig verstehen.«

»Ja, schon gut, hab ich auch schon komplett vergessen. Reden wir nicht mehr darüber. Irgendwann findest du schon noch zu mir.«

»Bestimmt Paul, es braucht eben alles seine Zeit.«

»Ja, Schnuppel, so ist nun mal das Leben.«

»Ich gehe jetzt schlafen, Liebster. Gute Nacht.«

»Gute Nacht, meine Beste. Schlaf gut, geh ruhig hoch, ich mache hier unten die Lichter aus. Bis morgen früh!«

»Bis morgen, Paul.«

47. SCHWIERIGVATER

Im Prinzip war die Woche sehr ruhig und so gnadenlos harmonisch verlaufen, dass Gina sich fragte, wann das dicke Ende denn nun kommen würde. Die Zeit vor dem vierten Advent war normalerweise hektisch, stressreich und selten harmonisch. Aber dieses Jahr – was sollte sie sagen – da war es einfach perfekt! Tom war gut verstaut wieder in München und sie hatte mit den Jungs abends Fensterbilder gemalt, gebastelt oder Geschichten vorgelesen. Die Weihnachtsgeschenke waren alle besorgt und lagen hübsch verpackt im Schrank. Sämtliche Weihnachtskarten waren zur Post gebracht und alle Päckchen längst verschickt. Ja, es war fast ein wenig langweilig und beängstigend, wie entspannt hier alles war, denn rings um Gina herum wuselte es hektisch. In der Stadt liefen die Leute mehr oder minder Amok im Kampf um dieses oder jenes Schnäppchen und jeder hatte noch unendlich viel zu besorgen oder zu erledigen. Alle, außer Gina. Das hatte sie nun davon, dass sie so extrem gut organisiert war.

Doch dann, am Samstag, kurz vor dem Abendessen, kam es ganz dicke. Das Telefon klingelte, und das Altenheim, in dem Toms Vater, den Gina noch nie in ihrem Leben gesehen hatte, lebte, war am Apparat. Die nette Dame mit der aufdringlichen Stimme wollte nur höflich nachfragen, ob Tom auch in diesem Jahr an der alljährlichen Weihnachtsfeier der Seniorenresidenz am 22. Dezember teilnehmen würde, damit man ihn beim Gala-Dinner berücksichtigen könne. Gina war verwirrt. Tom hatte eigentlich gesagt, er würde arbeiten müssen, aber scheinbar wollte er seinen Vater besuchen. Komisch, sehr komisch, dachte sie und gab der Dame Toms Handynummer, damit sie ihn direkt danach fragen könne. Doch dem nicht genug, jetzt wollte sie auch noch wissen, wann der Vater denn dann über die Feiertage abgeholt werden würde? Aber auch in dieser Frage verwies Gina auf Toms Mobiltelefon. Während sich die Dame höflich verabschiedete, stieg in Gina die nackte Panik auf. Was, wenn Tom nun Weihnachten komplett in München mit seinem Vater verbringen würde? Wie sollte sie das den Jungs erklären? Oder was, wenn Tom seinen Vater hierherholen würde? Auf Besuch pflegebedürftiger Menschen war ihr Haus mit den winkligen Ecken und den steilen Stufen beim besten Willen nicht ausgerichtet. Und sie war darauf ebenfalls nicht eingerichtet! In ihrem Kopf zogen düstere Bilder von Schnabeltassen und Bettpfannen auf. Von Thrombosestrümpfen und Rollatoren. Und obendrüber schwebte das Christkind und frohlockte. Gar nicht gut, dachte sie bei sich, nein, gar nicht gut!

20 Minuten später rief sie Tom an. Die Dame vom Altenheim würde ihn in der Zwischenzeit wohl schon erreicht haben, und so fragte sie ohne Umschweife danach, was denn nun Weihnachten eigentlich Sache sei.

»Nun, also, Gina, Liebes, ähm, ja. Die Sache ist die. Ich muss meinen Vater über die Feiertage zu uns holen, weil ich die Frist verpasst habe, in der ich ihn für die Weihnachtsbetreuung hätte anmelden müssen. Mit anderen Worten, Gina, du hast die Wahl an Weihnachten. Entweder ich komme gar nicht, oder ich muss meinen Vater mitbringen. Tut mir leid, aber so ist es.«

»Du hast noch nie großartig von deinem Vater gesprochen, ich dachte, ihr hättet kein gutes Verhältnis zueinander. Aber so wie es scheint, bist du ja jedes Jahr Weihnachten mit ihm zusammen.«

»Ja, auch letztes Jahr, als ich dir erzählt habe, ich müsste arbeiten. Da waren wir schließlich noch nicht so lange zusammen und ich wollte dich damit nicht belasten.«

»Wie ist dein Vater denn so? Vielleicht ist er ja ganz nett und wir haben eine Menge Spaß zusammen?«

»Spaß? Also, wenn du ihn kennen würdest, dann würdest du das Wort ›Spaß‹ nie im gleichen Satz verwenden wie das Wort ›Vater‹. Er ist jähzornig und ungerecht. Leidet vermutlich an Alzheimer und macht ins Bett.«

»Oh, Tom, nicht wirklich, oder?«

»Doch, Schatz. Außerdem ist er bei den Schwestern nicht besonders beliebt, weil er ihnen zum Beispiel sagt, dass ihre Oberschenkel zu dick und die Brüste zu klein sind.«

»Na ja, vielleicht meint er das nicht so.«

»Doch, Gina, genau so meint er das. Und kein bisschen anders. Du glaubst gar nicht, wie peinlich das sein kann. Er ist unerhört. Und ein Geizhals. Letztes Jahr habe ich von ihm eine gammlige Apfelsine und einen zerdrückten Schokoweihnachtsmann an Heiligabend bekommen. Die Pflegerin aus Polen aber einen Umschlag mit 500 Euro. Es ist keine Freude, mit ihm zusammen zu sein, aber was soll ich tun, er ist mein Vater!«

»Mensch, Tom, da hätten wir aber auch schon mal früher drüber reden können. Was soll ich jetzt machen? Auf dich verzichten, oder mir den Teufel ins Haus holen? Die Jungs würden weinen, wenn du nicht hier wärst. Paul und Mama wären enttäuscht. Gerade Paul freut sich so auf diesen Heiligabend. Aber wenn dein Vater wirklich so ist, wie du ihn beschreibst, dann vermiest er uns am Ende allen das Fest. Das will ich auch nicht. Tom, ich muss nachdenken. Wir telefonieren morgen wieder, ja? Ich rede mal mit Mama und Paul darüber. Und Tom?«

»Ja, meine Süße?«

»Egal wie, ich liebe dich und du bist mir wahnsinnig wichtig. Und jetzt schlaf gut, bis morgen.«
»Bis morgen, mein Schatz.«

Kaum hatte sie aufgelegt, tippte sie auch schon die Nummer von Paul Uhlbein ein, der sich nach dem zweiten Läuten meldete.
»Paul, ich bin's. Gina. Kannst du mal die Freisprechanlage einschalten und die Mama dazuholen? Es ist wichtig.«
»Ja, mache ich, du klingst ja ganz aufgewühlt. Was ist denn los? So, jetzt ist deine Mutter hier und hört mit.«
»Hallo, Gina.«
»Hallo, Mama. Ich habe ein Problem.«
»Schieß los, seiner Mutter kann man alles anvertrauen. Was gibt es?«
»Einen Schwiegervater, der aber offenbar eher ein ›Schwierigvater‹ ist. Tom muss seinen Vater über die Feiertage aus dem Altenheim holen. Und nun weiß ich nicht, was ich machen soll. Ich kenne den Mann gar nicht und müsste ihn über Weihnachten bei mir wohnen lassen. Er macht ins Bett und ist böse. Sehr, sehr böse.«
»Wer sagt denn so was? So ein alter Opa, der kann doch fast nicht böse sein«, lachte Paul ein wenig.
»Tom sagt aber, dass er schwierig ist. Sehr schwierig. So, wie er ihn beschrieben hat, ist er jähzornig und gemein. Geizig und anzüglich. Außerdem hat er vielleicht Alzheimer.«
»Oh, das klingt nach Ärger, Gina. Aber wenn du den Rat deiner Mutter hören willst, dann ist die Frage nicht ›Schwierigvater oder nicht Schwierigvater‹, sondern ›Tom oder nicht Tom‹. Wenn du ihn willst, dann musst du vermutlich den Alten in Kauf nehmen. Das ist nun mal so. Man heiratet immer eine Familie, und in jeder Sippe gibt es böse

und gute Verwandte. So war das schon immer, und so wird es wohl auch noch lange bleiben.«

»Ach, Mama, ich will den Tom ja, aber er hätte mir auch schon früher von seinem Vater erzählen können. Dann wäre ich vorbereitet gewesen.«

»Tja, Gina«, beruhigte sie Paul, »jeder Mensch hat sein kleines dunkles Geheimnis. Ich glaube, Tom wollte gut vor dir dastehen und hat sich deshalb nicht getraut. Pass auf, ich mach dir einen Vorschlag. Bring den netten Opa einfach mit hierher und schau, dass du ihn maximal zwei Nächte bei euch hast. Heiligabend und den ersten Feiertag. Das schaffst du schon. Ich verspreche dir, wir werden hier alle so viel Freude haben, dass er gar nicht auffällt, und am ersten Feiertag nehme ich ihn einfach mit auf den Friedhof. Er hat doch gewiss einen Rollator oder einen Rollstuhl. Wir besuchen die Gräber unserer Liebsten und dabei habe ich echt kein Problem, ihn ein wenig durch die Gegend zu schieben.«

»Würdest du das wirklich tun, Paul?«

»Aber sicher doch, Gina. Ich würde mich allerdings an deiner Stelle vorab noch mal informieren, wie das mit der Inkontinenz aussieht. Du weißt schon. Ob du ihm die Windeln wechseln musst, oder ob Tom das macht. Ich habe unten im Institut jede Menge Vliesunterlagen. Die kannst du ihm auf seine Matratze legen, damit nichts durchweicht. Das geht schon. Wo soll er denn eigentlich schlafen? Kommt er die Stufen noch hoch?«

»Keine Ahnung, Paul, wie gesagt, ich kenne ihn ja gar nicht. Aber im Notfall muss er im Wohnzimmer schlafen. Wir haben so ein aufblasbares Gästebett. Da liegt man ganz gut.«

»Oh weh. Na schön, Gina. Besprich das mit deinem Tom und denk daran, Blut ist dicker als Wasser. Er wird den Vater vermutlich nicht im Stich lassen.«

»Vermutlich. Danke euch beiden. Schlaft gut, ich denke über alles nach.«
»Gute Nacht, Gina!«
»Gute Nacht, Kind!«

48. UND WENN DAS VIERTE LICHTLEIN BRENNT ...

Tom kam am frühen Sonntagmorgen, als alle noch schliefen, und deckte in Ginas Küche den Frühstückstisch. Er hatte am Vortag bis spät abends arbeiten müssen, aber es war ihm nach dem gestrigen Telefonat wichtig, heute unbedingt selbst mit Gina und den Kleinen zu sprechen. Sogar Brötchen hatte er mitgebracht und Blumen von der Tanke.

Als Gina und die Jungs, die von dem Klappern wach geworden waren, in die Küche kamen, freute sich Gina sehr über diese unerwartete Überraschung und ahnte gleichzeitig, dass man jetzt wohl eine Entscheidung von ihr hören wollte. Aber ohne vorher mit den Jungs geredet zu haben, kam das für sie nicht infrage. Also schnitt sie ihr Frühstücksbrötchen auf und begann in den höchsten Tönen davon zu schwärmen, dass es in Toms Familie noch so etwas Ähnliches wie einen Opa gäbe, der ganz schrecklich alleine an Weihnachten wäre, wenn sie ihn nicht einladen würden. Damit fängt man ein Kinderherz, denn Opas wurden grundsätzlich in jedem Film und jedem Märchen am Ende die Helden und die ganz besonders Lieben. Das war einfach immer so.

Zehn Minuten später strahlte Tom, nachdem er Gina fest versprochen hatte, dass er notfalls selbst die Windeln des Greises wechseln würde. Maximal zwei Nächte sollte der »Schwierigvater« bleiben und er – also Tom – würde sich höchstpersönlich um die Körperhygiene seines Vaters kümmern müssen. Das war die Bedingung. Der Deal sozusagen, denn das würde Gina beim besten Willen nicht tun. Nicht für einen fremden, bösen, alten Mann. Niemals. Morgen würde Tom dann also zu dieser Senioren-Weihnachtsfeier nach München fahren, übermorgen arbeiten und dann am 24. Dezember mit seinem Vater hier anrauschen. Dann kurzes Kennenlernen, Opa, Kinder und Geschenke ins Auto und ab zur Villa Uhlbein. Am 25. Dezember morgens Brunch, dann Friedhof mit Paul und am 26. Dezember morgens Abflug für Opa zurück in die Seniorenresidenz. Das hörte sich machbar an. Ab dem 27. Dezember bis zum 6. Januar war somit noch genügend gemeinsame Zeit für Tom, Gina und die Kinder.

Die Nachricht wurde sofort an die Villa Uhlbein weitergereicht, wo man sich nun ebenfalls auf einen Gast mehr einstellte, und das noch nicht einmal ungern. Paul freute sich fast ein wenig auf den Vater von Tom, denn es war ihm schon wichtig, zu sehen, aus welcher Familie sein künftiger Beinahe-Schwiegersohn denn käme. Frau Meier war es im Prinzip egal, ob nun einer mehr oder weniger kommen würde. Gina wollte eine Menge Salate mitbringen und sie selbst hatte Gottlieb beauftragt, ein paar Grillplatten, etwas Fisch und noch eine Mitternachtssuppe zu liefern. Um Sekt wollte sich Georg kümmern, der – wie nicht anders zu erwarten – nun tatsächlich mit seiner neuen Freundin

HK Rothenfuß auflaufen wollte. Nun, egal. Jetzt kam es ohnehin schon nicht mehr darauf an. Sie hoffte nur, dass Weihnachten möglichst schnell vorbeigehen würde und es nach Möglichkeit zu keinerlei Eskalationen käme. Und nur für den Fall, dass alles doch etwas hektischer werden würde, als sie es im Moment erahnte, hatte sie schon mal damit angefangen, Pauls Pillen ebenfalls zu schlucken. Das erleichterte die Sache ungemein.

Paul war an diesem Nachmittag bereits dabei, den großen Weihnachtsbaum in der Halle aufzustellen. Ein gigantisches Teil, das locker seine vier Meter hatte, und welches er nun mit Schnüren am Treppengeländer befestigte. Dann rollte er die riesige Palette roter Glaskugeln, die er in den vergangenen Wochen bei eBay ersteigert hatte, herein und begann damit, die Tanne zu schmücken, was ihm offensichtlich enorm viel Freude bereitete. Frau Meier ging ihm zur Hand und im Hintergrund sangen die Regensburger Domspatzen das Weihnachtsoratorium.

Georg indes schwebte auf Wolke sieben. Er war verliebt. In Bernadette! Und wie! Den ganzen Tag trällerte er vor sich hin, versalzte in der Wurstküche den Leberkäs und sah alles nur noch rosarot. Eigentlich war er völlig neben sich, denn so, wie es schien, fiel seine Liebe auf extrem fruchtbaren Boden. Bernadette war nun schon zwei Nächte hintereinander bei ihm im »Carlsturm« geblieben und man sprach bereits – natürlich nicht direkt, sondern nur um den heißen Brei herum – davon, vielleicht eine gemeinsame Wohnung zu nehmen. Doch für solche Überlegungen war es vielleicht noch ein klein wenig zu früh – oder vielleicht auch nicht?

Gottlieb und Olga hätten das jedenfalls begrüßt. Sie trauten der Kommissarin nicht einen Millimeter über den Weg und Olga hatte eine richtige Putzwut entwickelt, damit nur ja nicht irgendwann versehentlich auffiel, dass einmal ein eisiger Igor im »Carlsturm« als Untermieter gewohnt hatte.

Marie hatte die Nase voll von Männern aus dem Internet. Nach der Pleite mit Ludwig Gröbelmeister kehrte sie reumütig an Xavers Bettchen zurück, der nun Carmina Burana für sich entdeckt hatte und mit seinem Schnuller die Wiener Philharmoniker dirigierte. Sarah machte sich derweil ein schönes Leben und war mal eben rasch ein paar Tage zum Skifahren nach Kitzbühel abgerauscht. Am Tag vor Heiligabend wollte sie jedoch wieder zurück sein.

49. E. T. UND EIN WILDSCHWEIN

Paul Uhlbein hatte es genau so kommen sehen. Am späten Sonntagnachmittag wurde er zu einem Selbstmord gerufen. Unschöne Geschichte, ganz unschön, und was noch viel schlimmer war, der Tote sollte auch unbedingt noch am Morgen des Heiligen Abends bestattet werden. Das war normalerweise nicht üblich, aber aufgrund der Tatsache, dass genau zu dieser Zeit ohnehin die ganze Trauerfamilie in der Stadt war, erwirkte man eine Sondergenehmigung. Das bedeutete Stress und Hektik für Paul, der doch eigentlich gedanklich schon unter dem Weihnachtsbaum saß und mit Mikka und Ole spielte. Hoffentlich schaffte er es jetzt noch, die Haltestangen für die Handpuppen zu bauen, damit man diese hübsch aufspießen und präsentieren konnte und sie nicht alle kreuz und quer in einer Kiste herumfliegen würden.

So begann die Woche also alles in allem recht arbeitsreich, und auch Frau Meier hatte noch jede Menge zu tun. Zwar gab es bei Paul eine Zugehfrau, aber das war auch nicht das Problem. Viel schlimmer waren die beiden neuen Gäste, Frau Rothenfuß und der schwierige Opa. Es konnte ja nicht angehen, dass diese vom Christkind, also von Frau Meier, nicht bedacht wurden. Für die Rothenfuß war es recht einfach. Da Frau Meier selbst letztes Jahr so ein aufdringliches Parfüm von Gina bekommen hatte, würde sie dieses nun an die hexenhafte Kommissarin weiterverschenken, aber für diesen Opa – da hatte sie so gar keine Idee. Vielleicht ein paar hübsche Stofftaschentücher oder warme Füßlinge aus Schafswolle. Oder ein hübscher Bildband? »Meine 100 schönsten Eisenbahnen«? »Ernährung im Greisenalter«? Hm, das war gar nicht so einfach. Schließlich fand sie eine Autobiografie von Helmut Schmidt, ließ davon aber schließlich doch ab, denn wenn einer aus München kam, dann war er bestimmt ein Strauß-Anhänger und kein Sozi. Schlussendlich entschied sie sich für eine Flasche »Klosterfrau Melissengeist« und ein hübsches Kissen mit weißblauem Muster. Das könnte er sich bei Tisch ja unterlegen – wegen der Blasenschwäche. Ja, es war alles nicht so einfach.

Gina hatte das gleiche Problem und keine Ahnung, was sie dem guten Mann denn nur unter den Baum legen sollte. Irgendwann zerrte sie ein Foto von Tom, ihr und den Jungs aus einer Schachtel und legte es in einen Fotorahmen, der gar nicht mal so schlecht aussah, wie ein böser geiziger Mann es womöglich verdient hatte. Die Jungs bastelten für den neuen Opa noch ein paar Sterne und Ole malte sogar ein Bild für ihn. Darauf war ein Rentier, das aussah wie ein Wildschwein, und der Nikolaus hatte verdammte Ähnlichkeit mit E. T.

Dann richtete sie schon einmal das Bettzeug für den »Schwierigvater« und legte ein kleines Betthupferl in Form eines Schokoherzchens obenauf. Sie hatte noch immer keine Ahnung, was sie tatsächlich erwartete, denn irgendwie konnte sie sich beim besten Willen nicht vorstellen, dass so ein netter Kerl wie Tom ein solches Monster zum Vater haben sollte.

Die Tage bis zum Fest zogen sich für Gina zäh wie Kaugummi. Sie war extrem angespannt und selbst die Jungs schlichen nur noch vorsichtig und leise um sie herum, weil auch sie spürten, dass Mama in etwa so geladen war wie ein Fass mit Dynamit. Aber was machen Töchter in solchen Situationen, egal, wie alt sie sind? Richtig, sie rufen ihre Mutter an.

»Bestattungsinstitut ›Ruhe Sanft‹, Sie sprechen mit Frau Meier?«

»Seniorenstift Svenson, ich hätte gerne eine Gruft bestellt.«

»Gina? Was soll denn das?«

»Hi, Mama, na, wie geht's dir so? Schon voller Vorfreude auf Weihnachten?«

»Oh, Gina, Freude ist ein dehnbarer Begriff. Irgendwie ja und irgendwie nein. Und du? Freust du dich schon?«

»Ich? Nein, Mama, ich will nicht, dass dieser blöde Vater hier aufläuft. Ich kann ihn jetzt schon nicht leiden, obwohl ich ihn gar nicht kenne.«

»Du solltest ihn nicht vorschnell verurteilen. Er ist bestimmt ein netter Kerl und nur halb so wild, wie Tom ihn darstellt. Ich bin mir sicher, er wird kaum Arbeit machen, höflich Bitte und Danke sagen und sich nach der Toilette die Hände waschen. Bestimmt, Kind. Wenn du schon so dermaßen negativ an die Sache herangehst, dann kann es auch gar nicht schön werden. Es sind doch nur zwei Nächte. Reiß dich mal ein wenig am Riemen. Wenn man will, kann man alles.«

»Ich will mich aber nicht am Riemen reißen, ich will einfach nur ein schönes Weihnachten haben. Einfach so, unter uns! Verstehst du, was ich meine?«

»Nee, wir sind nicht unter uns. Da kommen so viele Leute! Und sogar die Rothenfuß! Was glaubst du, wie ich mich dabei fühle. Hast du das überhaupt eingeplant, dass sie kommt, Gina? Da muss mindestens eine Schüssel Salat zusätzlich gemacht werden.«

»Ja, habe ich alles berücksichtigt. Und es ist auch fast alles fertig. Es gibt Antipasti, einen Thunfischsalat, Rindfleischsalat, bunte Salate, aber die sind frisch, die mache ich erst kurz vorher, Kartoffelsalat, Schichtsalat, Forellenmousse und Auberginencreme. Und für den Nachtisch habe ich Rote Grütze, Schokotarte und Orangencreme. Das sollte reichen, oder?«

»Hört sich gut an, ich glaube, das langt.«

»Mama?«

»Ja, Gina, was ist denn?«

»Mama, du, wenn es ganz schlimm mit dem alten Mann wird, darf ich dann mit den Jungs bei euch übernachten?«

»Jetzt stell dich doch nicht so an, Gina. Du bist ja bis obenhin voll von Pessimismus! Denk positiv! Das wird nett werden. Und es schadet dir bestimmt auch nicht, wenn du dich mal um jemanden kümmerst und für ihn sorgst.«

»Mama, ich kümmere und sorge mich um jeden! Um die Jungs, Tom, euch, Marie!«

»Was willst du denn damit sagen? Kümmern? Was kümmerst du dich denn groß?«

»Na, ich backe, koche ...«

»Ach, das bisschen. Jetzt blas dich mal nicht so auf. Das macht man in deinem Alter doch mit links!«

»Mama! Sei bitte mal ein wenig nett zu mir und bemitleide mich!«

»Du spinnst ja wohl, Gina! Der Einzige, der dich bemitleiden müsste, bist du selbst. Hör dich doch mal an! Ewig am Jammern. Das geht ja auf keine Kuhhaut! Reiß dich zusammen, in ein paar Tagen ist alles vorbei! Was uns nicht umbringt, macht uns nur noch härter.«

»Ist gut, Mama, dann also morgen um sechs bei euch.«

»Ja, bis morgen. Und Gina-Schatz, der Paul würde sich sehr freuen, wenn du ihm noch die Karamell-Creme machen würdest, die er so gerne mag. Ginge das?«

»Aber sicher. Bis morgen dann. Tschüss!«

»Grüße die Jungs von mir, tschüss!«

50. RUHE VOR DEM STURM

Wie so ziemlich jede Katastrophe kündigte sich auch das diesjährige Weihnachtsfest durch eine besonders zerreißende Stille und Ruhe an. Diese Atmosphäre hatte etwas absolut Schneidendes und Messerscharfes an sich. Morgens war noch alles ganz ruhig und friedlich. Die Jungs saßen entspannt in ihren Weihnachtspyjamas am Frühstückstisch, im Radio plärrte Wham sein »Last Christmas«, das zwar irgendwie dazugehörte, aber das auch gleichzeitig so gut wie niemand mehr ertragen konnte, und Gina machte Apfelpfannkuchen. Das musste am Heiligen Abend so sein. Ebenso wie die Linsensuppe am Mittag und der Punsch nach der Bescherung.

Die Jungs waren mächtig aufgeregt. Sie malten sich in den schillerndsten Farben aus, was der Weihnachtsmann denn bringen würde, wobei es da schon zu ersten Streitigkeiten kam. Bei Oma kam nämlich das Christkind, nicht der Weihnachtsmann. Den fand Oma doof und deswegen musste das arme kleine Christkind mit nackten Füßen und dünnem Laibchen in dieser Eiseskälte durch die Nacht fliegen. Das wiederum fand Mikka total unmöglich. Der Weihnachtsmann war viel stärker und könnte auch mehr Geschenke tragen als dieses arme Würmchen von einem Engel! Außerdem hatte der Weihnachtsmann einen Schlitten und Rentiere. Und was hatte das arme Christkind? Nix, gar nix! Nur ein paar windige Flügelchen und zwei kleine Hände. Was sollte da schon groß reinpassen? Also hatte man sich darauf geeinigt, dass abends bei Oma das Christkind etwas Kleines abgeben sollte und dann – wenn hier zu Hause alle schlafen würden – der Weihnachtsmann durch den Schlot käme und hier bei den Jungs noch einmal ordentlich Geschenke abliefern sollte. Das war okay für die beiden. Damit konnten sie leben. Auch damit, dass sie es der Oma nicht verraten durften, dass das Christkind solche Jobs eigentlich ja gar nicht machen dürfte, weil das nämlich Kinderarbeit wäre, und so was war – Gott sei Dank – in Deutschland verboten! Nachts, Feiertag und dann so ein kleines zartes Engelchen in der Kälte vor die Tür jagen. So was machte man einfach nicht! Das gehörte sich nicht!

Kurz vor zwei machte sich Gina dann mit den Kleinen auf in die Erlöser-Kirche, ein recht modernes Gotteshaus, das Mikka schon immer besonders gut gefallen hatte. Kindergottesdienst mit Krippenspiel. Das war immer sehr lustig. Zumindest so lange, bis nicht irgendwelche Kleinstkinder in der Reihe vor, hinter und neben einem einen ordentlichen Haufen in ihre Windeln gepfeffert hatten. Danach war die Sache schon schwieriger. Da blieb einem nämlich die Luft beim Singen weg und man hatte auch gewaltige Probleme, der Handlung des Krippenspiels zu folgen, da der Sauerstoff im Gehirn durch Biogas ersetzt wurde. Es war jedes Jahr das gleiche Spiel, und egal, wo sie sich mit den Jungs auch hinsetzte, immer – wirklich immer – hatten die Zwerge der anderen Eltern die Büx gestrichen voll. Ein absolut atemberaubendes Erlebnis – alle Jahre wieder.

Nach dem Gottesdienst spazierten die drei noch ein wenig am Kanal entlang und fütterten die Enten mit Oles letzter Kindergartenbrotzeit, die er angebissen in seiner Jackentasche vergessen hatte. Die Enten fanden es lecker – Ole nicht so, wegen der Leberwurst.

Langsam wurde es stiller in der Stadt, die Menschen zogen sich in ihre Häuser zurück und die Lichter gingen überall an. Es dämmerte schon fast, als sie nach Hause ins Blumenviertel kamen. Das Haus lag im Dunkeln, Toms Wagen parkte noch nicht davor. Genug Zeit also, sich ordentlich die Haare zu kämmen, brav die Hände zu waschen und die Nasen zu putzen, bevor der neue Opa eintreffen würde und sie inspizierte.

Aber – und das hatte Gina sich fest vorgenommen – sie würde dem guten Mann Paroli bieten. Dies war immer noch ihr Haus und er war der Gast. Wie sagte ihr früherer Chef immer: Der Gast ist König, aber ein König weiß sich zu benehmen.

Mit diesem Mantra im Ohr öffnete sie die Tür, als Toms Auto draußen vorfuhr. Die Kinder standen im Flur bereits Spalier, damit sie den geheimnisvollen Weihnachts-Opa auch sofort in Augenschein nehmen konnten.

Als Tom die Beifahrertür öffnete und dem alten Männlein aus dem Wagen half, hatte Gina schon fast Mitleid. Was war dieser Mann klein, alt und runzelig! Ganz schwach schien er zu sein, wie er sich so auf seinen Sohn und seinen Stock stützte. Ginas gutes Herz klopfte bis zum Hals, als sie das traurige Bild sah, und so eilte sie die Stufen nach unten, um zu helfen. Doch kaum am Wagen angelangt, schubste der Alte sie auch schon mit dem Ellbogen zur Seite.

»Junge Frau, ich bin kein alter Mann! Ich brauche Ihre Hilfe nicht! Das macht mein Sohn!«

»Super, herzlich willkommen, Herr Richards, schön, dass Sie hier sind.«

»Schön? Was heißt hier schön, in dieser Rummelbude hier wohnen Sie mit meinem Sohn? Thomas! Das kann doch nicht etwa dein Ernst sein!«

Gina schluckte. Sie war stolz auf ihr Häuschen. Sauber, gepflegt, historisch und bezahlt!

Tom zog eine Augenbraue nach oben und stützte seinen Vater unter der Achsel. Es war ein ziemlicher Akt, bis der Senior die Stufen nach oben geschafft hatte und im Flur sofort mit seinem Stock herumfuchtelte und die Kinder damit verscheuchte. »Weg da, ihr Bälger, ihr seht doch, dass ich hier entlang muss!«

Die beiden kuschelten sich sofort an ihre Mama und

waren schwer enttäuscht. Sie hatten sich einen netten alten Mann mit Bart vorgestellt und nicht so einen fiesen Grantler.

Tom brachte ihn direkt ins Wohnzimmer, wo er wie ein nasser Sack in den großen Ohrensessel sank. Er atmete schwer und verlangte nach Tee.

»Gerne. Welchen hätten Sie denn gerne. Kräuter, Schwarztee, Früchtetee?«

»Was ist an dem Wort ›Tee‹ so schwierig zu verstehen. Ich möchte einen ganz normalen schwarzen Tee. Mit zwei Stück Zucker.«

»Aber, Vati, du sollst doch keinen Zucker!«

»Ich nehme Zucker, solange es mir passt, das lasse ich mir von niemandem verbieten, und von dir schon gar nicht.«

Dann fuchtelte er mit seinem Stock in Ginas Richtung und blaffte: »So, junge Frau, jetzt aber mal flott, ich lebe nicht ewig und bevor ich sterbe, hätte ich gerne meinen Tee. Jetzt!«

Gina zuckte erneut zusammen und gab Tom ein Zeichen, ihr in die Küche zu folgen.

»Sag mal, der Alte spinnt ja wohl! Tom, ich erwarte von dir, dass du ihm steckst, dass sein Verhalten unmöglich ist und dass er sich hier in meinem Haus befindet und nicht als Oberaufseher im Arbeitslager. So lasse ich nicht mit mir reden und wenn du willst, dass das hier nicht total aus dem Ruder läuft, dann stopfe ihm sein unerhörtes Mundwerk!«

»Liebes, ich habe dir doch gesagt, dass er ein wenig schwierig ist.«

»Du, zwischen dem hier und ›ein wenig schwierig‹, da liegen Welten! Wenn du ihn dir nicht zur Brust nimmst, dann tu ich das, und dann gnade ihm Gott! Wenn es sein muss, dann bringe ich ihn noch heute Nacht eigenhändig zurück in sein scheiß Altenheim!«

»Das Altenheim hat über Weihnachten geschlossen. Ich kann ihn erst am zweiten Feiertag, frühestens um drei zurückbringen. So schaut's aus, Schatzi!«

Als Tom zurück ins Wohnzimmer kam, pupste der »Schwierigvater« gerade in die Kissen und nahm eine Prise Schnupftabak, die er geräuschvoll in seine riesigen Nüstern zog.«

Ole hatte das vom Flur aus beobachtet und fragte Gina, die gerade das Tablett belud, was denn das braune Zeugs wäre, was der Opa sich in die Nase reiben würde.

»Erkläre ich dir später, Ole. Jetzt geh mit Mikka hoch in mein Zimmer, da könnt ihr ein bisschen fernsehen. Ich komme gleich zu euch und dann – dann gehen wir zu Oma und Paul. Und wenn dort alle Gäste angekommen sind, dann kommt bestimmt auch schon bald das Christkind. Das zündet die Kerzen am Weihnachtsbaum an und legt die Geschenke darunter. Dazu muss man vorher natürlich das Fenster offen lassen, und wenn man Glück hat und es schafft, beim Glockenläuten im Weihnachtszimmer zu sein, dann kann man noch ein winziges Spitzlein vom Flügel oder seinem Kleidchen sehen. Wollen wir das heute mal versuchen? Schauen, ob wir es sehen können, wenn es wieder hoch in den Himmel fliegt?«

»Mama?«

»Ja, Ole?«

»Sag mal, das ist doch alles gar nicht wahr, oder?«

»Wieso? Warum sagst du so was, Kleiner?«

»Kinder – und das Christkind ist ein Kind – dürfen überhaupt gar nicht mit Feuer spielen. Und die dürfen auch keine Kerzen alleine anzünden, wenn niemand im Raum ist. Ich glaube, das Christkind sollte lieber mal Hausarrest bekommen und so richtig Ärger, bei dem Scheiß, was es alles macht. Nachts draußen sein, barfuß und dann auch noch zündeln! Ich krieg schon geschimpft, wenn ich mal ohne Mütze raus will. Oder ohne Buddelhose. Das Christkind sollte ins Heim. Seine Eltern kriegen das mit der Erziehung echt gar nicht auf die Reihe.«

»Ole, Ole. Aus dir wird noch mal echt ein ganz großer Psychologe. Ich bin stolz auf dich, mein Schatz! Und jetzt bringen wir dem Opa da drüben seinen Tee und dann ist der auch wieder lieb. Jede Wette.«

Doch der Opa war nicht lieb. Als Gina ihm eine Tasse eingoss und sich dabei ein wenig vorbeugen musste, lugte er in ihren Ausschnitt und fragte keck nach dem Zeitpunkt ihrer letzten Diät und ob sie nicht vielleicht vorhabe, sich die Brust ein wenig vergrößern zu lassen. Mit so derart kleinen Möpsen könne man keinen Mann der Welt glücklich machen. Und dann – ja, dann fragte er noch, wann er endlich Toms Freundin kennenlernen würde und nicht immer nur die Putzfrau …

51. WEIHNACHTSMANN-METAMORPHOSE

Paul Uhlbein hatte Hektik. Die Sache mit dieser Beerdigung des Selbstmörders am Weihnachtsmorgen hatte seinen ganzen Zeitplan komplett durcheinandergebracht. Er hatte doch alles schon vor Monaten so schön koordiniert. Einschließlich Termin bei der Maniküre. Den konnte er jetzt vergessen. Das war aber auch was, der junge Mann hätte wahrlich auch noch bis nach Weihnachten damit warten können, sich selbst ins Jenseits zu befördern. Aber nein, die jungen Leute heutzutage, die dachten allesamt nur an sich.

So kam es, dass am Nachmittag des Heiligen Abends alles doch nicht ganz so glatt lief, wie er sich das vorgestellt hatte. Frau Meier hatte die Festtafel gedeckt. Das war schon mal zu seiner Zufriedenheit ausgefallen, und auch die Frage, ob alle Geschenke gut verpackt seien, hatte sie bejaht. Doch dann kam die Sache mit dem Weihnachtsmann zur Sprache, den er schon vor einigen Wochen als Überraschung bestellt hatte. Da tickte Frau Meier komplett aus. Er erkannte sein Schnuppelchen überhaupt nicht wieder. Die Frau konnte sich aber auch in eine Sache hineinsteigern, das hielt man gar nicht für möglich. Paul jedenfalls hatte für halb sieben, wenn die Bescherung beginnen sollte, den Weihnachtsmann bestellt. Einen ganz teuren, der nicht so einen billigen Fetzen am Leib trug, sondern ein wunderbar besticktes Gewand. Und dessen Bart so echt aussah, dass man fast selbst wieder an den Weihnachtsmann geglaubt hätte. Bedauerlicherweise glaubte aber Schnuppel nicht an den Weihnachtsmann, was ihm vorher irgendwie entgangen war, obgleich es die Diskussionen zwischen Mutter und Tochter scheinbar schon seit Jahren gegeben hatte. Nein, er hatte keine Ahnung, dass der Weihnachtsmann ein rotes Tuch für Frau Meier war. Nicht die leiseste, und als er dann mit seiner frohen Kunde herausrückte, damit sein Schnuppel das auch in ihrem Programmablauf berücksichtigen könnte, war alles zu spät. Solch ein Donnerwetter hatte er nicht erwartet und dabei hatte er selbst sich doch auch derart auf den bärtigen Gesellen gefreut.

»Paul, dir brennt ja wohl echt der Kittel, du hast doch nicht mehr alle Tassen im Schrank! Wir sind in Franken, nicht in Amerika! Bei uns kommt das Christkind! Nicht so eine Erfindung von Coca-Cola, so eine saublöde! Was bist du denn überhaupt für ein Banause, dass du so etwas nicht weißt! Ein Weihnachtsmann kommt mir nicht ins Haus! Schluss, aus, Ende, basta!«

»Aber, Schnuppel, oben im Flur steht doch auch einer, der ist lebensgroß, ich dachte, du magst Weihnachtsmänner.«

»Ja, aber nicht am Heiligen Abend! Da kommt das Christkind. C-H-R-I-S-T-Kind! Das war so, das ist so und das bleibt so!«

»Und was soll ich jetzt machen? Ich habe ihn doch schon bezahlt und er ist sicher auch schon unterwegs und macht bei anderen Leuten Bescherung, ich glaube nicht, dass sich da noch etwas hinbiegen lässt.«

»Ruf ihn an und sag ab oder«, und nun überlegte sie so scharf, dass man fast die Klinge blitzen sehen konnte, »er soll als Christkind kommen! Genau! Ich habe oben ein weißes großes Rüschennachthemd, aus der Zeit, als ich noch so viel dicker war, da passt auch ein Weihnachtsmann rein, und an der Terrassentür hängen diese großen Dekoflügel, da machen wir ein Gummiband drumherum und dann kann er die auch haben. Fertig ist das Christkind!«

»Das macht er nie im Leben!«

»Versuche es, Paul! Gib dein Bestes und denk daran, ein Weihnachtsmann kommt mir nicht ins Haus. Niemals. Wenn der Weihnachtsmann kommt, dann gehe ich, und das ist mein voller Ernst!«

Paul war verzweifelt und suchte panisch nach der Telefonnummer des Weihnachtsmannes. Er hatte Glück, fand sie, rief an, und der Weihnachtsmann meldete sich sofort. Ein wenig peinlich war es ihm schon, dass er diesem Menschen nun von seinem Faux-pas erzählen musste, aber es nutzte ja nichts, wenn Schnuppel ging, dann könnte er einpacken, das war ihm auch klar. Der Weihnachtsmann bekam einen Lachanfall, als er die Story hörte, aber da er offenbar schon ein paar Glühwein intus hatte, fand er die Idee gar nicht mal so schlecht und sagte zu. Nur die Perücke vom Weihnachtsmann, die müsse er aufsetzen, denn die war lang und lockig. Er selbst hätte nämlich gar keine Haare mehr. Und wenn man ihm einen Platz zum Umziehen zuweisen würde, dann wäre tatsächlich alles kein Problem. Vorausgesetzt, dass Paul noch einen 50-Euro-Schein drauflegen würde.

Paul Uhlbein fiel ein Stein vom Herzen, glaubte aber nicht, dass die Mutation vom Weihnachtsmann zum Christkind sonderlich gut gelingen würde. Hoffentlich war der Mann rasiert, was sollten denn sonst die Kinder denken? Die würden ja vollkommen vom Glauben abfallen. Nun, egal. Schnuppel hatte ihren Willen, und Paul nahm noch eine seiner kleinen Pillen. Es würde schon alles gut werden. Vielleicht fiele das Christkind zwischen all den Leuten ja auch gar nicht mehr sonderlich auf. Darauf hoffte er, goss sich einen großen Schluck Talisker in ein Whiskyglas und inhalierte den beruhigenden Duft von Salz, Holz und Malz.

»Paul? Hast du das jetzt mit dem Christkind geklärt, mein Liebster?«

»Sicher, kostet 50 Euro mehr und alles geht glatt.«

»Ach, ehrlich, war die Änderung so kurzfristig noch möglich? Prima.«

»Er braucht nur einen Raum, wo er sich umziehen kann, die Flügel und das Nachthemd. Dann ist alles okay. Das goldene Buch mit seinen Notizen kann er ja auch als Christkind verwenden.«

»Gut so, Paul, ich wusste doch, dass du das hinbekommst.

Du bist ein Schatz. Und nur noch mal zum Mitschreiben: In Franken kommt das Christkind, das war schon immer so!«

»Schnuppel, das stimmt auch nicht so ganz. Das Christkind hat Martin Luther erfunden.«

»So ein Schmarrn, Paul, das glaubst du ja wohl selber nicht. Das Christkind gab es immer schon, auch schon vor Luther. Genauso wie den Adventskranz und den Weihnachtsbaum.«

»Das stimmt auch nicht. Der Adventskranz stammt aus einem Kinderheim in Hamburg und das mit dem Weihnachtsbaum, ach egal! Nun lass uns langsam umziehen, damit wir fertig sind, wenn alle kommen. Ich freu mich so, trotz des kleinen Missgeschicks mit dem Christkind, ich kann es gar nicht erwarten, die leuchtenden Augen der Jungs zu sehen, wenn sie ihren Kaufmannsladen mit Puppentheater bekommen!«

Diesen Moment konnte Frau Meier ebenfalls kaum erwarten. Sie war nämlich tatsächlich sehr gespannt darauf, was Mikka und Ole zu den Messingbeschlägen und dem Kruzifix sagen würden.

52. NUSSKNACKER-SUITE

Xaver war in seinem Element. Passend zum Weihnachtsfest hatte man ihn in seinem Kindersitz auf das Sofa gepackt und ihm eine DVD mit dem Nussknacker-Ballett eingelegt. Das fand er absolut genial und er quiekte vor Vergnügen. Dass die Sache mit der DVD unter Umständen ein Fehler gewesen sein könnte, wurde Marie leider erst viel später bewusst, als Xaver sich schon bald nicht mehr mit klassischem Ohrenschmaus alleine zufriedengeben wollte. Jetzt fand er Gefallen an den Mädels und Jungs, die dazu auch noch herumhüpften und lustige bunte Tutus und enge Strumpfhosen trugen.

Auf alle Fälle war er für den Moment mehr als glücklich und Marie und Sarah konnten sich solange für das Weihnachtsfest in Schale werfen. Sarah hatte sich in Kitzbühel ein sündhaft teures Kleid gekauft, das ihr wirklich gut stand, und Marie hatte sich in ein schwarzes Hosen-Outfit geworfen und eine goldene Stola über die Schultern gelegt. Absolut perfekt sahen sie aus. Jetzt war nur noch Xaver dran, der in einen Strampler mit Samtfliege gezwängt werden sollte. Dieser Strampler hatte eine gewisse Ähnlichkeit mit einem Frack, und das war für den angehenden Opernstar zumindest schon mal die passende Abendgarderobe. Früh übte sich, was ein Meister werden wollte.

Die Sache war nur die, dass Xaver nicht zum Wickeltisch gebracht werden wollte, weil dort die Nussknackermädchen nicht tanzten, und so musste Sarah wohl oder übel auf dem Sofa die Windeln wechseln und das kleine Kerlchen dort salonfähig machen.

Just in dem Moment, als sie ihm die Windeln abgenommen hatte und diese zu einem Stinkepäckchen wickelte, klingelte es an der Wohnungstür.

»Wer kann das denn jetzt sein, Mama?«

»Keine Ahnung, vielleicht hat ein Nachbar kein Mehl, kein Salz oder was weiß ich. Bleib du nur bei Xaver, ich mache rasch auf.«

Als Marie die Tür schwungvoll öffnete, traute sie ihren

Augen nicht. Vor ihr stand Manni mit einem großen Teddybär im Arm und mit weißen Schneeflocken auf den Schultern.
»Was machst du denn hier, Manni?«
»Ach, ich wollte meinen Sohn und Sarah sehen und mit ihnen Weihnachten feiern.«
»Das fällt dir aber sehr früh ein. Wir sind eingeladen, das geht nicht. Also schau, dass du wieder nach Hause kommst.«
»Frau Scharrenberger, Sie werden mir doch wohl nicht verbieten, mein Kind und meine Freundin zu besuchen.«
»Na doch, eigentlich schon, das passt jetzt nämlich überhaupt nicht. Aber komm kurz rein, gib den Teddy ab und dann gehst du wieder.«
Sarah machte große Augen, als Manni im Türrahmen des Wohnzimmers stand.
»Was willst du denn hier? Schau, dass du dich wieder schleichst.«
In diesem Augenblick freute sich Xaver jedoch so sehr, dass er seiner Blase freien Lauf ließ und Sarah in ihrem hübschen neuen Kleidchen von oben bis unten in hohem Bogen vollpinkelte.
»Boah, schau mal, Sarah, der kommt voll nach mir, ich kann das auch so gut. Ich war immer der Beste beim Bogenpinkeln!«
Sarah rannte ins Bad und heulte ein wenig. Scheiß Weihnachten. Was nun? Dieser Manni war der absolut falsche Überraschungsgast! Das ging überhaupt nicht! Und schon dreimal nicht, weil doch Luis mit den schönen blauen Augen, den sie beim Après-Ski auf der Hütte kennengelernt hatte, rein zufällig heute Abend noch bei Uhlbeins auflaufen wollte. So ein verdammter Mist aber auch!
Während Sarah im Bad die Handtücher vollheulte, fragte Marie nach, wie Manni denn hierhergekommen sei.

»Mit dem Zug. Und morgen Abend fahre ich wieder zurück.«

»Das geht nicht, Manni. Wir sind eingeladen und wir können dich nicht mitnehmen.«

»Ach, warum denn nicht? Ich mache doch auch keine Umstände. Ich habe meinen Schlafsack dabei und brauche nur vielleicht ein Kissen. Mehr nicht.«

»Na schön, ich rufe meine Schwester an, ob es Probleme bereiten würde, dich mitzubringen.«

Sie nahm das Telefon, klingelte bei Paul durch, erklärte die Sachlage in knappen Worten und erhielt umgehend das Okay, da Paul den armen jungen Mann am Heiligabend nicht alleine in ein Hotel schicken wollte. Schließlich war er der Vater von Xaver, und ob man ihn nun mochte oder nicht, das spielte keine Rolle. Er wäre so etwas wie Josef und Maria, die eine Herberge suchten. Manni – so glaubte Paul fast – war das Sinnbild von Weihnachten. Macht hoch die Tür, die Tor macht weit.

Unterdessen lief im »Carlsturm« alles ruhig und friedlich. Die beiden Paare richteten gemeinsam die Platten für das mitzubringende Abendessen und die Suppe her. Die beiden Frauen lächelten sich dabei sogar freundlich zu und die Männer rissen ein paar wunderliche Metzgerwitze, die außer ihnen ohnehin keiner verstand. Es schien fast so, als habe auch Gottlieb ein wenig Vertrauen in die Kommissarin gefasst, denn in den letzten Tagen war sie ihm nicht ein einziges Mal mehr so suspekt vorgekommen wie am Anfang. In gewisser Weise, so dachte sich Gottlieb, war sie ja auch nur ein Mensch. Auch wenn sie nicht unbedingt so aussah.

53. KÜHLSCHRÄNKE

Im Hause Svenson war die Stimmung auf dem absoluten Nullpunkt angelangt. Der Opa war die Pest! Nicht etwa nur ein wenig schwierig, nein, er war der Teufel in Person, dessen war sich Gina so sicher, darauf hätte sie ihre eigene Mutter verwetten können.

Während Tom seinen Vater für den langen Abend in Sachen Nässeschutz vorbereitete, packte Gina das Auto voll mit all den Leckereien, die sie in den letzten 24 Stunden gezaubert hatte, und dabei flossen ihr die Tränen nur so über das Gesicht. Es hatte angefangen zu schneien, doch nicht einmal darüber konnte sie sich freuen. Weiße Weihnachten, ganz genau so, wie es sich gehörte.

Die Kinder saßen noch immer vor dem Fernseher und in Gina brannte deshalb das schlechte Gewissen. Weihnachten war doch das Fest der Kinder, nicht das der alten Männer!

Nachdem sie vollkommen vom Schnee durchgeweicht war, ging sie ins Haus zurück, rubbelte sich rasch die Haare mit einem Handtuch trocken und packte die Jungs in ihre dicken Schneeanzüge. Tom war noch immer mit seinem Riesenbaby beschäftigt und machte auch ihn gerade ausgehfein.

Als schließlich alles irgendwie im Auto verstaut war – Geschenke, Essen, Stock, Rollator – ging es über schneebedeckte Straßen in Richtung der Villa Uhlbein.

»Wo bringt ihr mich denn hin? Ich dachte, wir feiern Weihnachten zusammen!«, schimpfte der Alte auf dem Beifahrersitz.

»Vati, wir bringen dich nirgendwohin. Wir sind bei Ginas Eltern eingeladen. Dort kommt die ganze Familie. Es wird ein wunderschönes Weihnachtsfest mit vielen Gästen, einem ganz großen Weihnachtsbaum und sehr gutem Essen. Du wirst begeistert sein.«

»Ich will zurück! Ich will mit dir Weihnachten feiern. Ohne die Putzfrau und ihre Bälger und auch ohne ihre Eltern. Was gehen mich die Eltern deiner Putzfrau an!«

»Noch ein Wort und ich dreh dem Kerl den Hals um!«, zischte Gina vom Rücksitz in Toms Ohr.

»Ach, Vati. Alles wird gut. Du wirst Spaß haben. Es kommen auch ein paar sehr nette Damen.«

»Deine Freundin auch?«

»Gina ist meine Freundin. Und die Jungs sind für mich ganz genauso wie meine eigenen Kinder, nicht wahr, ihr zwei?«

»Nicht mal eigene Kinder kannst du machen. Was bist du nur für ein Schlappschwanz!«

»Der alte Mann soll jetzt endlich mal ruhig sein, sonst haue ich ihn!«, schimpfte Ole aus seinem Kindersitz. »Und weißt du was, alter Mann, solche schlimmen Menschen holt der Weihnachtsmann und steckt sie in seinen Sack! Also, pass gut auf, was du sagst, du Mann, du alter!«

»Kann die Putzfrau ihre Kinder nicht erziehen?«, grunzte der Alte. »Diese Rotznasen haben noch nicht mal einen Funken Anstand in den Knochen. Mit dem Gürtel hätten die es zu meiner Zeit bekommen. 20 Hiebe.«

»Vater! Nun reicht es! Reiß dich am Riemen, du magst ja vielleicht Alzheimer haben – wobei ich da so meine Zweifel habe –, aber das berechtigt dich absolut nicht dazu, hier derart beleidigend zu werden.«

»Weißt du was, alter Mann, wir fahren jetzt zu Paul und der hat so riesige Kühlschränke, wo man alte Menschen reintut«, begann Mikka todernst, »und wenn du nicht brav bist, dann sag ich dem Paul, dass der dich in den Kühlschrank packen soll!«

»Wo fahren wir hin, Thomas?«

Gina wurde streng. »Wir fahren in das Bestattungsinstitut meines Stiefvaters, Herr Richards, und Mikka hat ganz recht. Dort gibt es eine Menge Kühlfächer.«

»Ich gehe nicht in ein Bestattungsinstitut. Ihr wollt mich hier loswerden, oder? Du willst an das Erbe, Thomas?«

»Ein Erbe, Vati? Da ist kein Erbe, du bist total pleite. Sogar das Heim muss ich für dich zahlen.«

»Das stimmt nicht, ich habe viel Geld. Jawohl!«

»Also, Ruhe jetzt«, schaltete Gina sich ein, »wer aufmuckt, kommt ins Kühlfach! So einfach ist das!«

Dieser Scherz schien eine sehr heilsame Wirkung zu haben, denn als Tom den Wagen in die Einfahrt – vorbei an dem beleuchteten Schild »Ruhe Sanft« – lenkte, wurde der Teufel plötzlich mucksmäuschenstill und war brav wie ein Lämmchen.

»Schau, alter Mann, da drinnen sind die Kühlschränke!«, zeigte Ole mit dem Finger auf das Bestattungsinstitut, und der »Schwierigvater« sagte kein Wort mehr.

54. SCHÖNE BESCHERUNG

Die Svensons trafen zeitgleich mit Sarah, Marie, Manni und Xaver ein und das Hallo in der Halle war groß, als sich alle der Reihe nach um den Hals fielen. Nun – fast alle, denn weder dem alten Mann noch Manni fiel man um den Hals.

Der Weihnachtsbaum in der Halle strahlte in hellem Lichterglanz. Paul und Frau Meier hatten großartige Arbeit geleistet. Ein wunderschöner Anblick. Die vielen roten Kugeln glitzerten im Schein von Hunderten LED-Birnchen und die Sterne aus dem Teleshopping-Kanal waren auch gar nicht so übel. Unter dem Baum stand ein Teller mit Keksen und ein Glas Milch. Das war, so erklärte Frau Meier ihren Enkeln, für das Christkind, damit es sich stärken könnte, wenn es die Geschenke gebracht hätte.

Die Kleinen waren wahnsinnig aufgeregt und plapperten wild durcheinander. Toms Vater wurde von Paul betreut, der ihm den Mantel abnahm und ihn schon einmal an die lange Tafel im Esszimmer setzte. Der alte Mann war skeptisch. Mit schrägem Blick schielte er auf Paul, denn Ole hatte ihm gesteckt, dass das der Mann mit den Kühlschränken sei. Also war er vorsichtig. Wer konnte schon wissen, wo er ansonsten noch landen würde! Marie hingegen gefiel dem Opa sehr gut. Die war ganz nach seinem Geschmack, wenn auch ein wenig zu rund. Aber dieser Ausschnitt, der hatte was! Auch Maries Tochter Sarah fand er recht ansehnlich und fragte Tom, warum er nicht lieber die als Freundin hätte nehmen können. Die hätte wesentlich mehr Holz vor der Hütte und der Hintern sei deutlich schmaler.

Kaum hatten sich alle einen Platz an der Tafel gesucht, klingelte es erneut und das Kleeblatt aus dem »Carlsturm« traf ein. Kurz darauf auch noch die beiden Gesellen, Fritz und Florian, denen irgendwie ein wenig unwohl zumute zu sein schien. Das lag wohl an dem großen Aufgebot an Familie und der Tatsache, dass Xaver bereits wieder in den höchsten Tönen brüllte.

»Moment«, schritt Paul ein, »der Xaver ist noch so klein,

da ist es egal, wann er sein Geschenk bekommt. Hier, Sarah, pack das mal für deinen Sohn aus, damit hier wieder ein wenig Ruhe einkehrt.«

Sarah wickelte das hübsch eingepackte Geschenk vorsichtig aus. Es war ein MP3-Player mit Kopfhörern, und Paul verkündete stolz, dass er den ganzen Apparat mit Klassik bespielt hätte. Xaver könnte nun 250 Stunden am Stück Klassik hören und die winzigen Kopfhörer seien extra für Kinder und deren empfindliches Gehör ausgelegt.

»Tolle Idee, Paul«, freute sich Gina, der das Geplärre deutlich zu schaffen machte, und so stopfte Sarah dem Kleinen die Stöpsel in die Ohren, stellte ihn in seinem Maxi Cosi in eine Ecke, und wenn er nicht irgendwann einmal ganz furchtbar angefangen hätte zu stinken, dann wäre er glatt vergessen worden.

»So, meine Lieben«, erhob Paul die Stimme, als alle ihre Plätze eingenommen hatten. »Ich freue mich sehr, dass ihr alle hier seid und mit uns zusammen das Fest der Liebe begehen wollt. Eine große Familie, das habe ich mir immer gewünscht, und ihr seid mir alle so ans Herz gewachsen, dass ich auch euch«, dabei deutete er auf Fritz, Florian und das »Carlsturm«-Quartett, »als meine Familie bezeichnen möchte. Wir haben schon viel zusammen erlebt und heute wollen wir dafür Danke sagen. Danke für Freundschaft und Liebe, für Gesundheit und Glück. Vor allem das Glück, das ich mit dir habe, mein Schnuppel. Ich bin so froh, dass du bei mir bist.«

Toms Vater schnäuzte sich die Nase und raunte zu seinem Sohn: »Der soll jetzt mal aufhören, ich habe Hunger, so ein Gesülze ist doch wohl das Allerletzte!«

»Denk an die Kühlfächer, Vater, und siehst du die zwei jungen Männer dort am Tisch? Das sind die Bestattergesellen. Die, die die Leichen zurechtmachen. Ihnen Parafin in die Körperöffnungen schmieren. Schau dir die beiden ganz genau an.«

Daraufhin verstummte der alte Mann und pulte schuldbewusst ein wenig an seinen Fingernägeln.

Noch während Paul sprach, klingelte es erneut an der Tür und Frau Meier sprang auf. Das musste das Christkind sein, das sich vorher noch rasch umziehen sollte.

Als sie die Tür öffnete, stand da tatsächlich der Weihnachtsmann, und Frau Meier legte den Finger auf den Mund. »Dort drüben habe ich Ihnen alles hingelegt. Im Gästebad. Und in der Kammer daneben sind die Geschenke in großen Tüten. Auf jeder Tüte steht der Name des Beschenkten und ein Zettel mit seinen guten und bösen Taten. Meinen Sie, Sie kriegen das hin?«

»Entschuldigen Sie, gnädige Frau, ich glaube, hier liegt eine Verwechslung vor. Mein Name ist Luis Eisenhauer«, kam es in breitestem Tiroler Dialekt aus dem Mund des Weihnachtsmannes. »Ich bin wegen der Sarah hier, ich wollte sie überraschen. Sie ist meine Freundin, wir haben uns letzte Woche in Kitzbühel kennen- und lieben gelernt.«

»Aha. Und da schneien Sie jetzt einfach so herein. Am Heiligen Abend! Noch dazu im Weihnachtsmannkostüm!«

»Ja, gnädige Frau, die Sarah wird sich freuen, mich zu sehen.«

»Das glaube ich nicht, denn der Vater ihres Sohnes sitzt hier mit am Tisch.«

»Die Sarah hat einen Sohn?«

»Ja, den Xaver, der steht auf Klassik und wird mal Stardirigent – oder Tenor.«

»Ach, so groß ist der schon? So alt schaut die Sarah aber gar noch nicht aus.«

»Nein, der Xaver ist erst gut ein halbes Jahr alt. Sagen Sie, hat Ihnen das die Sarah gar nicht gesagt?«

»Es scheint, sie hat es vergessen.«

»Und nun, Herr Eisenhauer? Es schneit, Sie sind ewig weit gefahren, es ist Weihnachten und Sie sind der Weihnachtsmann, den es hier bei uns übrigens gar nicht gibt!«

»Ach, nicht?«

»Nein, hier gibt es nur das Christkind und ich will diesen Weihnachtsmann-Kram auch gar nicht haben.«

»Ja, aber gnädige Frau, ich weiß nicht, wohin. Ich kann auch nicht mehr zurückfahren, weil die Straßen total vereist sind.«

»Schon klar, Sekunde, ich hole meinen Verlobten. Warten Sie hier!«

Frau Meier kam ins Esszimmer und winkte Paul – der sich scheinbar nun total festgeredet hatte – dass sie ihn dringend bräuchte. Also beendete Paul sehr umständlich seine Rede und kam nach draußen geeilt, wo Frau Meier ihm in der Kürze der Zeit die Situation erklärte und Paul freundlich Louis Eisenhauer vorstellte.

»Uhlbein, angenehm. Tja, was sollen wir jetzt mit Ihnen machen?« Paul kratzte sich den Bart. »Vorschlag: Sie kriegen einen Anzug von mir und ein Hemd und dann sind Sie halt für den heutigen Abend mein Neffe. Sie müssen mir nur versprechen, dass Sie sich an diese Version halten. Ich möchte nicht, dass Manni dort drinnen ausrastet. Er ist Schausteller, betreibt eine Geisterbahn, mit dem ist nicht zu spaßen! Und sie lassen die Finger solange von Sarah. Sind Sie damit einverstanden?«

»Ja, das muss ich ja wohl. Danke für Ihre Gastfreundschaft. Meine kleine Überraschung ist ja wohl ziemlich in die Hose gegangen.«

»Das könnte man so sagen. Also, Louis, Sie sind jetzt

mein Neffe, kommen aus Tirol und wollten mich überraschen. Meine Schwester, also die Luise, die ist tot und Sie sind Skilehrer.«

»Das bin ich wirklich, da brauche ich mich nicht zu verstellen. Und wie darf ich Sie nennen?«

»Das ist Tante Schnuppel, und ich bin Onkel Paul!«

»Es ist mir eine Ehre.«

Als Frau Meier zurück ins Esszimmer kam, merkte Gina sofort, dass etwas passiert sein musste, aber ihre Mutter winkte nur resigniert ab.

Freudestrahlend hingegen kam Paul einige Minuten später mit seinem »Neffen« ins Esszimmer. »Meine Lieben, darf ich euch meinen Neffen Louis vorstellen, der heute ganz spontan beschlossen hat, seinen alten Onkel Weihnachten nicht alleine verbringen zu lassen! Louis ist der Sohn meiner verstorbenen Schwester Louise und kommt aus Tirol.«

Sarah klappte die Kinnlade herunter, und Manni zog für Louis direkt einen freien Stuhl an den Tisch und bedeutete ihm, dass er sich gerne zu ihm setzen dürfe. Sie beide waren in etwa ein Jahrgang und Manni unterhielt sich sehr gerne mit Gleichaltrigen. Die übrige Mannschaft am Tisch war ihm ein wenig zu betagt und hatte auch schlicht und ergreifend keine Ahnung von seinem Business. Aber dieser Louis, der schien in Ordnung, ja, mit dem könnte man sicher Spaß haben.«

Louis verbeugte sich, machte sich per Handschlag mit allen bekannt und nahm Platz.

Nun klingelte es erneut, und Paul sprang höchstpersönlich auf, da er dieses Mal die Begegnung mit dem Weihnachtsmann nicht seinem Schnuppel oder gar dem Zufall überlassen wollte.

Und tatsächlich, da stand er. Langer Rauschebart, bestickter Mantel, schwere lederne Stiefel und eine rote Nase. Die war echt, nicht geschminkt, und der Weihnachtsmann hatte eine Fahne.

»Oh, hallo, wir haben Sie schon erwartet. Willkommen. Meine Verlobte hat dort drüben im Bad alles für Sie vorbereitet. Flügel, Kleid und so weiter. Die Geschenke sind in Tüten verpackt dort in der Kammer und sie sind namentlich beschriftet. Sie finden sich zurecht?«

»Hohoho, Sie sind ja nicht das erste Haus, wo ich heute vorbeischaue. Eigentlich sind Sie das letzte, und das kriegen wir auch noch auf die Reihe, nicht wahr?«

Paul war sich dessen nicht so sicher und führte den schwankenden Weihnachtsmann ins Gästebad. Dort half er ihm noch rasch, die schweren Stiefel auszuziehen, und kehrte dann zurück ins Esszimmer.

»Meine Lieben, ich habe soeben im Radio gehört, dass das Christkind in Bamberg gesichtet worden ist. Es dauert jetzt also bestimmt nicht mehr lange, bis es auch bei uns sein wird. Ich schlage vor, wir stoßen jetzt mal mit einem Gläschen Sekt an und singen dann alle zusammen »Stille Nacht«. Bestimmt locken wir es mit unserem Gesang bald direkt hierher.

Mikka und Ole bekamen große Augen und die kleinen Finger der beiden wurden so aufgeregt und nervös, dass nichts mehr vor ihnen sicher war. Sie zupften an Tischdecken, Hosen, Vorhängen, warfen Gläser um und bohrten in der Nase.

Nachdem man angestoßen und sich ein frohes Fest gewünscht hatte, versammelten sich alle in der Halle vor dem hell erleuchteten Baum. Dann ließ Gina die ersten Töne von »Stille Nacht« aus ihrer Blockflöte erklingen. Alle stimmten mit ein. Sogar der alte böse Mann brummte leise mit und fast hatte er so etwas wie einen liebenswerten Gesichtsausdruck dabei.

Bei der Liedzeile »holder Knabe mit lockigem Haar«, rumpelte es in der Kammer und die Gäste blickten sich fragend an. Nun polterte es wieder und plötzlich wurde die Tür von innen mit einem heftigen Ruck aufgestoßen und ein dicker Mann im weißen Negligé und mit großen weißen Flügeln aus Gänsefedern fiel aus der Kammer und direkt vor dem Weihnachtsbaum auf seinen Bauch. Im Raum hinter ihm türmten sich die bunt verpackten Geschenke und Ole kniff Mikka in den Arm. »Hey, das Christkind ist total stark, das ist genauso stark wie der Weihnachtsmann. Guck mal, was das alles tragen kann. Irre!«

»Quatsch, Ole, das ist nie und nimmer das Christkind!«

»Doch, das hat Flügel und ein weißes Kleid! Das muss das Christkind sein!«

»Ohhoho«, lachte Paul ein wenig gekünstelt, »was haben wir denn da? Vom Himmel hoch, da komm ich her! Sie müssen das Christkind sein!«

Das Christkind stützte sich bäuchlings auf seinen Armen nach oben und ließ den Kopf sofort wieder sinken. Dann der nächste Versuch.

»Tom, hilf ihm mal auf! Louis, kommt, ihr seid starke Männer!«, rief Paul. Beide sprangen sofort vor, nahmen das Christkind unter den Armen und richteten es auf.

Irgendwie sah es komisch aus, hatte ziemlich haarige Beine und eine schiefe Perücke auf. Das Negligé war viel zu eng und platzte fast aus allen Nähten. Frau Meier hielt sich erschrocken die Hände vor das Gesicht, denn das Christkind trug nicht etwa das Nachthemd, das sie ihm rausgelegt hatte, sondern das spitzenbesetzte kleine Etwas, das sie für sich selbst als Weihnachtsgeschenk vorgesehen hatte. Oder besser für Paul, denn dem schuldete sie ja immerhin noch die versprochene Überraschung.

Nun hieß es Haltung bewahren und irgendwie aus der

Nummer herauszukommen, und zwar so, dass die Kinder nicht völlig vom Glauben abfielen.

Das Christkind schielte in die Runde und kicherte ein wenig. Dann verlangte es nach einem Obstler, aber den wollte ihm keiner mehr geben. Stattdessen brachte Manni ihm einen Stuhl, und so saß das Christkind schließlich völlig fertig, breibeinig und in Tennissocken auf einem Klappstuhl, hatte schief hängende Flügel und wünschte sich von der Familie ein Gedicht und auch noch ein Lied. Für Gedichte waren die Jungs zuständig, aber sie begannen nur sehr zaghaft, weil ihnen das Christkind schreckliche Angst einjagte. Als sie fertig waren, applaudierte das Christkind mächtig, rülpste einmal kurz und sagte »Hohoho!«. Dann kam das Lied. Die Familie entschied sich einstimmig für »Ihr Kinderlein kommet« und das Christkind war einverstanden.

Während der Darbietung schloss das Christkind andächtig die Augen, ließ den Kopf zur Seite fallen und schlief sofort ein.

Also schnappte sich Frau Meier geistesgegenwärtig die Geschenktüten und überreichte jedem Gast die Tüte, auf der sein Name stand. Was hätte sie auch anderes tun sollen, denn von dem schnarchenden Christkind war nichts mehr zu erwarten.

Die leicht verlegen dreinblickenden Gäste packten ihre Päckchen sofort aus. Und so kam es, dass sich langsam, aber sicher rings um das Christkind herum ein Berg von Geschenkpapier auftürmte, in dem auch irgendwo der kleine Xaver mit seinen Ohrstöpseln saß und stillschweigend Beethovens Neunte hörte.

55. TAFELFREUDEN

Dank der Notfallgeschenke, die Frau Meier immer in petto hatte, gingen auch Louis und Manni nicht leer aus und durften Päckchen auspacken. Das war gut so, denn wer saß schon gerne mit leeren Händen unter dem Baum. So was ging gar nicht.

Als die Weihnachtsgesellschaft das mittlerweile laut schnarchende Christkind in der Halle sich selbst überlassen hatte und zurück ins Esszimmer kehrte, wurden die Karten neu gemischt. Die Tischordnung änderte sich, und so landete der böse alte Mann direkt neben der lebensfrohen Hauptkommissarin Rothenfuß, was Paul für ein Glück hielt, denn sie würde den grantigen Alten schon zu nehmen wissen.

Die Platten und Salate wurden aufgefahren. Frau Meier bekam Hilfe von Olga und Gina, und alles in allem sah es unsagbar toll aus, eine solch große Familie um einen Weihnachtstisch versammelt zu sehen. In keinem Film hätte man diesen Anblick besser darstellen können und so schöpfte Frau Meier die Hoffnung, dass sich doch noch alles zum Guten wenden würde. Außerdem hatte Paul ja auch noch die große Überraschung für die Jungs. Den Kaufmanns-Puppenspiel-Laden. Das würde eine Freude geben, aber die wollte Paul sich bis ganz zum Schluss aufheben.

»Junge Frau, Sie haben aber eine rasante Figur«, zischelte der alte Mann HK Rothenfuß ins Ohr, die ihn ein wenig pikiert ansah.

»Sie auch, mein Lieber, Sie auch.«

Das gefiel Opa Richards. Endlich mal eine Frau, die seine Reize zu schätzen wusste.

»Sagen Sie, das da ist aber nicht ihr Mann, oder?«, fragte er sie nun und zeigte auf Georg.

»Doch, irgendwie schon.«

»Schicken Sie den mal nach Hause, Sie haben ja keine Ahnung, was ich Ihnen alles zu bieten hätte.«

»Ach, ehrlich? Erzählen Sie mal. Vielleicht lohnt es sich ja tatsächlich.«

Georg wurde hellhörig. »Was gibt es denn zu tuscheln, dort drüben auf den billigen Plätzen?«

»Junger Mann, zügeln Sie Ihre Zunge, ich unterhalte mich jetzt mit dieser charmanten Dame, da haben Sie Sendepause, ist das klar?«

»Vati, du hast gleich Sendepause, damit wir uns hier richtig verstehen! Lass Georg in Ruhe und denk an die Kühlschränke!«, schimpfte Tom, der zur Linken seines Vaters saß und sich schrecklich schämte. Neben ihm saß Gina, aber die redete nicht mehr mit ihm und hatte statt Mineralwasser blanken Gin in ihrem Glas.

»Junge, lass uns Erwachsene mal in Ruhe reden. Also, liebe junge Frau. Sie sind gut gebaut, das mag ich leiden, und ich habe, wie gesagt, auch noch einiges zu bieten. Wollen wir zwei uns vielleicht mal treffen?«

»Treffen? Sie und ich? Gut, wie wäre es, wenn wir uns nach dem Essen auf eine Zigarette draußen auf der Terrasse treffen würden. Wäre das ein Deal?«

Der Alte freute sich und tätschelte HK Rothenfuß unter dem Tisch das Knie, welches diese ganz schnell wegzog und somit seine Hand ins Leere griff.

»Herr Richards«, hob Paul die Stimme, »Sie sind der Älteste am Tisch, ich denke Ihnen gebührt die Ehre, das Tischgebet zu sprechen. Würden Sie das für uns tun?«

»Nein, ich pfeif auf Gott und diesen Zirkus. Machen Sie das mal schön selbst, ich nehme Ihnen hier doch nicht die Arbeit ab.«

»Gut. Dann vielleicht Ole und Mikka? Wollt ihr zwei ein Gebet sprechen?«

»Okay«, murrten die beiden, aber sie wussten, was sich gehörte, und so beteten Sie brav das Vaterunser und sprachen danach gesegnete Weihnachtswünsche an alle namentlich aus. Außer an den bösen alten Mann. Den hatten sie vergessen.

Brennend vor Vorfreude auf ein Stelldichein mit der rassigen Rotblonden neben ihm, verhielt sich Opa Richards während des Essens ruhig. Er schluckte zwei, drei Pillen, was jedoch weiter niemandem außer Gina auffiel, und so wurde wenigstens das Essen fast so etwas wie harmonisch.

Nachdem bereits einige der anwesenden Herren den obersten Knopf ihrer Hosen geöffnet hatten, wurde der Tisch abgeräumt, wobei alle zusammenhalfen. Alle – bis auf den bösen Alten und HK Rothenfuß. Die hatte den giftigen Knaben mit dem Rollator nach draußen auf die Terrasse gelockt, zündete ihm dort gerade ein Zigarillo an und stopfte es ihm in den Mund, wobei dieser anzüglich lächelte und versuchte, der Kommissarin in den Po zu kneifen. HK Rothenfuß stieß den Rauch hinaus in die Nacht. Alles war in den letzten Stunden mit einer üppigen Schneedecke überzogen worden und der Traum der weißen Weihnacht hatte sich erfüllt. Die Bäume trugen schwer an dem Schnee und im Garten konnte man nicht einmal mehr den Schwimmteich erkennen – dünnes Eis unter dem Schnee hielt ihn verborgen und nur die Gräser ringsherum ragten wie lange Finger in den Nachthimmel.

»Wollen wir ein wenig gehen?«, fragte die Kommissarin, doch der Alte hatte anderes im Sinn.

»Nein, ich bin nicht mehr gut zu Fuß, aber wie wäre es mit einem Kuss, Sie Rasseweib?«

»Ach, wenn Sie mich so fragen? Dann lieber nicht. Ich mag es gerne ein wenig härter«, und dabei zog sie ihre Handschellen aus der Tasche.

Das Gebiss des Alten blitzte in der Dunkelheit kurz auf. Er konnte sein Glück kaum fassen, als er das leise Klicken hörte, mit dem die Metallschellen einrasteten. Seine Augen hatte er genussvoll geschlossen. Suchend griffen seine Hände auf Brusthöhe in Richtung HK Rothenfuß. Dann klickte es erneut und seine Frage, was denn nun käme, verhallte in der dunklen Nacht. Als er die Augen erwartungsvoll öffnete, fand er sich mit dem Abflussrohr der Regenrinne verbunden und HK Rothenfuß winkte ihm hinter der von innen verschlossenen Terrassentür noch kurz zu, bevor sie mit einem Lächeln den Vorhang davorschob.

56. GANZ GROSSES KINO

Im Esszimmer kam langsam so richtig Stimmung auf. Bei Svensons wurde Weihnachten immer gesungen und vorgelesen, und dieser Brauch sollte auch im Hause Uhlbein einziehen. Deshalb hatte jeder Gast – gleichzeitig mit seiner Einladung – den Auftrag bekommen, ein Lied, ein Gedicht oder eine schöne Geschichte mitzubringen.

Gottlieb hatte begonnen und gab in breitestem Fränkisch das Geschichtlein vom »Adpfend« wieder. Manni erzählte einen Weihnachtswitz, den niemand verstand, aber dafür war es wenigstens spontan. Tom und Gina spielten einen Weihnachts-Sketch vor, bei dem alle sich auf die Schenkel klopften vor Lachen, und Marie sang ganz wunderbar und voller Inbrunst das »Kufsteinlied«, in das Louis Eisenhauer sofort mit einstimmte. Und weil der Knabe so richtig gut singen konnte, brüllten die Weihnachtsgäste im Anschluss daran gemeinsam mit ihm »Skiiiiiii foooooohhhhrrrn – ohoooohoho, Skiiiiiii fooooooooohhhhhhrrrn«, weil das nämlich das »leiweanste wor, wos ma si nur vurstölln koo. Badaba dabada ba ba dab dab dab da da da da!«

Ja, es schien, als hätten nun alle ihren Spaß und als würde es ein wahrlich unvergessliches Fest. Im positiven Sinne. Während die Großen ihr albernes Skifahrerlied sangen, wurde den Jungs ein wenig langweilig, weil es vom Christkind nur blöde weiche Päckchen mit Anziehsachen gegeben hatte. Mit denen konnte man so gar nichts anfangen, und so spielten sie hinter den Vorhängen Verstecken.

»Ole, komm mal, da steht dieser böse alte Opa. Was macht denn der da an der Regenrinne?«

»Du, Mikka, der hält sich fest, weil er Angst hat, dass das Christkind ihn in seinen Sack steckt.«

»Quatsch! Das Christkind hatte doch gar keinen Sack!«

»Doch! Hatte es wohl! Das habe ich genau gesehen!«, protestierte der Kleine.

»Du-u? Ole? Meinst du, der friert, schau mal, der ist schon ganz weiß geschneit.«

»Ich weiß nicht, vielleicht muss er in der Ecke stehen, weil er so böse war.«

»Weißt du was, da fragen wir jetzt mal einfach die Polizei. Die weiß bestimmt, was man da machen muss.«

»Ich trau mich nicht, Mikka, die Polizei schaut doch so wie eine Hexe aus. Du weißt schon, die Böse aus Bibi Blocksberg. Die schlimme, die die Zauberkugel stehlen will. Weißt du, wen ich meine?«

»Ja, gut, dann frage ich eben selber. Aber du musst mitkommen, sonst verzaubert sie mich vielleicht.«

Also schlichen sich die beiden von hinten an Hauptkommissarin Rothenfuß heran und tippten ihr auf die Schulter. HK Rothenfuß hörte auf zu grölen und wandte sich den beiden zu, die ihr berichteten, dass dort draußen der böse Opa schon ganz weiß sei und sie nicht wüssten, ob da die Polizei zuständig wäre.

»Hm, passt mal auf, dieser Opa da draußen, das ist ein schlimmer Finger. Aber«, und damit präsentierte sie den beiden einen kleinen silberfarbenen Schlüssel, »ihr zwei könnt ihn befreien. Ihr müsst nur die Handschellen aufschließen und dann kann der Opa wieder mit ins Haus kommen. Aber er soll sich vorher den Schnee abklopfen. Und wenn ihr zwei ihn rettet – da bin ich mir sicher –, dann seid ihr seine Helden und er hat euch ganz arg lieb dafür.«

»Meinst du ehrlich, Frau Polizei?«, sah Ole sie ungläubig an.

»Ganz sicher, du, der wird ab jetzt mucksmäuschenstill sein, dieser Opa, dieser schlimme.«

»Ist gut, komm, Mikka, wir retten den bösen alten Mann.«

Gesagt – getan. Die beiden zogen ihre Stiefel über und schlichen in den Garten, ohne dass dies jemand bemerkt hätte, denn nun sangen gerade alle »Schwarzbraun ist die Haselnuss«, obgleich das ja nun wirklich absolut gar nichts mit Weihnachten zu tun hatte.

»Böser Mann, wir retten dich jetzt! Aber du musst uns versprechen, dass du dich gut benimmst. Und nicht so giftig bist. Das soll man nämlich nicht, und vor allem nicht an Weihnachten!«, meinte Mikka todernst.

»Macht mich los, ihr Teufelsbrut, ich werde euch anzeigen! Alle miteinander, ihr seid ein Pack von Kidnappern, von Verbrechern, die einen alten Mann wegen seines Geldes um die Ecke bringen wollen!«

»Weißt du was, wenn du so böse bist, dann befreien wir dich nicht. Du bist ein ganz schlimmer Mann, und wenn der liebe Gott dich hört, dann kommst du niemals in den Himmel, das sage ich dir!«

»Scheiß auf den Himmel, macht mich endlich los!«

Mikka sah Ole an und beide nickten sich zu. »Nö, hier hast du den Schlüssel, böser Mann, wir retten dich nicht, mach das selber! Wir wollten ganz lieb zu dir sein und du bist so, so gemein!«

Ole drückte dem Alten den Schlüssel in die Hand, die sich krampfhaft um den Griff seines Rollators klammerte. Er bog dazu die halb gefrorenen Finger auf und klemmte das kleine metallene Etwas zwischen Griff und Zeigefinger.

»Halt, ihr müsst mich losmachen, meine Finger sind schon ganz steif gefroren! Ihr bekommt auch jeder einen Euro von mir!«

»Nein, nicht mal wenn du Bitte sagst. Meine Mama meint immer, dass man sich nicht herumkommandieren lassen darf, und auch, dass man sich nicht erpressen lassen soll. Ich weiß fei, was Erpressung ist! Das hat mir die Mama ganz genau erklärt! Die ist auch mal erpresst worden. In der ersten Klasse! Wegen einer Geburtstagseinladung! Mir kannst du nichts vormachen. Ich kenne mich voll super mit so was aus.«

Die beiden stapften durch den Schnee zurück ins Haus, zogen ihre Stiefel in der Halle aus und bemerkten unter dem Geschenkpapier, dass der kleine Xaver sich bewegte.

Das Christkind schnarchte noch immer laut wie ein Bär und Ole deckte es mit ein wenig Geschenkpapier zu, damit es nicht fror.

Den Xaver in seinem Kindersitz schleppten sie, mit einigen Mühen verbunden, ins Esszimmer und setzten sich, rechts und links von ihm, vor die große Verandatür. Die Vorhänge ließen sie dabei hinter sich zugezogen. Das war schön, fast wie in einem Zelt. Oder wie im Kino, denn auf der großen Leinwand vor ihnen kämpfte der böse Opa im weißen Schneemantel mit dem winzigen Schlüssel und versuchte krampfhaft, die Handschelle zu lösen. Das war ziemlich lustig, denn immer, wenn ihm der kleine Schlüssel aus der Hand in den Schnee gefallen war, dann musste er an der Stange heruntergleiten und versuchen, ihn wieder aufzuheben. Das sah sehr knifflig aus und fast tat er ihnen ein wenig leid. Xaver, mit seinen Stöpseln in den Ohren, hatte ebenfalls seine wahre Freude an dem Schauspiel, denn es war fast so schön wie die Mädchen und Jungs in Tutu und Strumpfhose. Er trommelte mit seinen kleinen Fäustchen auf seine Beine und gluckste glücklich. Dazu hörte er – recht passend – aus den zwölf Violinkonzerten von Vivaldi das Konzert Nummer vier. »L'inverno« – »Der Winter« – in f-Moll.

Plötzlich öffnete sich das Vorhangzelt und Gina lugte zischen den Schals auf die drei.

»Oh, Jungs, super, ihr kümmert euch um den kleinen Xaver. Klasse, ihr zwei. Das macht ihr ganz toll. Ich bin richtig stolz auf euch. Ihr seid wahre Engel!«

Dann warf sie beiden noch ein Handküsschen zu und schloss das Zelt, um sich in der Küche noch eine kleine Schüssel Rote Grütze zu holen. Es tat gut, einen Moment alleine zu sein. Sie sah hinaus in die schneeüberzogene Nacht und überlegte, wann man wohl auf dem Schwimmteich Schlittschuh fahren könnte. Zwei Wochen würde das sicher noch brauchen, denn er war ja doch recht tief, aber wenn es nun auch tagsüber Minusgrade haben sollte, dann würde es vielleicht etwas schneller gehen. Auf der anderen Seite der Terrasse entdeckte sie ihre Jungs und Klein-Xaver hinter der Verandatür und war richtig gerührt von dem Bild, das sich ihr bot. Was hatte sie nur für tolle Jungs! Für sie selbst war es als Knirps immer ein absoluter Graus gewesen, sich um kleinere Kinder zu kümmern, aber ihre beiden – einfach super! Sie winkte noch rasch und kehrte dann zurück zu den anderen ins Esszimmer, wo HK Rothenfuß mit einer Parodie der Weihnachtsansprache von Angela Merkel aufwartete. Die Frau war der Hammer! Dieses Dreieck vor dem Bauch, die heruntergezogenen Mundwinkel, die Rothenfuß hatte das voll drauf, und Frau Meier musste bei dem Anblick so sehr lachen, dass ihr die Tränen wie Sturzbäche über die Wangen liefen.

57. VOM HIMMEL HOCH

Vermutlich gestört vom wilden Gelächter, erwachte in dem Christkind, das in der Halle auf dem Klappstuhl hing, wieder ein Fünkchen Leben. Es schüttelte sich kurz, kratzte sich an der Leiste, blickte an sich herab und stellte fest, dass die Blase drückte. Ins Esszimmer wollte das Christkind nicht. Es war ja scheu, normalerweise verrichtete es schließlich seine Jobs grundsätzlich in aller Stille. Also mied es die Menschen lieber und suchte auf eigene Faust nach Erleichterung.

In Pauls Arbeitszimmer entdeckte es eine Möglichkeit, über die Terrasse nach draußen zu gelangen. Super, dort würde schon irgendein Busch zu finden sein, es drückte ja wie verrückt und pressierte langsam wirklich, da war es sogar egal, dass es nur Tennissocken anhatte.

Für die Jungs in ihrem sehr exklusiven Vorhangkino wurde es langsam spannend.

Das Christkind, in Frau Meiers viel zu engem Negligé und mit schief sitzenden, lang wallenden Locken, betrat in gespenstischer Manier die Freilichtbühne. Kratzte sich nun am Po und wackelte keck mit den großen Flügeln auf seinem Rücken. Gleichzeitig hatte der Opa es geschafft, sich von seiner Handschelle zu befreien, und starrte fasziniert auf die weiß leuchtende Gestalt, die sich in Richtung Schwimmteich bewegte. Sie ging nicht, nein, sie glitt, sie schwebte leicht über dem Boden, wie es dem bösen alten Mann schien.

Das Christkind lief in Schlangenlinien, machte heftige Schlenker, vorbei am Teich und passierte schließlich die Gräser, die dicht dahinter gepflanzt waren. Erleichtert stieß es einen Seufzer aus.

In den Alten kam Leben. Es war wie in einem wunderbaren Traum; vor ihm wanderte ein Engel. Eine wunderschöne Frau, mit weißem Kleid und langen Haaren, die hinter den Gräsern auf ihn wartete und lustvoll stöhnte, weil sie seine Liebkosungen nicht mehr erwarten konnte. Diese Chance konnte er sich nicht entgehen lassen. Eine Frau, und noch dazu einen solchen Engel, sollte man niemals warten lassen. Also stützte er sich auf den Rollator und gab Gas. Unfassbar, wie schnell er das Wägelchen durch den Schnee schieben konnte und wie unsagbar schnell er sich seinem Ziel näherte.

Hinter den Gräsern dampfte es nun und es sah fast so aus, als habe dieser Engel von einer Frau himmlische Nebelschwaden um sich. Wenn sie nur nicht wieder verschwand! Wenn sie nur bliebe und er ihr zeigen könnte, was er doch für ein Mann war!

Nun wippte die feenhafte Gestalt auf und ab und winkte mit den Flügeln. Der Alte legte noch einmal einen Zahn zu, die Räder des Rollators schienen bei dem Tempo in der Nacht zu glühen!

»Warte, mein Schatz, warte!«, schrie der Alte aus vollem Halse und hinter den Gräsern drehte sich das liebreizende Gesicht des himmlischen Geschöpfes zu ihm um. Er konnte es genau erkennen, er war nur noch knappe zwei Meter vom Objekt seiner Begierde entfernt, als es plötzlich unter seinen Füßen knackte und er langsam, gemeinsam mit seinem Rollator, in die Tiefen des Schwimmteichs abtauchte.

»Schau, Ole, ich hab dir ja gleich gesagt, der böse Mann kommt in die Hölle. Nicht mal das Christkind wollte den Kerl in seinen Sack stecken.«

»Ja, Mikka, da hattest du so richtig recht. Glaubst du, da unten ist die Hölle? Mitten in Pauls Schwimmteich?«

»Das hast du doch gerade selbst gesehen, Ole! Da, mitten im Garten, da ist die Hölle. Das ist doch aber auch okay, oder? Immerhin sind hier die ganzen Toten, dann haben die es auch nicht so wahnsinnig weit. Stell dir mal vor, die müssten erst noch mit dem Taxi oder dem Zug in die Hölle fahren, das wäre doch Quatsch. Die Hölle muss in der Nähe der Kühlschränke sein.«

»Der Himmel dann aber auch, oder Mikka?«

»Klar, der Himmel ist gleich hinter dem Schwimmteich. Da bei den Gräsern. Siehst du doch, da hinten ist das Christkind, also muss da auch der Himmel sein.«

»Mikka?«

»Ja, Ole.«

»Du, ich will im Sommer lieber nicht mehr im Teich baden.«

»Ich auch nicht, Ole. Das mit dem Teich lassen wir lieber.«

»Okay.«

Hinter den Jungs öffnete sich der Vorhang.

»So, ihr zwei, na, besser ihr drei! Kommt da mal raus, es gibt hier noch eine ganz tolle Überraschung für euch«, lächelte Paul Uhlbein und freute sich dabei wie ein kleines Kind.

»Ehrlich? Aber ich habe auch eine Überraschung!«, antwortete Mikka schnell.

»Erst ich!«, warf Paul rasch ein, denn er konnte es einfach nicht mehr erwarten.

Als die beiden hinter dem Vorhang hervorkrabbelten, sahen sie es. Ein Puppentheater! Und vor den violetten Samtvorhängen, direkt neben dem Kruzifix, rief das Kasperle gerade »Tritratrallala!«

Sicher möchten Sie nun wissen, was mit dem grantigen Opa geschah. Nun, seine Abwesenheit wurde erst lange nach dem Kasperltheater bemerkt. So lange danach, dass bereits alle Spuren im Garten von kühlen, weiß glänzenden Kristallen überzogen waren. Es wurde eine lange Suche, und HK Rothenfuß alarmierte sofort die Kollegen von der Polizei, dass ein gewisser Gustav Richards, 80 Jahre, vermutlich an Alzheimer erkrankt, hilflos mit seinem Rollator durch die Nacht irrte.

Alle Gäste wurden zu seinem Verschwinden befragt. Niemand konnte Auskunft geben und den beiden kleinen Jungen, die davon berichteten, dass ein Engel den Opa in die

Hölle geschickt hatte, denen schenkte ohnehin niemand Glauben.

Es wurde ein langer, harter Winter. Der Schnee blieb liegen bis Ende Februar und die immer wieder neuen Massen von Neuschnee verzauberten Bamberg in ein absolutes Wintermärchen. Dazu strahlte der Himmel stahlblau vor sich hin und die Sonne ließ das Weiß funkeln wie Diamanten.

Beim ersten Tauwetter Anfang März tauchte zuerst der Rollator wieder auf, dann der Opa und schließlich ein haariger männlicher Engel in weißer Reizwäsche, doch das ist schon wieder eine ganz andere Geschichte.

DANKSAGUNG

So ein Buch zu schreiben, ist ja immer ein ziemlicher Akt. Man steht wochenlang total neben sich und entwickelt eine – durchaus als pathologisch anzusehende – psychische Auffälligkeit. Es ist wie ein Leben in zwei Welten. Schizophrenie nennen das die Fachleute wohl.

Der Schreiberling taucht ein in eine fremde Familie, ein fremdes Leben. Gleichzeitig müssen aber in der Realität Schulbrote geschmiert werden, die Wäsche gewaschen und hin und wieder auch mal die Küche geputzt werden. Das kann ziemlich schwierig werden, vor allem für die Menschen, die mit dem Autor in dieser Phase zusammenleben müssen.

Daher möchte ich Danke sagen. Meinem wunderbaren Mann, der derart die Ruhe und die Nerven behält, dass man neidisch werden könnte.

Meinen supertollen Kindern, vor allem dem Großen, der sich allabendlich anhören muss, was die Mama den Tag über auf's Papier gebracht hat.

Meiner Mutter für Inspiration und Toleranz.

Meiner großartigen Lektorin, Claudia Senghaas, die Frau Meier entdeckt hat und noch nicht ein einziges Mal über deren Taten fassungslos den Kopf geschüttelt hat.

Meiner Freundin Andrea, die mir auf liebevolle Art und Weise zu verstehen gibt, wenn die Meierin sich mal völlig vergaloppiert hat.

Und nicht zuletzt meiner Seelenfreundin Willy für Mut und Unterstützung in Bestatterfragen.

Besonderer Dank gilt meinem Lieblingsfischlein, das mir in Fragen rund um das Polizeiwesen mit Rat und Tat zur Seite steht. Du bist mein Held!

*Weitere Krimis finden Sie auf den
folgenden Seiten und im Internet:*

WWW.GMEINER-SPANNUNG.DE

JETTE JOHNSBERG
Witwe Meier
und die toten Männer
....
978-3-8392-1807-5 (Paperback)
978-3-8392-4871-3 (pdf)
978-3-8392-4870-6 (epub)

»Witzig, bissig und witwenschwarz«

Frau Meiers Leben bewegt sich farblich im Spektrum zwischen sahara-beige und schlammfarben. Sie ist in den Sechzigern, verbittert, ein wenig böse und kugelrund. Das macht das Leben weder für sie noch für die anderen locker, luftig und leicht. Ihr Dasein wird jedoch bunt und schillernd, als einige unerwartete und mehr oder weniger bedauerliche Todesfälle in ihrem Umfeld geschehen.

Doch obwohl nicht alles Mord ist, was den einen oder anderen umbringt, erwacht Frau Meier mit jeder Leiche zu neuem Leben.

WWW.GMEINER-VERLAG.DE
Wir machen's spannend

ANNI BÜRKL
Puppentanz
....
978-3-8392-1917-1 (Paperback)
978-3-8392-5091-4 (pdf)
978-3-8392-5090-7 (epub)

VERHEXT Am Altausseer See ist ein Bauprojekt im Naturschutzgebiet geplant. Teelady Berenike Roither engagiert sich mit vielen Ausseern gegen dieses Vorhaben. Da stürzt einer der Gegner beim Kaiser-Geburtstag in Bad Ischl in seinem Paragleiter ab. Er ist tot. Alle sprechen zunächst von einem tragischen Unfall. Doch genügend Leute hätten ein Motiv, ihn aus dem Weg zu räumen. Als ein weiterer vermeintlicher Unfall mit einem Kajak passiert und unheimliche, mit Nadeln gespickte Puppen auftauchen, wird klar, dass hier etwas nicht mit rechten Dingen zugeht.

NATALIE MESENSKY
Der Teufel im Glas
....
978-3-8392-1915-7 (Paperback)
978-3-8392-5087-7 (pdf)
978-3-8392-5086-0 (epub)

VERTEUFELT Wien. In der Michaelergruft wird die Leiche eines Priesters gefunden. Erschlagen und auf dem Boden festgenagelt. Gibt es eine Verbindung zu dem Geistlichen, dessen Leiche die Archäologin Anna Grass kurz zuvor in einem mittelalterlichen Grab entdeckt hat? Major Paul Kandler glaubt nicht daran, doch Annas Bauchgefühl sagt ihr, dass Professor Kolma, ein prominenter Wiener Psychiater, etwas mit den Morden zu tun hat. Couragiert folgt sie ihrer Ahnung und kommt einem dunklen Geheimnis auf die Spur …

WWW.GMEINER-VERLAG.DE
Wir machen's spannend

Das Neueste aus der Gmeiner-Bibliothek

Unser Lesermagazin

Bestellen Sie das
kostenlose Krimi-
Journal in Ihrer
Buchhandlung
oder unter
www.gmeiner-verlag.de

Informieren Sie sich ...

- **www** ... auf unserer Homepage:
  www.gmeiner-verlag.de
- **@** ... über unseren Newsletter:
  Melden Sie sich für unseren Newsletter an
  unter www.gmeiner-verlag.de/newsletter
- **f** ... werden Sie Fan auf Facebook:
  www.facebook.com/gmeiner.verlag

Mitmachen und gewinnen!

Schicken Sie uns Ihre Meinung zu unseren Büchern
per Mail an gewinnspiel@gmeiner-verlag.de
und nehmen Sie automatisch an unserem
Jahresgewinnspiel mit »mörderisch guten« Preisen teil!